白銀のソードブレイカー

"Sword Breaker"

The Tales of Eliza

Ⅳ

《 剣《つるぎ》の絆、血の絆 》

松山 剛

イラスト ファルまろ

デザイン ビィピィ

"Sword Breaker" The Tales of Eliza

Contents

白銀のソードブレイカー

“Sword Breaker”

The Tales of Eliza

Ⅳ

《剣《つるぎ》の絆、血の絆》

松山 剛

イラスト ファルまろ

第一章 Chapter1 光る眼の剣士

1

「さぁさぁ、一人くらいは倒してねぇ？」

剣聖《けんせい》カレン・デュランダルは、天使のような微笑《びしょう》を浮かべて挑発《ちょうはつ》する。

——くっ……！

レベンスは周囲に視線を走らせる。背後にはエリザ、その隣《となり》にサンデリアーナ。二人とも驚《きょう》愕《がく》のあまり顔を引きつらせている。足元に倒れているヴァリエガータはさっきからぴくりともしない。

そして彼ら四人を取り囲んでいるのは、黒い瘴気《しょうき》を帯びた異形《いぎょう》の剣士たちだ。それぞれが両眼《りょうめ》を光らせ、殺気に満ちた表情でこちらを凝視《ぎょうし》している。

かつてレベンスが遭遇《そうぐう》した剣魔《けんま》『光る眼の剣士』。それがあろうことか、八人。

「どうしたのぉ？　すっかり凍《こお》りついちゃってぇ、いつでも仕掛けていいのよぉ？」

水色の髪《かみ》をなびかせ、デュランダルは木の枝から悠然《ゆうぜん》とこちらを見下ろす。その顔は実に楽しげで、こちらの恐怖《きょうふ》と焦燥《しょうそう》を嘲笑《あざわら》っている。

どうすればいい……!?

レベンスは手元の武器を握り締《し》める。その包みには聖剣《せいけん》『天空乃瞬《ウインザー》』が入っているが、今はそれを抜くことができない。エリザに聖剣使用の事実を秘密《ひみつ》にしていることもあるし、何より敵の数が多すぎる。あの強い師匠《ししょう》が、一対一で敵《かな》わなかった相手なのだ。それが八人もいて、いったいどうしろというのだ。

八人の剣魔《けんま》たちは、少しずつ歩を進め、レベンスたちに近づいてくる。すぐに襲《おそ》って来ないのは、こちらが恐怖でおかしくなるのを待ち望んでいるかのようだ。

エリザが魔剣《まけん》を構える。サンデリアーナも聖剣の柄《つか》に手を置く。臨戦態勢《りんせんたいせい》を取るのは当然のことだったが、レベンスにはその先の希望が見えなかった。

全滅《ぜんめつ》する。

彼にはその予感がはっきりとあった。剣魔の恐《おそ》ろしさはドラセナとの戦いで身に染《し》みている。

戦っては駄目《だめ》だ。少なくとも今は。

隙《すき》を突《つ》いて逃げる。それしかない。

恐怖と混乱の中で、彼は必死に方針《ほうしん》を探る。

だが、どうやって？

レベンスが考えている間にも、八人の剣魔はじりじりと迫《せま》ってくる。圧倒的《あっとうてき》な脅威《きょうい》を前に、三人はヴァリエガータを守るように輪になり、その輪はおのずと小さくなる。この場にいてはまずいと誰《だれ》もが感じているが、かといって意識のないヴァリエガータを置いていくことなどできるはずもない。

「あれぇ～？　そんなに縮《ちぢ》こまっちゃって、張り合いがないのねぇ」

そこでデュランダルがゆらりと手を挙げた。

「こっちから仕掛けてあげるぅ」

すると、今まで少しずつしか動かなかった剣魔たちが、いっせいに剣を構え、腰《こし》を低く落とした。それは八人が一挙《いっきょ》に飛びかかろうとする直前の姿勢だ。

――やばい、来る……っ！

そして彼の予想どおりに、八人の剣魔は同時に襲い掛かってきた。

駄目だ、やられる――

レベンスが破滅《はめつ》の予感に身を震《ふる》わせたとき。

――!?

突如《とつじょ》として、剣魔の動きが止まった。まるで操《あやつ》り手を失った人形のように、ぱたりとその場で静止する。

な、なんだ……⁉

レベンスたちは身構《みがま》えたままの格好《かっこう》で唖然《あぜん》とする。何が起きたのか分からない。迎撃《げいげき》のために勢い余ったエリザが、ブンッと魔剣《まけん》を振《ふ》るって相手の剣を弾《はじ》くが、それでも剣魔《けんま》は人形のごとく動かない。

——何が起きた？　なぜ奴《やつ》らは動きを止めた……？

その理由を教えたのは、直後に現れた「それ」だった。

「あ……っ！」

近くの地面に、いきなり二人の人物が落下してきた。

——⁉

一人は先ほどまで彼らを見下ろしていた水色の髪《かみ》の女性——剣聖《けんせい》カレン・デュランダル。そして彼女に背後から襲《おそ》い掛かっているのは、紫《むらさきいろ》色の髪をした、彼らもよく知る人物だ。

「ル、ルピナス……ッ⁉」

サンデリアーナが驚愕《きょうがく》の声を上げる。

デュランダルと戦っているのは、ついさっき戦った剣聖ルピナス・カーネイションだった。手にしている武器は『報復乃鋏《フラガラッハ》』ではなく、普通の短剣のようだが、ともに旅をしてきたレベンスたちがその顔を見間違《みまちが》えるはずもない。

仲間割れか……⁉

二人の剣聖は猛然《もうぜん》たる勢いで地面を転がる。主《おも》にルピナスがデュランダルに襲い掛かる形でもつれ合っており、髪を振り乱した鬼気迫《ききせま》る形相《ぎょうそう》で、手にした短剣で相手の首を背後から掻《か》き切ろうとしている。対するデュランダルは、いつもの余裕《よゆう》が消えて必死に彼女を振りほどこうとしている。

そうして彼が判断に迷っていたとき、

ど、どういうことだ……!?

剣魔《けんま》たちの動きは止まったままだ。

――あ!

戦闘《せんとう》中のルピナスが、レベンスのほうをちらりと見た。

二人の視線が合う。それは何かを促《うなが》す目配せのようにも思えたが、ほんの一瞬《いっしゅん》のことで、また二人は激しい取っ組み合いに戻る。

レベンスはそこで決断した。

「今のうちに逃げるぞ!」

「う、うん……!」

「急げ!」

足元のヴァリエガータを抱《かか》え上げ、自分から先頭を突《つ》っ切る。その後ろにエリザとサンデリアーナも続くが、剣魔たちは黒い泥《どろ》人形のようにその場に突っ立ったままだ。

去り際《ぎわ》、レベンスは一度だけルピナスのほうを振《ふ》り返った。二人の剣聖《けんせい》は猛獣《もうじゅう》のごとく地面に転がって攻防を続けており、時々ルピナスのほうが吹き飛んでは再びデュランダルに組みついている。膠着《こうちゃく》が崩《くず》れるのは時間の問題に思えた。

現場を離脱《りだつ》し、林を抜けたところで、レベンスたちは黒髪《くろかみ》の少女とばったり出会った。

「サツキ！」

「どうした！　さっきの光はなんだ⁉」

「すまん、訳《わけ》は後で話す！　今は馬を貸してくれ！」

「いったい何事だ！　それにヴァーさまはどうしたんだ⁉」

「とにかくこの場を離《はな》れるんだ！　はやくっ！」

彼が血相を変えて叫《さけ》ぶと、サツキもただごとでないことを察したように、

「分かった、言うとおりにしよう。誰《だれ》か馬を……っ！」

と道場生に命令を下した。

レベンスは自分の背中に師匠《ししょう》を結びつけると、馬に飛び乗った。彼が駆《か》け出すと、エリザやサツキたちも馬に乗って後に続く。

道場の裏山を駆け下りている間に、背後で落雷のごとき轟音《ごうおん》が響《ひび》いた。

彼はもう二度と振り返らずにその場を離脱した。

2

どれくらい馬を走らせただろうか。

夜も更《ふ》けたころ、一行《いっこう》は道場からかなり離れた林の中にいた。レベンスたち四人のほかには、サツキと、彼女に従う五人ばかりの道場生がいるだけだ。

「よし、ここで止まれ」

サツキが命じると、全員が馬を止めた。

レベンスは馬を降《お》り、まだ意識の戻《もど》らぬヴァリエガータを背負《せお》う。エリザはサンデリアーナの膝《ひざ》に抱えられるように鞍《くら》に乗っている。

近くには、林の奥に隠《かく》れるように民家が見えた。

「サツキ、ここは？」

「大丈夫《だいじょうぶ》、古い知人の家だ。今日はここで休もう」

「助かる」

サツキはひらりと馬から飛び降りると、草むらを分け入って民家のほうへと近づいていく。

外観は蔦《つた》が這《は》ってボロボロに見えるが、奥行きはかなりありそうに見えた。

「たのもう！」

黒髪《くろかみ》の少女は道場破りのごとく、ドンドンと木の扉《とびら》を叩《たた》く。すると、中からは「誰《だれ》だっ！」

と白髪《はくはつ》の老人が怒鳴《どな》りながら出てきた。その手には護身《ごしん》用らしい小刀を携《たずさ》えている。

「久しいな、じいや」

「サ、サツキお嬢様《じょう》……!?」

「すまないが、今晩泊《と》めてほしい」

「もちろんでございます！　ささっ、こちらへ！」

老人は相手がサツキだと知ると、途端《とたん》に畏《かしこ》まって中へと案内した。レベンスがヴァリエガータを担《かつ》ぎ込むと、「ヴァ、ヴァリエガータさま!?」と老人はこれまた驚《おどろ》いた。

「そう、剣聖《けんせい》ヴァリエガータさまだ。じいやに治療《ちりょう》を頼《たの》みたい」

「しょ、承知《しょうち》しました！」

道場生たちの手で、師匠《ししょう》が奥の部屋《へや》へと運び込まれると、レベンスは改めて心配の念が強くなった。血の気《け》の引いた白い腕がちらりと見え、それは襖《ふすま》が閉められると見えなくなる。

「大丈夫《だいじょうぶ》、じいやには医術の心得《こころえ》がある。きっと助けてくれる」

「そうか……」

サツキに励《はげ》まされ、彼は小さな声で答える。ここにたどりつくまでずっと師匠を背負《せお》っていた彼は、弱くなっていく彼女の吐息《といき》を肌身《はだみ》で感じていた。それだけに悪い予感が背中に張り付いたように彼を放さなかった。

「ヴァーちゃん……」

隣《となり》でエリザが心配そうに声を漏《も》らすと、彼はハッとする。ここは自分がしっかりしなくてはいけない。

「なに、師匠は大丈夫だ。……さあ、少し休もう」

「うん……」

「あの、レベンスさんも手当てを」

サンデリアーナが彼を心配そうに見る。

「いい、俺《おれ》は自分でやるから」

「駄目《だめ》です、ちゃんと治療しないと」

彼女はまっすぐにレベンスを見つめる。彼はその視線にやや気圧《けお》されて、「わかった」と床《ゆか》に座る。

「エリザさんは桶《おけ》に水を」

「うん」

「サツキもそこに座って」

「私は大丈夫だ」

「いいから」

サンデリアーナが強めに言うと、サツキは少し頰《ほお》を搔《か》いて「では……」とレベンスの隣に座る。

二人とも応急処置を受けながら、

「サツキ、あの『じいや』だが……」

「昔、道場に出入りしていた医者だよ。私は小さいころから怪我《けが》の手当てをしてもらっている。腕は確かだし、信頼《しんらい》できる。安心していい」

「そうか」

「それより、いい加減に聞かせろ。なぜ、ヴァーさまは大怪我をしている？　道場の裏手で何があった？」

「ああ、それはな……」

サツキとは、剣魔《けんま》たちから逃げる途中で合流し、ここまでいっしょに逃げてきた。あれきり何も説明していないので、彼女の疑問は当然と言える。

「んしょ、んしょ」

そこでエリザが重そうに水桶《みずおけ》を持って歩いてくる。彼はエリザが座るのを待って、「実はな……」とこれまでの経緯《けいい》を話し始めた。デュランダルと八人の剣魔、そして割って入ったルピナス。そうした話を聞くたびに、サツキの顔は見る見る驚《おどろ》きで満ちる。

「そんなことが……いてっ」

ちょうどサンデリアーナが傷口を消毒したので、サツキの顔がゆがむ。少女は胸にさらしを巻いただけの半裸《はんら》なので、先ほどからレベンスは顔をそむけながら話している。

「サツキ、他の連中はどうなった？」

「全員に避難《ひなん》指示を出したから、おそらく大丈夫《だいじょうぶ》だろう。ここについてきたのは師範代《しはんだい》や高弟《こうてい》だけだ」

「この場所はデュランダルに見つからないか？」

「どうだろうな……じいやは引退してかなり長いから、ここは私や一部の者しか知らない。ただ、特に秘密《ひみつ》にしていたわけでもないからなんとも言えん」

「早めに出たほうが良さそうだな」

「ああ、私もそう思う。ただ……」

そこでサツキは、ちらりと奥の部屋《へや》を見る。そこではヴァリエガータが治療《ちりょう》を受けている。

「……もちろん、師匠《ししょう》が目を覚《さ》ましてからだな」

レベンスは低い声で言うと、それきり口をつぐんだ。目を覚ますかどうかは分からないのに、あえてそういう言い方をしたのは、祈《いの》るような気持ちからだった。

「今、道場生に食事をつくらせている。それを食べたら今日はもう休もう」

「いろいろすまん」レベンスはサツキに頭を下げる。「……それで、エリザのほうは大丈夫か」

「うん、平気」

少女は自分の体をペタペタと触《さわ》る。かすり傷は多いようだが、それ以外はなんともないようだ。ルピナス戦での怪我《けが》といい、致命傷《ちめいしょう》を食らってから急に回復する点についてはいまだに驚《おどろ》きを禁じえないが、今はそのことに触《ふ》れなかった。無事ならそれで十分だ。

応急処置が終わり、簡素《かんそ》だが温かい食事を取ると、レベンスたちは別の一室で横になった。

目を瞑《つぶ》ると、別れ際《ぎわ》に見たルピナスの顔が浮かんだ。必死の形相《ぎょうそう》でデュランダルに挑《いど》み、足止めをしてくれた剣聖《けんせい》。その意図がどこにあるのか、そして彼女がどうなったのか。知りたいと思ったが、今はそのすべがなかった。

ふと、服の裾《すそ》がつかまれ、振《ふ》り返るとエリザがいた。胸に抱いた魔剣《まけん》ごしに青い瞳《ひとみ》が彼を見つめている。

「…………」

レベンスは黙《だま》ったまま、少女の好きなようにさせる。

やがて、一日の疲れが体を襲《おそ》い、気づけば眠りに落ちていた。

その夜、彼は八人の剣魔《けんま》に襲われる夢を見た。もちろん悪夢だった。

3

一夜が明けた。

朝、冷気の忍《しの》び寄る軒先《のきさき》で、レベンスはじっと外を見ていた。昨日の戦いで受けた傷が時々ずきりと痛むが、今は大して気にならない。

起きてすぐヴァリエガータの部屋《へや》を覗《のぞ》いたが、まだ目を覚《さ》ましていないことを知らされた。

体中を包帯《ほうたい》で巻かれた師匠《ししょう》は、ひどく顔が白くて、見ていて胸が締《し》め付けられた。

しばらくすると、軒先にはエリザも来て、何も言わずに彼の隣《となり》に座った。強張《こわば》った頬《ほお》と、きゅっと結ばれた唇《くちびる》が、彼女もまた同じことを考えているのだろうと感じさせた。

ひとつには、師匠が心配なこと。

そしてもうひとつは――。

瞼《まぶた》の裏に、八つの黒い人影が浮かぶ。

光る眼《め》の剣士。またの名を、剣魔。

倒れた師匠とともに、彼の心に深く突《つ》き刺さっているのは昨日見たあの異形《いぎょう》の剣士たちのことだった。ヴァリエガータと一対一で戦い、彼女を倒した怪物《かいぶつ》。それが八人もあの場に出現した。

今まで、レベンスは家族を殺した仇《かたき》として『光る眼の剣士』を追ってきた。それがいきなり八人になり、しかもデュランダルとは別々の存在だと判明した。当然、彼が受けた衝撃《しょうげき》は大きく、いまだ気持ちの整理がつかない。奴《やつ》らはいったい何者なのか。なぜこんなことになったのか、どうして八人もいるのか。考えれば考えるほど思考は錯綜《さくそう》し、混沌《こんとん》の度合いを深める。

正体が分からないというだけではない。あの強い師匠を凌駕《りょうが》する相手に、いったいこれからどうやって戦えばいいのか。問題の核心《かくしん》はそこだった。まともにぶつかれば全滅《ぜんめつ》は免《まぬが》れないし、そもそもドラセナが剣魔《けんま》になったときでさえ、命からがらようやく勝ちを拾えたのだ。それに加えて相手が八人もいては、もう作戦もへったくれもない。どんな気まぐれな神様も、奇跡《きせき》を八回連続は起こしてくれないだろう。

——では、あのとき戦えばよかったのか？

思い浮かぶのは、ルピナスのことだった。いきなりデュランダルを羽交《はが》い絞《じ》めにして、取っ組み合いのような戦いを始めた剣聖《けんせい》。彼女がいなければレベンスたちは今こうして朝日を拝《おが》めなかっただろう。あのとき彼女の登場をきっかけにして、全員でデュランダルに襲《おそ》いかかればよかったのか？

いや、ありえない。

彼はすぐにその可能性《かのうせい》を否定《ひてい》する。そもそも、ルピナスはついさっきまで血で血を洗う殺し合いをしていた敵だ。仲間割れを始めたからといってにわかに共闘《きょうとう》しましょうなどという結論になるわけがない。しかも、すでに一度手痛く裏切られたばかりだ。あそこでルピナスの参戦を頼《たよ》りに全員で突《つ》っ込むなどできるはずもない。だいたい、動きを止めた剣魔たちがあのまじっとしていてくれる保証など何もない。剣魔たちがデュランダルの命令の元に動いているのは間違《まちが》いないが、裏を返せば彼女の号令一つで再び動き出すということでもある。あのときはルピナスのせいで少々面食《めんく》らっただけで、レベンスたちが襲ってくればすぐにでも剣魔たちに命じるだろう。「こいつらを殺せ」と。そうなれば全滅は疑いない。

──そうだ、あれで良かった。逃げる以外になかったんだ。

自分の取った選択を、改めて追認《ついにん》する。ルピナスの意図がどうであれ、あのときは逃げるしかなかった。その選択に後悔《こうかい》はないし、むしろ生き残るために正しい判断だったと確信している。あの一瞬《いっしゅん》を逃せば、二度とあそこから生還《せいかん》するチャンスはなかっただろう。ましてや、ヴァリエガータは意識不明で、レベンス自身もルピナス戦の負傷でまともに戦えなかった。やはり戦う選択肢《し》などありえない。

しかし、そうやって一時《いちじ》しのぎをしたところで──

「くそ……」

思わず唇《くちびる》から言葉が漏《も》れる。

八人だ。

一人でも、二人でも、三人でもない。八人。それは今まで倒した剣聖よりも多い。

──馬鹿《ばか》げている。

昨日からずっと倒す方法を考えているが、その思考はすぐに中断する。不意をつけば、作戦を練れば、周到に準備すれば──どんなに頭を巡《めぐ》らせても、万に一つも可能性が見出《みいだ》せない。

全員で戦って各個撃破《かっこげきは》を試みれば、あるいは勝てるかもしれない。ドラセナのときにそうだったように、一度きりなら何とかなるかもしれない。

だが、それまでだ。

一人倒しても、残る七人を倒すのは絶対に無理だ。あの師匠《ししょう》がやられた相手を無傷で倒せるはずもないし、ましてや最大最凶《さいきょう》の敵であるデュランダルがまだ残っている。

どうしろというのだ。

何を、どうしたら、この事態を打開できる？

八人。

その数が重くのしかかる。とにかく、奇策《きさく》や奇襲《きしゅう》で倒せる限度を超《こ》えている。相討《あいう》ち覚悟《かくご》の特攻作戦ですら、レベンスを数に入れても全然足りない。それに、ヴァリエガータが敗《やぶ》れた相手に対して、捨て身になれば相討ちに持ち込めると考えるのも想定が甘《あま》すぎる。

無理だ。

何度考えても、結論はそこに行き着く。たとえ一人でも手に余る敵が、八人。それは絶望を通り越《こ》して渇《かわ》いた笑いしか出ないような状況《じょうきょう》だ。

彼は頭を掻《か》き毟《むし》る。

これまでも追い込まれたことは何度もあった。強すぎる剣聖《けんせい》を前にして幾度《いくど》も絶望しかけた。だが、今回はそうした事態をさらに上回る。たった一人の敵を倒すのに四苦八苦《しくはっく》してきたところに八倍の人数だ。それは絶望という形容すらも生ぬるく、すべての想定を楽観的に考えても一縷《いちる》の光すら射《さ》しそうにない。

ちくしょう……。

歯をギリッと噛《か》む。無力な自分を殴《なぐ》りつけたい気分だ。

そのとき。

――！

ふっと、手に何かが触《ふ》れた。

見れば、膝《ひざ》に置かれた彼の手に、小さくて、白い手のひらが載《の》っている。

「……どうした」

「レベンス、こわい、かお」

「あ？」

彼は自分の顔を触《さわ》る。肌《はだ》が緊張《きんちょう》で強張《こわば》っているのが分かる。

「よくない」

「え？」

「ひとりぼっちで、悩《なや》むの、よくない」

そこでレベンスは視線をそらし、「おまえには言われたくない」と返した。

「でも、よくない」

「分かった分かった。でも、どうすればいいんだよ」

知らず、口調が荒っぽくなる。

「いっしょに、かんがえる」

「は？」

「だから、いっしょに、考える。いっしょに、悩《なや》む。……そして、いっしょに、戦う」

「…………」

彼は小さく息を吐《は》き、そしてエリザを見る。少女は大真面目《おおまじめ》な顔でこちらを見ている。青い瞳《ひとみ》に映った彼の顔は、青く美しい湖面《こめん》に浮かぶ月のように見えて、なんだか自分ではないような気がした。

やれやれ、励《はげ》まされちまった。

いっしょに考え、いっしょに悩み、いっしょに戦う。

その最後に、彼は「いっしょに死ぬ」という言葉が加わるような気がしたが、今は口に出さなかった。

レベンスは自分の顔をゴシゴシと擦《こす》り、エリザの頭をポンと触《さわ》る。

「おまえの言うとおりだな」

4

心配事は重なった。

「ちょっといいか」

その夜、レベンスはサンデリアーナの部屋《へや》を訪れた。少し確かめたいことがあったからだ。

「どうしました？」

サンデリアーナは髪《かみ》を後ろに結《ゆ》わえた姿で襖《ふすま》を開ける。着ているのはヤポニカ伝来の寝巻きのようだ。

「ああ、悪い。寝るところだったか」

「い、いえ、どうぞ……」

彼女はちょっと驚《おどろ》いた様子《ようす》だったが、レベンスを中に迎《むか》え入れた。しまった、もう少し早い時間にするんだったな、と彼は部屋に入りながら思った。

「今日さ、夕飯《ゆうはん》のときに食器を落としたよな」

「すみません、少し呆《ぼ》けていて、とんだ粗相《そそう》を……」

「いや、別に謝《あやま》らなくていいよ。エリザなんか毎回こぼしまくりだからな。それはいいとして……」

彼は何気《なにげ》なく手を伸ばし、彼女の右腕を軽く掴《つか》む。すると、サンデリアーナはビクッと身を震《ふる》わせた。

「レベンスさん……？」

「痛むか？」

「え？」

剣聖《けんせい》ルピナスとの戦いで、サンデリアーナは聖剣《せいけん》『双龍乃牙《ズルフイカール》』を使った。その戦いぶりは見事なものだったが、あれだけ縦横《じゅうおう》無尽《むじん》に聖剣を使用しては無事で済むはずがない。彼女が食器を落とした時、レベンスはその点で不安になったのだ。

「腕を見せてくれないか？」

「……どういう、ことですか？」

彼女は不安げな眼差《まなざ》しを向ける。

「確かめたいことがあるんだ。……『双龍乃牙《ズルフイカール》』を使用したことに関して」

「あ……」

サンデリアーナは少し息を飲み、それから「そういうことですか……」と目を伏《ふ》せる。そして、静かに自分の袖《そで》をまくった。

一瞬《いっしゅん》、例の『黒い血管《けっかん》』が浮き出ていたらどうしよう、とレベンスは恐《おそ》れたが、そこには白い肌《はだ》があるだけで変わった様子《ようす》はなかった。

「外見上は、まだなんともありません」

「痛みは？」

「いえ、それもまだ……」

「……」

――どういうことだ？

レベンスは違和感《いわかん》を覚える。ルピナス戦であれほど聖剣《せいけん》を振《ふ》るったサンデリアーナが、今はなんともない。それは説明のつかないことだった。

なんだ？　俺《おれ》とサンデリアーナ、何が違う？　やはり剣聖《けんせい》の妹だから、聖剣とは相性《あいしょう》が良いのか？

彼が険《けわ》しい表情で考えていると、サンデリアーナが少し恥《は》ずかしそうに「あの……」と切り出した。

「手を……離《はな》してもらって、いいですか？」

「あ、すまねぇ。つい……」

彼は慌《あわ》てて、彼女の腕から手を離す。

「聖剣の『毒』……それを心配しているのですね」

「そうだ。あんたに症状が出ていないか、ちょっと心配になってな。でも大丈夫《だいじょうぶ》みたいだな」

「今のところは……そのようですね」

彼女は小さな声でつぶやく。かえって不安にさせてしまったかな、と彼は少し後悔《こうかい》する。

「サンデリアーナ」

レベンスは彼女の顔をまっすぐ見つめて告げる。

「もう聖剣は使うな。今ならまだ間に合うはずだ」

「でも、レベンスさんは」

「俺も使わない。約束《やくそく》する。だからあんたも約束してくれ」

「…………」

サンデリアーナはしばらくレベンスの顔を見つめていたが、彼の意志が固いと見るや、小さくうなずいた。

俺も使わない――その言葉は嘘《うそ》だった。エリザに危機《きき》が迫《せま》れば、自分はまた聖剣を使うだろう。ただそれは、自分がエリザを守る『剣』になると決めたからで、その理屈にサンデリアーナまで付き合わせる必要はない。特に『双龍乃牙《ズルフィカール》』についてはすでにドラセナを『剣魔化《けんまか》』させている過去があるだけに、危険度は他のどの聖剣よりも高いように思えた。

「俺は師匠《ししょう》の様子《ようす》を見てくる。悪かったな、ゆっくり休んでくれ」

「……はい」

彼女は静かにうなずき、力なくうつむいた。

○

そうしたやりとりがあった、翌日《よくじつ》の昼。

「では、達者でな」

「失礼いたします。お嬢様《じょう》もお気をつけて」

レベンスが廊下《ろうか》を歩いていると、玄関《げんかん》のほうからそんな会話が聞こえた。黒髪《くろかみ》の少女が、小さく手を挙げて二人の男を見送っている。

「サツキ、今のは？」

「ん？　ああ、道場生を二人ばかり帰したのさ」

サツキは玄関を見ながら、低い声で説明する。

「道場と違って、ここの水や食料も限りがある。そう何人も賄《まかな》えぬでな」

「口減らしか」

「それもあるし、あとは……」

その声が小さくなる。

「あいつらにも、帰りを待つ家族がいるからな。いつまでもここに留《とど》まらせるわけにもいくまいよ」

「ああ……」

レベンスにも、サツキの言わんとしていることが分かった。ここにいれば、いずれは戦いに巻き込むことになる。だから、そうなる前に故郷《こきょう》に帰してやろうという気遣《きづか》いだろう。

「意外と仲間想いなんだな」

「なんだ、文句《もんく》でもあるのか？」

「貴様に褒《ほ》めてやったのにその言い草はなんだ」

※

「ああ？　褒《ほ》めてやったのにその言い草はなんだ」

「貴様に褒められて喜ぶ私だと思ったのか」

二人は会話するたびに微妙《びみょう》に口論になる。どちらも口が減らないのだ。

「いずれ、残った三人の道場生も家に帰す。文句《もんく》はあるまいな」

「勝手にしろ」

「ふん。……ではな」

少女はそう言うと、なおも怒ったように廊下《ろうか》をずんずん歩いて去っていく。

サツキ……。

思わず喧嘩《けんか》腰《ごし》になってしまったが、レベンスの胸中は複雑《ふくざつ》だった。

――おまえはどうするんだ？

少女の揺《ゆ》れる黒髪を見送りながら、彼はそう問いかける。

今の状態でサツキまでいなくなるのは、間違《まちが》いなくひどい痛手になる。師匠《ししょう》は意識不明で、サンデリアーナにはこれ以上聖剣《せいけん》を使わせられないし、レベンスもルピナス戦の怪我《けが》が癒《い》えない。これではまともに戦えるのはエリザだけになってしまう。

本当は分かっている。

サツキはなりゆきでいっしょにいるが、本来はレベンスたちと共に行動する理由はない。エリザは母親の仇《かたき》であり、レベンスは母親の形見《かたみ》『天空乃瞬《ウインザー》』の使い手ということを考えれば、むしろ敵対しているとさえ言っていい。また、デュランダルや剣魔《けんま》たちと戦うべき積極的《せっきょくてき》な理由もない。道場を守りたいサツキからすれば、レベンスたちは厄介者《やっかいもの》に違いなく、今こうして、知人を介《かい》して衣食住を世話してくれるだけでも大変ありがたいことだった。

いつか、彼女もここを去るのだろう。他の者たちがそうしたように。

さびしさと諦念《ていねん》を同時に覚えながら、彼にはそれをどうすることもできない。

敵は剣聖《けんせい》。もしくは、それを上回《うわまわ》る怪物《かいぶつ》——剣魔。

戦えば死ぬ。それが分かっているのに、誰《だれ》に残ってくれと言えるだろうか。

それはすなわち、さあ死んでくれ、と言うに等しい。

何も言い出せないまま、彼はサツキの背中を見送る。少女の姿は角《かど》を曲がって見えなくなる。

そのときだ。

ふと、レベンスは気配を感じて振《ふ》り返った。

そこには血相《けっそう》を変えた銀髪《ぎんぱつ》の少女が立っている。息を弾《はず》ませ、「あ、あ……」と声を漏《も》らす。

「なんだ、どうした？」

「ヴァ……」

少女は大きな声で叫《さけ》んだ。

「ヴァーちゃんが……っ!!」

師匠《ししょう》……！

レベンスは廊下《ろうか》を一目散《いちもくさん》に走る。

そして、ヴァリエガータの部屋《へや》にたどりつくや、叩《たた》き壊《こわ》さんばかりの勢いで襖《ふすま》を開けた。

すると。


「ふほぉー、こもぉ！　ふぇんきか？」（おぉー、小僧《こぞう》！　元気か？）

そこには、口の中いっぱいに食べ物をほおばる師匠の姿があった。布団《ふとん》のまわりにはすでに食べ終えた皿が山積《やまづ》みになっており、隣《となり》でサンデリアーナが苦笑いをしている。
「し……師匠？」
レベンスは呆気《あっけ》に取られる。
「ひはー、ふぁらがえってふぁらがえって」（いやー、腹が減って腹が減って）
「食いながらしゃべるな」
「ふぁんふぁん」（すまんすまん）
大食らいの少女はゴクリと豪快《ごうかい》に喉《のど》を鳴らすと、頬張《ほおば》っていた食べ物を飲み込んだ。この小さな体のどこにこれだけの食べ物が入るのか、弟子《でし》は呆《あき》れて物も言えない。

「ってか、師匠《ししょう》！　体は大丈夫《だいじょうぶ》なのか⁉」

「おう、このとおりピンピンしてるわい」

弟子《でし》の心配をよそに、ヴァリエガータはグビグビと茶を飲み干《ほ》して、「サンちゃん、おかわりー」と湯飲みを差し出す。「は、はいっ、ただいまお持ちします！」とサンデリアーナが慌《あわ》てて席を立つ。

「あ、えーと……師匠？」

「なんじゃー？」

「死にそうだったんじゃないのか？」

「勝手に殺すな」

「でも、剣魔《けんま》にかなりひどくやられていたし、その……」

そこでレベンスは、あのとき師匠を倒した剣魔のことを思い出し、また重たい気分になった。

「どうした、顔色が悪いぞ？」

「いや、だってよ……」

「詳《くわ》しいことはサンちゃんから聞いた。剣魔の連中がぞろぞろと出てきたらしいな」

「そうだ。八人も出てきた。どうしようもない数だ」

思わず諦《あきら》めたような言葉を吐《は》いてしまい、レベンスは慌てて口をつぐむ。後ろ向きなことを言ってみんなの士気を下げるのは本意ではない。

見れば、隣《となり》のエリザも視線を落とし、暗い顔をしている。お茶のおかわりを持ってきたサンデリアーナも、皆《みな》の表情を見るや、口を引き結んで深刻《しんこく》そうな顔になる。

「どうしたどうした、若いのが雁首《がんくび》並べて辛気臭《しんきくさ》いツラをしよってからに」

ヴァリエガータは腹が膨《ふく》れたのか、楊枝《ようじ》で歯の隙間《すきま》を掃除《そうじ》しながら一同を見回す。その顔には微塵《みじん》も落ち込んでいる様子《ようす》がない。

「ヴァーちゃん」

「なんじゃ小童《こわっぱ》」

「どうして、そんなに、へいきなの？」

「ん？　そう見えるかの？」

「うん。だって、剣魔《けんま》、あんなに、たくさん」

「おうおう、小童までひどい顔じゃな。そんなに不安か」

「………………」

不安だ、とは口にしなかったが、エリザは唇《くちびる》をきゅっと閉じる。さしもの剣聖殺《けんせい》しも、八人もの剣魔を相手に今は途方《とほう》に暮れているようだった。

「なーに小童、案ずるな。手はある」

「師匠、どういうことだよ。まさかあいつらを倒す方法でもあるのか？」

「もちろんじゃ」

そこで襖《ふすま》が開き、男が二人ばかり顔を出す。どちらもサツキについてきた道場生だ。

「ヴァリエガータ様、ご用命のお荷物をお持ちいたしました」

「うむ、ごくろう。そのへんに置いといてくれ」

「はっ」

道場生たちはドサリと木箱を壁際《かべぎわ》に置く。「なんだ？」とレベンスが箱を開けると、中には書籍《しょせき》や巻物《まきもの》のたぐいがぎっしりと詰《つ》まっている。

「師匠《ししょう》、これは……？」

「さっきも言うたじゃろ」

ヴァリエガータは楊枝《ようじ》をくわえた歯を光らせ、ニヤッと笑った。

「剣魔《けんま》を倒す策じゃよ」

5

その日から、ヴァリエガータは『研究』に取り掛かった。

手元にある巻物や古文書《こもんじょ》をこれでもかと広げ、書かれている文字を食い入るように読む。ちなみにこれらの資料は、前にヴァリエガータが『囮《おとり》』になって軍隊を引き付けていたころ、隙《すき》を見てサンデリアーナの工房《こうぼう》から回収してきたものらしい。まったくもって、この老剣聖《けんせい》の用意周到《しゅうとう》さには舌を巻くばかりだ。

サンデリアーナを助手代わりに、ヴァリエガータは調べを続けた。それは剣魔《けんま》を倒す『策』についての研究らしかったが、古代文字と専門用語の飛び交う会話はあまりにも難解《なんかい》すぎて、レベンスやエリザには出る幕《まく》がなかった。

手伝えることがないのを知ると、彼は旅支度《じたく》を始めるようになった。どうあれ、今いる民家も遠くないうちに出ていかなくてはならない。世話になっている『じいや』たちを巻き込むおそれがあるし、そもそもいつ敵に不意打ちされないとも限らない。いざというときにすぐに出発できる備えをしておく必要があった。

――とにかく、師匠が元気になってよかった。

荷造りをしながら、レベンスは改めて師匠の存在の大きさを噛《か》み締《し》める。

別に、今の段階で何か決定的な作戦が立てられたわけではない。ヴァリエガータの言う『策』も、ただの空振《からぶ》りに終わるかもしれない。それでもなお、あの老剣聖《ろうけんせい》がどっしりと構えて方針《ほうしん》を決めると、それだけで何とかなりそうな気がしてくるのだ。

勇気。希望。闘志《とうし》。

そうしたものが胸の奥から湧《わ》き上がるのを感じる。師匠が意識不明だったときには八人もの剣魔を前にして絶望的気分だったのに、今はまるで違う。それはレベンスだけではなく、エリザやサンデリアーナも同じだった。エリザの表情から不安げな様子《ようす》が消え、サンデリアーナも

『研究』を生き生きと手伝っている。

いつまでも師匠《ししょう》に頼《たよ》ってばかりじゃ駄目《だめ》だ——ヴァリエガータと別れていた間はそんなふうに自省していたが、いざ師匠《ししょう》がそばにいてくれると、そのなんと頼《たの》もしいことか。

「レベンス」

そんなことを考えていると、エリザが姿を見せた。

「なんだ」

「私も、手伝う」

「手伝う？　ああ、荷造りか」

「うん」

「じゃあ、そこにある木箱を取ってくれ」

「これ？」

「そうだ」

「んしょ……はい」

エリザが重そうに木箱を持ち上げ、ふらふらと歩いてレベンスの前に置く。大した重さではないはずだが、この少女は魔剣《まけん》を持っていないときは本当に非力だ。

箱を開けると、小刀や金槌《かなづち》、五寸釘《ごすんくぎ》などが無造作《むぞうさ》に詰《つ》まっている。

「サツキの厚意《こうい》で、武器や道具を譲《ゆず》ってもらえるそうだ。おまえには必要ないかもしれないが、俺《おれ》は手持ちのナイフがかなり刃《は》こぼれしていてな。使えそうなのを選別するから手伝ってくれ」

「分かった」

エリザはうなずくと、箱の中を探り、ナイフとそれ以外を選《よ》り分けていく。レベンスはそちらを少女に任せ、自分は手持ちのナイフの手入れを始める。地味な作業だが、こういうことが後々生死を分けるかもしれないのだ。

そんな作業を黙々《もくもく》と続けていると、すっと襖《ふすま》が開き、サツキが顔を出した。

「喜べ。見つかったぞ」

「え？」

何のことだ、と問い返す前に、答えのほうから姿を現した。

「エリザおねぇちゃん！」

サツキの後ろで、紫髪《しはつ》の幼女が姿を見せる。

「ミーナ!?」

「おねぇちゃん……!!」

紫色《むらさきいろ》の髪《かみ》を振《ふ》り乱し、ミーナがエリザの胸に飛び込む。よほど心細かったのか、その胸でしばらく泣きじゃくる。

「ビフェルテートの関所近くで、役人に保護《ほご》されていてな。そこをウチの道場生が発見し、引き取ってきた。ルピナス様の娘《むすめ》に間違《まちが》いないか？」

「ああ、間違いない」

レベンスは大きく息を吐《は》く。

サツキには以前、ミーナのことを探してくれるように頼《たの》んだことがあった。なかばダメ元だったのに、まさかこんなに早く再会できるとは。

「おまえの頼みを聞いて、関所の役人にも一報《いっぽう》を入れておいてよかった。そうでなければこの時世《じせい》、子供といえど寒空の下にほっぽり出されていてもおかしくないからな」

サツキはそう説明すると、まじまじと幼女の横顔を見る。

「いつだったか、ルピナス様が道場に赤子を連れてきたことがあったが、そうか、あのときの娘か……本当に大きくなったものだ」

黒髪《くろかみ》の少女は目を細める。珍《めずら》しく優《やさ》しげな顔になったのを見て、レベンスは「へえ、こいつもこんな顔をするんだな」と意外な思いに駆《か》られた。

ミーナはしばらくエリザの胸で泣き続け、それから疲れたようにそのまま眠ってしまった。知り合いに会って張り詰《つ》めた緊張《きんちょう》の糸が緩《ゆる》んだのかもしれない。

「それで、この子の服の裏に、こんなものが縫《ぬ》い付けられていてな」

サツキが小さな紙切れを取り出す。そこにはにじんだ文字で、とある住所と人名が書かれていた。そこがルピナスの知人宅だというのは察しがつく。

レベンスはサツキのそばに寄り、そっと耳元でささやいた。

「もう一人の娘は？」

「それがな……」

サツキの顔が険《けわ》しくなる。ミーナのほうを窺《うかが》いながら、小声で「近隣《きんりん》の林で遺体《いたい》が見つかった。体は刃物《はもの》のようなもので斬《き》られていたらしい」と告げた。

「……！」

レベンスはギリッと歯を鳴らす。

「このこと、ミーナには？」

「まだだ。母親も見つからぬ状況《じょうきょう》で、それはちょっとな……」

「そうだな」

ルピナスの生死すら分からぬのに、それはあまりにも残酷《ざんこく》な報《しら》せだ。

「それで、母親は見つからなかったが、代わりに『これ』を回収してきた。……おい」

サツキは道場生に命じ、ひとつの包みを運ばせてくる。

「道場で見つかったものだ」

「おい、これは……」

それは聖剣《せいけん》『報復乃鋏《フラガラッハ》』だった。二つの刃《は》を接合する止め具が外れ、刀身《とうしん》も焼け焦《こ》げたように黒くなっているが、実際にルピナスと相対《あいたい》した彼が見間違《みまちが》えるはずもない。

「サンデリアーナが道場の正門付近に隠《かく》したというので、その情報を頼《たよ》りに道場生たちが探してきた。もっとも、だいぶ破損《はそん》しているようだが……」

「そうか。回収できてよかった」

サンデリアーナがルピナスを倒したときは、直後に裏山で異変が起きたので、ヴァリエガータの元に駆《か》けつけるので精一杯《せいいっぱい》だった。あのとき隠した聖剣《せいけん》がまだ残っていたのは予想外の幸運といえた。

黒く傷《いた》んだ聖剣を見ながら、その持ち主のことを思い出す。レベンスたちとの戦いで、ルピナスは聖剣『報復乃鋏《フラガラッハ》』を破壊《はかい》された。にもかかわらず、彼女はあの場面でデュランダルに飛び掛《かか》り、結果としてレベンスたちは救われた。

あのときのルピナスの真意は分からない。娘のナナを殺されたことで逆上し、怒りに任せた行為《こうい》だったのかもしれない。ただ、あのとき一瞬《いっしゅん》だけ交わした『目配せ』に、どこか残された娘を託《たく》す気持ちがあったのではないか……レベンスにはそんな気がしてならなかった。

ミーナの寝息が聞こえる。その頬《ほお》は涙《なみだ》の跡《あと》で赤く腫《は》れている。

エリザが優《やさ》しくその頬を撫《な》でると、ミーナは母親にいつもそうするように、顔を擦《こす》り付けて少女の体に抱きついた。

○

翌朝《よくあさ》、ミーナは馬車に乗って出発していった。

サツキの命令で、目的地までは二人の道場生が付き添《そ》うことになった。別れ際《ぎわ》、ミーナはエリザと抱き合い、そして驚《おどろ》くほど静かな表情で馬車に乗り込んでいった。もしものときはそうするように、母親によく言い含《ふく》められているのだろう。

本当はそばにいて面倒《めんどう》を見てやりたかった。だが、今のレベンスたちにとてもそんな余裕《よゆう》はなく、むしろ行動を共にして巻き込むほうが怖《こわ》かった。また、考えたくないことだが、もしルピナスがデュランダルとの戦いで敗北していた場合、もはやミーナに人質としての利用価値《かち》はなく、その意味でも危険はないように思えた。聖剣《せいけん》を出さずとも圧倒的《あっとうてき》な力を誇るデュランダルと、かたや聖剣を失ったルピナス――残念ながら勝敗は見えている。

ちらりと、馬車の上から寂《さび》しげな瞳《ひとみ》が振《ふ》り向く。やがてその瞳も、街道を曲がると見えなくなる。

エリザは馬車が見えなくなっても、しばらくじっと道の向こうを見ていた。レベンスは何も言わず、ただ少女の隣《となり》に寄り添った。

その夜。

レベンスはなかなか寝付けぬまま、天井《てんじょう》をぼんやりと見つめていた。

別れたミーナのことや、殺害されたナナのこと、そして母親であるルピナスのこと。もはや考えてもどうしようもないとは分かっているが、それでもつい思い出してしまう。

八人もの剣魔《けんま》を前に、一時《いちじ》は本当に絶望した。その後、師匠《ししょう》の回復によりわずかな光明《こうみょう》が見えたものの、今度はナナの訃報《ふほう》がもたらされた。もう一人の娘《むすめ》であるミーナと再会できたのは不幸中の幸いだったが、一方でその母親であるルピナスの生存は絶望的と言わざるを得ない。

まさに一喜一憂《いっきいちゆう》、明と暗が交互《こうご》に訪れる事態に、レベンスの心も乱高下《らんこうげ》していた。

そうやって、彼が最近のめまぐるしい日々を振《ふ》り返っていたときだ。

――！

掛け布団《ふとん》が持ち上がり、冷たい空気が体をなでる。それからもぞもぞと背後で動く気配がして、それは布団を被《かぶ》り直すと静かになる。

ぎゅっと、誰《だれ》かが彼の上着を摑《つか》んでいる。両手でしっかりと腰《こし》のあたりをつかみ、背中には何かが押し付けられる。感触《かんしょく》からして、これは相手のおでこのあたりだろうか。

「エリザ……？」

小声でつぶやき、そっと振り向いて布団の中を覗《のぞ》く。やはりそこには銀髪《ぎんぱつ》の少女が猫《ねこ》のように丸まっており、彼の背中に顔をぴとりとつけている。

「……どうした？」

ささやき声で尋《たず》ねる。

エリザは視線だけで彼を見ると「このまま」と言った。

「このまま、いっしょに、ねたい」

なんだよ急に、と返そうとしたが、少女はこちらの返事を待たずにさらにギュウッと腕に力を込める。

――甘《あま》えん坊《ぼう》だなぁ、フーシェは。

亡《な》き妹も、こうして夜は兄の背中にしがみついてきた。遠い昔のぬくもりが、布団の中の小さな空間にそっと蘇《よみがえ》る。

まあ、いいか……。

レベンスは再び元に向き直り、少女の好きにさせる。

昨日、ミーナと別れたことで人肌《ひとはだ》が恋しくなったのか。あるいは、これからのことを考えて不安に駆《か》られたのか。理由は分からないが、それをはねのける理由が彼にはなかった。

そうして、夜もふけたころだ。

レベンスは目を覚《さ》まし、起こさないように静かに後ろを見る。銀髪の少女は目を閉じて安心しきったように眠っている。

彼はやっとあることに気づく。

——そういやこいつ、今日は魔剣《まけん》を抱いてないな。

いつもなら就寝《しゅうしん》時に必ず『処女神拷問《アイゼルネ》』を抱きしめている少女が、その代わりとばかりにレベンスにしがみついている。今までこんなことはただの一度もない。

珍《めずら》しいな、こいつが夜中に剣を手放すなんて……。

かつてデュランダルに魔剣を折られたときも、少女は折れた剣を抱いて眠っていた。それほど大切な剣を、今日は枕元《まくらもと》とはいえ手放している。

そのときだ。

——すべての終わりが近い。

「……!?」

レベンスは飛び起きる。その声は確かに、耳の奥に直接響《ひび》くように聞こえた。

エリザの声ではない。他の三人でもない。

道場の連中か、などと考えるが、その可能性《かのうせい》はすぐに消える。

女の声だった。

それも、師匠《ししょう》に少し似た、年長者が若者を諭《さと》してくるような物言い。

もう一度エリザを見て、それから魔剣を見る。少女はよく眠っており、魔剣は静かにたたずんでいるだけだ。

夢か？

それとも俺《おれ》が寝ぼけたのか？

しばらく起きていたが、そのあとは結局何も起こらなかった。エリザがくしゃみをしたので、彼は慌《あわ》てて布団《ふとん》をかけ直す。

——なんだったんだ、今のは……？

レベンスは再び横になるが、先ほどの言葉は彼の胸に深く刺さっていた。

——終わりが、近い……。

布団の中で眠る少女を見る。

その手は、まだ彼の服をギュッと摑《つか》んでいた。

6

「分かったことを話す」

数日後、二人はヴァリエガータに呼ばれた。

部屋《へや》に入ると、大きめの机の上に古文書《こもんじょ》らしきものが広げられ、サンデリアーナが人数分の湯呑《ゆの》みにお茶を淹《い》れている。どことなくベルシコロールの鍛冶屋《かじや》にいたころを思い出すが、今は畳《たたみ》張りの部屋で、サツキが同席しているのがあのころと違う。

「何が分かったんだ？　この前話した『策』のことか？」

レベンスが勢い込んで尋《たず》ねると、ヴァリエガータは「まあ待て。順を追って話す」と手を軽く挙げる。

「聖剣《せいけん》には秘密《ひみつ》があり、隠《かく》された裏の事情がある。わしとベルシコロールは常々そう疑い、その謎《なぞ》を追ってきた。これは前にも話したな？」

「ああ。それで、聖剣の『毒』に気づいたんだろ」

「そうじゃ。聖剣を使うと『毒』が溜《た》まり、剣聖《けんせい》が毒に侵《おか》されて剣魔《けんま》と化す。それが現在最も有力な推論《すいろん》じゃ。……だが、これには『落とし穴』があった」

「落とし穴？」

「聖剣には二千年も掛けて『毒』が溜まる。膨大《ぼうだい》な人間の生き血を吸ってな。だからわしは、これらを聖剣の『副作用』であると思っていた」

「そのとおりだろ。何か違うか？」

「聖剣とは正義《せいぎ》の武器。その副作用が毒であり、剣魔。だが、本当にそうか？」

「何が言いたいんだ、はっきり言ってくれ」

そこでヴァリエガータは核心《かくしん》に触《ふ》れた。「逆じゃよ」と。

「聖剣とは、そもそも剣魔を生み出すために作られたものだとしたら？」

　その言葉に、一堂が眼《め》を見張る。サンデリアーナだけは事前に聞かされていたらしく、哀《かな》しげに視線を伏《ふ》せている。

「師匠《ししょう》、どういうことだ」

「ここから先はわしの勝手な推測《すいそく》となるが、そのつもりで聞け。わしはこう考えておる。『聖なる剣』などというのはただの偽装《ぎそう》にすぎぬ」

「偽装……？」

「うむ。元々、七本の剣は毒を溜《た》めるために作られ、そして毒を溜めて剣魔を生み出した。そう考えればすべての事実がつながるんじゃ」

「でも、剣聖は二千年間も聖剣を使って世界を救ってきたろ」

「それもまた偽装じゃ。歴代の剣聖は勇敢《ゆうかん》に戦い、正義感に溢《あふ》れた人物だった。純粋《じゅんすい》に平和と安定を願い、実際に人々を救ってきた。それゆえ人々は剣聖を信用した。しかし、だからこそ聖剣は長きに渡って毒を溜めることができた……そう解釈《かいしゃく》することはできんか？」

「……利用されてたってことか」

「ありていに言えばな」

「…………」

　レベンスは言葉が出ない。それは師匠の勝手な推論《すいろん》にも思えるが、かといって否定《ひてい》すべき材料も持ち合わせていないし、酔狂《すいきょう》でこんなことを言うとも思えない。

「わしは、デュランダルが剣魔《けんま》を手下として操《あやつ》るのを見て、気づいたんじゃ。二千年の副作用で剣魔が出現したのなら、奴《やつ》があたかも自分の手足のように従えるのはおかしい。だが、最初からそのつもりで剣魔が生み出されたのなら、その扱《あつか》いを心得《こころえ》ていてもなんらおかしくない、となし」

「待ってくれ。師匠《ししょう》の言うことが本当なら、デュランダルは最初から聖剣《せいけん》の秘密《ひみつ》を知り、その上で毒を溜《た》めて剣魔を作ったことになるぞ？」

「そのとおりじゃ」

「でも、聖剣が世に現れたのは二千年前だぞ？　なぜそんな大昔のことを彼女が知ってるんだ？」

「デュランダル家が古くから続いているのは知っているな？」

「ああ、歴代剣聖《けんせい》を何人も輩出《はいしゅつ》した名家だろ」

「名家？　そんなものでは済まんぞアレは。なにせ二千年間も代々聖剣を継承《けいしょう》してきたのだから」

「え？　……二千年？」

レベンスは驚《おどろ》く。その話は初耳だった。

「わしは長く生きてきたからよく分かる。普通、聖剣継承は個人の資質によって判断されるが、『不滅乃灰《デュランダル》』だけは例外なんじゃ。この聖剣は代々デュランダル家の血縁者《けつえんしゃ》の間だけで継承されておる。表向きには名前を変えたり、他家に禅譲《ぜんじょう》したりして世間を欺《あざむ》いているがな」

「おい、それホントかよ……」

彼は思わずエリザを見る。この少女も知らなかったらしく、首を小さく振《ふ》る。

「そういうわけで、デュランダル家は二千年間の長きに渡り聖剣を受け継《つ》いできたんじゃ。ならば聖剣にまつわる秘密《ひみつ》のひとつやふたつ。伝わっていてもなんら不思議《ふしぎ》ではなかろう?」

「………」

なんてこった、とレベンスは暗い気分になる。今の師匠の話が正しければ、この二千年間がすべてデュランダルの手の内だったことになる。剣聖も、剣魔も、世界の歴史も、すべてがだ。

「なに、そう暗い顔をするな。まだ絶望するには早いぞ」

「でもよ……」

二千年も前から用意周到《しゅうとう》に『剣魔』なんて化《ば》け物を準備されたのでは、とても勝てる気がしない。

嘘《うそ》だと思いたかったが、師匠の説明を覆《くつがえ》す理屈を彼は思いつかなかった。たしかに、デュランダルは剣魔たちを意のままに従えていた。それを説明しようと思えば、彼女が意図的に剣魔を生み出し、操るすべを知っていたと考えるほかない。そうなると、二千年前から続く名門デュランダル家がそれらの秘密と無関係と考えるほうが不自然だ。師匠の言うとおり、剣魔にかかわる秘密が代々伝わってきたと考えるほうが自然な解釈《かいしゃく》だ。

くそ……。

彼が歯嚙《はが》みすると、そこで師匠《ししょう》が「小僧《こぞう》」と声を掛けた。

「何をそんなに落ち込んでおる」

「いや、だってよ……」

思わず、隣《となり》のエリザを見る。さしもの少女も今の話に怯《ひる》んだのか、力なくうつむいている。

サツキは口を半開きにして呆気《あっけ》に取られている。突拍子《とっぴょうし》もない話が続いたので、ついて来れないのも無理はない。

「勝てぬと思うのか？」

師匠に正面から見つめられると、「う……」と思わず目をそらす。現時点ではとうてい勝てる気はしないが、エリザの前でそれを口には出せない。

「考えてみろ。デュランダルはなぜ我《われ》らを執拗《しつよう》なまでに狙《ねら》う？」

「それは、邪魔《じゃま》だからだろ」

「あれほどの腕を持ち、剣魔《けんま》さえ従える。わしらなど無視してさっさと世界征服《せいふく》でも大虐殺《だいぎゃくさつ》でも強行すればよかろう。なのに、なぜそれをしない？」

「……？」

「恐《おそ》れているんじゃよ。わしらのことを」

「恐れるって、何をだ？　俺《おれ》もエリザもあっさりやられたんだぜ？」

「では、どうしてあっさり倒せる程度の相手を、奴《やつ》はわざわざ執念《しゅうねん》深く狙ってくるんじゃ？」

「それは……」

「つまりは『方法』があるってことじゃよ。意図的に剣魔を生み出すことができるのならば、逆に意図的に倒すこともできる。水をやれば作物が育つが、水を断てば枯《か》れるようにな」

師匠は声を張り上げ、流暢《りゅうちょう》に説明する。あえて軽い調子で話しているのは、気落ちした弟子《でし》たちを励《はげ》ましているのだろう。

「奴はルピナスを利用し、我らから聖剣を奪おうとした。自分自身はすでに最強の力を持ち、あまつさえ八人もの剣魔を従えているのにじゃ。それはなぜだ？」

「あ……」

「気づいたか」

そこで剣聖はトンッ、と指先で古文書《こもんじょ》を弾《はじ》いた。

「聖剣を使えば、奴らを倒す方法がある。そうは考えられんか？」

一同は顔を見合わせる。

師匠の説明は続いた。

「奴らと戦って分かったことがある」

ヴァリエガータは目を光らせ、落ち着いた口調で言う。ヤポニカ特有の背の低いテーブルには、さっきとは違う巻物《まきもの》が広げられている。

「分かったこと?」

「うむ。たとえば、わしと戦っていた剣魔《けんま》。あれは『商人剣聖《けんせい》』と謳《うた》われたシエム・マーシャルじゃ」

「マーシャル? それってもう故人《こじん》だろ」

シエム・マーシャルは、かつてレベンスたちが身を寄せた商都リアトリスを興《おこ》した人物で、亡《な》くなったのは何百年も前だ。

「わしは直《じか》にヤツと会ったことがあるから、見間違《みまちが》えるはずもない。史上初めて『聖剣《せいけん》』を商売に利用した剣聖じゃ。当時、マーシャルは『報復乃鋏《フラガラッハ》』の能力を使って、港でよく荷物の積《つ》み下ろしをやっておった。これは他の剣聖から総スカンを食ってのう……まあそんな思い出話はよいか。とにかくあれはマーシャルじゃった。剣魔となったせいで、肌《はだ》の色も雰囲気《ふんいき》もすっかり変わり果てておったがな」

「し、死者が蘇《よみがえ》ったってことか?」

「そういうことになるな」

「馬鹿《ばか》な……」

「小僧《こぞう》、驚《おどろ》くには当たらんぞ。現にこうして実例が目の前にいるじゃろう?」

ヴァリエガータは小さな胸を親指でちょんちょんと差す。確かに、一度死んだのに蘇ってきた当人が言うと何だかありそうな気もしてくるから妙《みょう》なものだ。

「そうしますと、ヴァーさま」そこでサンデリアーナが話に加わる。「他の七人の剣魔も、同じように亡《な》くなった剣聖なのですか？」

「おそらくな。剣聖とは剣魔の変貌《へんぼう》した姿。そう考えれば、過去に亡くなった剣聖の誰《だれ》かと考えるのが自然じゃろう。もっとも、今はまだ裏付ける証拠《しょうこ》もないが」

「おのおの方、あいや待たれい」

妙に芝居《しばい》がかった口調で、サツキが手を挙げる。

「さっきから、シエム・マーシャルがどうの、亡くなった剣聖が蘇っただの、まるで話が見えんのだが」

「あー、すまんなサッちゃん。蚊帳《かや》の外で。ざっくりと説明するとな……」

ヴァリエガータはこれまでの経緯《けいい》をやや早口でまくし立てる。サツキはうんうんと素直に聞くが、途中から顔をしかめ、最後は目を白黒させ始めた。

「ヴァーさま、もしかして私をからかってらっしゃいますか？」

「いやいや、わしは本気じゃぞ？」

「ヴァーさまは昔から与太《よた》話がお好きですから」

「おぬしは母親に似て頭が固いのうー」

真面目《まじめ》な顔で聞き返してくる黒髪《くろかみ》の少女に、ヴァリエガータは降参《こうさん》したように肩をすくめる。

詳細《しょうさい》はあとでサンデリアーナから聞いてくれ、とお茶を濁《にご》し、老剣聖は話を戻《もど》した。

「えーと小僧《こぞう》、どこまで話したかな」

「剣魔《けんま》たちが、実は死んだ昔《むかし》の剣聖《けんせい》だったたってところだ」

「おお、そうじゃった。それで、本題はこれじゃ」

そこでヴァリエガータは、懐《ふところ》からニュッと何かを取り出した。

それは一本の巻物《まきもの》。

「おい、これって……」

「覚えておるか」

そこに広げられた巻物は、かつてエリザの魔剣《まけん》『処女神拷問《アイゼルネ》』が折れたとき、その修復方法を探したときに見たものだった。

「これ、『身の代《しろ》』ってやり方でエリザの剣を直したときのだよな？」

「そうじゃ。では、そのときにも出てきたここの一節《いっせつ》、覚えておるか？」

ヴァリエガータは白い指で、巻物のある箇所《かしょ》を指差す。


聖なる湖《みずうみ》の穢《けが》れし汚泥《おでい》、湖に映りし身の代を以《も》って清浄《せいじょう》に還《かえ》すべし

昔の文字で分かりにくいが、前にサンデリアーナからはそう読むと説明してもらったことがある。『聖なる湖』が『聖剣《せいけん》』のことで、『穢れし汚泥』が『聖剣使用による毒』だという解《かい》

釈《しゃく》も聞いた。『身の代』は剣から剣へと毒を移し替える方法だ。

「ふむ、そこまで覚えておるのなら話は早いな。わしは、これには別の意味があるのではないかと思うておる。気づいたのはまさにここ数日じゃが」

「別の意味？　『身の代』のほかにか？」

「いや、身の代は身の代。そこは変わらん。むしろ、ここじゃ」

ヴァリエガータは『聖なる湖』の部分を指差す。

「これがどうした？　聖剣って意味だろ？」

「それは剣の修復にこだわるあまり、わしらのほうが勝手につけた後付けの解釈じゃ。本来、この言葉はこう読み取るべきじゃった」

彼女は静かに答えを告げた。

「『聖なる湖』、それすなわち『剣聖』」

「剣聖？」

「なまじ、わしも『死神乃爪《ジーノス》』の修復をしたことがあったから、剣の修復に引きずられてしもうた。だが、言葉の本来の意味を考えれば、聖剣とも剣聖とも取れる箇所じゃ。違うか？」

「そう言われると、そんな気もするが」

「わしは、剣魔と戦ったときに気づいたんじゃ。奴《やつ》ら、全身に黒い血管《けっかん》が浮かび上がっていて、その血管の中を黒い血液がドクドクと巡《めぐ》っておった。傍《はた》から見て分かるほどに、勢いよくな。

毒が溜《た》まって剣魔《けんま》になっただけでなく、その毒こそが剣魔を生かし、動かしている。そう考えたとき、閃《ひらめ》いたんじゃ。死者を蘇《よみがえ》らせるということは、この毒こそが奴《やつ》らの生命力だ、と。現にわしも……」

剣聖《けんせい》はそこで胸を押さえる。

「自分が『毒』によって生かされている。その感覚がある」

「師匠《ししょう》……」

彼は師匠の体のことを思い、いたたまれない気分になる。敬愛する師匠が、忌《い》まわしき剣魔と同じ存在だとは信じたくなかった。

ただ、今は感傷《かんしょう》に浸《ひた》っている場合ではない。

だから彼は話を促《うなが》した。

「でも、だとしたらどうなる？　この巻物の解釈《かいしゃく》が違うってんなら、これはそもそも何を意味する言葉なんだ？」

「つまりこうなる」

ヴァリエガータは指で一つずつ文字をたどる。

「『聖なる湖《みずうみ》』が剣聖、すると『穢《けが》れし汚泥《おでい》』は、剣聖の体に溜まった毒。ま、あとはそのまじゃな」

「あ……」

レベンスもそこまで言われて気づく。

前のときは、『身の代《しろ》』によって、エリザの魔剣《まけん》から毒を抜いた。とすれば、意味はこうなる。

「剣魔の体から……毒を抜く？」

弟子《でし》の出した答えに、師匠はうなずく。

そしてズズッと茶を飲み、楽しげに言った。

「なに、論より証拠《しょうこ》じゃ。道具をそろえて、二、三日中にはさっそく『実演』してみよう」

7

それは三日後に行われた。

家の裏手にある雑木林《ぞうきばやし》。そのうちの木々のまばらな場所を選んで一同は集まっていた。レベンスたち四人を除くと、道場側で立ち会うのはサツキだけだ。

「レベンスさん、『天空乃瞬《ウインザー》』は、もうちょっと内側に……はい、そこでお願いします」

サンデリアーナが指示を出し、レベンスが聖剣《せいけん》を刺す場所を調整する。地面には円を二重にしたような紋様《もんよう》が描《えが》かれ、中心の円を囲むように聖剣が四方に配置されている。『天空乃瞬《ウインザー》』のほかには『双龍乃牙《ズルフィカール》』『死神乃爪《ジーノス》』『報復乃鋏《フラガラッハ》』が大地に垂直に刺さっている。

このうち、『天空乃瞬《ウインザー》』『双龍乃牙《ズルフィカール》』の二本については、レベンスとサンデリアーナが使用し

たことについてはエリザに秘密《ひみつ》にしている。そのため、この二本の聖剣《せいけん》については「道場生が

あとで敷地《しきち》内で発見した」と説明してある。エリザはさして疑った様子《ようす》もなく話を信じたよう

で、こういうときに騙《だま》されやすい性格なのは助かった。

「本当にこれで倒せるのか？」

大地の紋様《もんよう》を見ながら、サツキが疑わしげな顔をする。

「なんだよ、こういう呪術《じゅじゅつ》っぽいのはヤポニカのほうが流行《はや》ってるだろ？」

「レベンス、貴様は何か勘違《かんちが》いをしている。たしかにヤポニカでは呪術の歴史が長いが、こう

したものは古い時代の遺物《いぶつ》だ」

「へえ、ヤポニカって意外と進んでいるんだな」

「おい貴様、ちょっと馬鹿《ばか》にしてるだろう」

サツキがレベンスに食ってかかり、またいつものように口論になる。

「だいたいおまえはいつも偉《えら》そうだぞ。腕が未熟《みじゅく》なくせに口だけは達者で」

「おまえこそ年下のくせに生意気だな。だいたい俺《おれ》に負けた奴《やつ》に未熟とか何とか言われたくな

いね」

「なんだと貴様」

「やんのかコラ」

「二人とも仲がよいのう」

「「ちがうッ！」」

ヴァリエガータが話に入った瞬間《しゅんかん》に、レベンスとサツキが同時に返事をした。それがあまりにも見事だったので、二人は思わず顔を見合わせる。

「ふん……いつかその性根《しょうね》を叩《たた》き直してくれる」

「おまえにできたらな」

「なにィ」

二人はまた顔を突《つ》き合わせて火花を散らす。最初のうちはサンデリアーナが止めていたが、無駄《むだ》だと分かった最近はそばで呆《あき》れるだけだ。

「さあ、始めるぞい」

師匠《ししょう》がパンパンッ、と手を打つと、さすがに二人も口論をやめて向き直った。

「サンちゃん、説明を」

「はい」

サンデリアーナが紋様の真ん中に立ち、一同を見回す。

「先日説明したとおり、これは『身の代《しろ》』という儀式《ぎしき》です。正確には『真・身の代』といったところでしょうか。根本にある原理は同じで、さらに発展させた形となります」

そこで彼女は四方にある聖剣を見回す。

「エリザさんの魔剣《まけん》を直すときは、聖剣『聖女乃証《クローディア》』を身の代にして、魔剣から毒を抜きました。今回は、四本の聖剣《せいけん》を身の代《しろ》にして、剣魔《けんま》から毒を抜くことになります」

「剣魔から毒を抜いたらどうなるんだ？」

レベンスが口を挟《はさ》むと、サンデリアーナが「これはあくまで推測《すいそく》ですが……」と前置きして答える。

「弱体化する、と考えられます」

「弱体化……」

「剣魔とは、剣聖《けんせい》の変貌《へんぼう》した姿。なぜ変貌したのかといえば、それは聖剣使用による『毒』のためです。ヴァーさまの推論《すいろん》から解釈《かいしゃく》すると、『毒』を原動力にして剣魔は動き、また、『毒』があるからこそ生きながらえている、ということになります」

「その毒さえ抜けば、剣魔が弱くなる、と？」

「そうじゃ小僧《こぞう》」

師匠《ししょう》が代わりに説明する。

「剣魔とはすなわち、全身を毒に冒《おか》され、毒を原動力とする死人。だからこそ、毒を抜けば抜くほど弱体化し、すべて抜けば倒すことができる。毒こそ元凶《げんきょう》であると同時に、毒こそ剣魔の弱点なんじゃ」

「理屈は分かるが、確かなのか？」

「それを今から確かめるんじゃよ」

ヴァリエガータがてくてくと歩き、サンデリアーナの隣《となり》に来る。

「さて、さっそく始めようか」

「いや、始めるって言っても、肝心《かんじん》の剣魔がいないだろ」

「目の前におるではないか」

「は？」

「わしじゃよ、わし」

そこで老剣聖は、自分のほうをぐいっと親指で差す。

「え、でも師匠……」

「前にも言うたじゃろ。わしの体の半分は、すでに『剣魔』の毒に冒《おか》されている。これほど実験にうってつけの材料も他におらんて」

「いや待て待て、その理屈は分かるが、師匠はどうなるんだ？　実験が成功《せいこう》して、毒が抜けて、そして……大丈夫《だいじょうぶ》なのか？」

「わからん」

「わからんって……」

「そもそも『身の代』は剣から毒を抜く儀式だが、今回は生身の人間が相手。物は試しじゃよ」

「ヴァーちゃん……」

「なんじゃー小童《こわっぱ》までそんな顔して。大丈夫、案ずるな。そう簡単《かんたん》にはくたばらんよ」

ヴァリエガータは飄々《ひょうひょう》とした受け答えで、弟子《でし》の気持ちをなだめる。危険は百も承知《しょうち》で、きっと止めても無駄《むだ》だろう。

「……危なくなったら中止にするからな」

レベンスはそう言い残して、エリザを見る。少女は迷ったような顔をしたが、それきり黙《だま》る。

「それじゃサンちゃん、ぼちぼち始めるとしようかの」

「分かりました。……では」

サンデリアーナが足元の蠟燭《ろうそく》に、一本ずつ火を点《つ》ける。蠟燭は十二本あり、等間隔《とうかんかく》で外側の円を囲んでいる。その内側に聖剣《せいけん》を配した円があり、その中央にヴァリエガータが立っている。

「この紋様《もんよう》は、魔術《まじゅつ》の儀式《ぎしき》で『二重火円陣《かえんじん》』と呼ばれるものです。元々は聖剣の修復のためにウチの鍛冶屋《かじや》に伝わる方法でして、細かな配置は資料から再現しました」

「では、始めるぞ」

ヴァリエガータは小さく手を掲《かか》げ、パチンと指を鳴らす。すると、聖剣に振《ふ》りかけてあった粉《こな》がボッと燃《も》え上がり、それは刀身《とうしん》を焼くように火の勢いを増す。粉末《ふんまつ》が導火線のようにして炎が燃え広がり、やがて炎で囲まれた二重の円ができる。蠟燭は上からも下からも溶け出し、気味の悪い形へと変貌《へんぼう》する。

師匠……。

炎に巻かれたヴァリエガータは、陽炎《かげろう》でゆらゆらと歪《ゆが》んでいる。火の近くで相当熱いはずなのに、その顔には恐怖《きようふ》も不安も見られない。緑色の瞳《ひとみ》が炎を映して光っているのが幻想的《げんそうてき》ですらあった。

徐々《じよじよ》に、炎の勢いが増す。

レベンスは予《あらかじ》め準備していた水桶《みずおけ》に手をかける。だが、ヴァリエガータは小さく首を振り、まだ中止するなと合図を送る。サンデリアーナは真剣な顔で炎の陣《じん》を見据《みす》えている。エリザは魅入《みい》られたように炎を見つめ、サツキは炎の熱を遮《さえぎ》るように手を顔の前に出している。

火の勢いはさらに増し、ついにはヴァリエガータの衣服にも火の粉《こ》が燃え移る。

もう限界だ、と彼が思ったとき。

――！

聖剣が光った。四本が同時に輝《かがや》き、その光は火柱のように燃え盛り、外側の円を満たしていた蠟燭の炎が消し飛ぶように消える。

「下がって……っ！」

サンデリアーナが叫《さけ》ぶとほぼ同時に、その異変は起きた。

ヴァリエガータの白い腕に、いきなり黒い血管《けつかん》が浮かび上がる。それは皮膚《ひふ》から這《は》い出ようとするかのごとく盛り上がり、やがて墨汁《ぼくじゆう》のような黒い血液が乾いた音とともに噴出《ふんしゆつ》した。その血液は大気に触《ふ》れると霧《きり》のごとくほどけて四方にある聖剣へと吸い込まれていく。かつて見た『身の代《しろ》』を、四剣同時に実行したような光景だ。

「あ……っ！」

ヴァリエガータが倒れる。炎が彼女を包む。サンデリアーナが叫《さけ》び、レベンスやサツキが同時に水桶を抱えて炎の中に飛び込む。水をかけると炎だけでなく光が弾《はじ》け飛び、レベンスたちは爆風《ばくふう》を浴《あ》びたように外側に押し戻《もど》される。

光がやむ。

炎は先ほどまでの勢いが嘘《うそ》のようにしぼみ、ちろちろと地面の草を焦《こ》がすだけとなる。

「師匠《ししょう》……！」

倒れたヴァリエガータに全員が駆《か》け寄る。

レベンスが抱き起こすと、師匠はうっすらと目を開いた。

「どうじゃ、サンちゃん……」

老剣聖《けんせい》はサンデリアーナのほうを見やる。すっと上げた腕は、皮膚《ひふ》が破れて黒く染《そ》まっている。

金髪《きんぱつ》の女性は小さくうなずき、結果を告げた。

「成功《せいこう》です」

8

翌日《よくじつ》より、一行《いっこう》は本格的な出発準備に取り掛かった。

傷ついたヴァリエガータはしばらく休み、サンデリアーナは研究の『詰《つ》め』を行う。レベンスは荷造りをしながら治療《ちりょう》を継続《けいぞく》し、エリザは家事手伝い、サツキは道場生や知人のツテを使って情報収集に励《はげ》んだ。

そして重大な事実が判明する。

「デュランダルが……本家に戻《もど》っている？」

その情報は、サツキの命令を受けた道場生によってもたらされた。目撃者《もくげきしゃ》の情報によれば、剣聖デュランダルは聖都アークレイギアに入ったという。そこはアストラガルス北部にある有名都市で、デュランダル総本家がある街として有名だ。

「サツキ、そりゃ本当か？」

「複数の筋《すじ》から確認が取れた。軍の情報網《もう》でも裏が取れたのでまず間違《まちが》いない」

「よく軍にツテがあったな」

「ユキノシタ流の道場生は全国津々《つつ》浦々《うらうら》にいる。入隊している者も数多い」

「なるほどな……」

レベンスはその情報を斟酌《しんしゃく》してみる。デュランダルが本家に戻ったということは、レベンスたちの追討《ついとう》を諦《あきら》めたということだろうか？　それともこれは何かの罠《わな》だろうか？

「師匠はどう思う？」

「そうじゃな……」

布団《ふとん》で横になっていたヴァリエガータがゆっくり体を起こす。その手足は包帯《ほうたい》で幾重《いくえ》にも巻かれており、サンデリアーナが気遣《きづか》うようにそっと上着を掛ける。

「たぶん罠《わな》だろうな」

「やっぱりか」

「だが、居場所が分かったということは好機でもある。そこをどう考えるかだな」

老剣聖《けんせい》は慎重《しんちょう》な物言いをする。

「サンちゃんはどう思う？」

「おっしゃるとおり、罠だと思います」

「ふむ。それで？」

「ただ、静観《せいかん》するだけでは事態が好転しないのも確かです。時間が経《た》てば経つほど、不利になるのは我々《われわれ》かもしれません」

「ふうむ、待てばジリ貧《ひん》か……」

ヴァリエガータは目を閉じて考え込む。

師匠《ししょう》の考えていることはレベンスにも分かった。ヴァリエガータは聖剣《せいけん》使用の影響《えいきょう》で、いつ剣魔《けんま》になってもおかしくない。もしも彼女が剣魔になり、己《おのれ》の命を断つようなことがあれば、大黒柱を失うレベンスたちの戦いは事実上の破綻《はたん》を迎《むか》える。

──結局、毒抜きも治療法としてはダメだったしな……。

先日の儀式《ぎしき》で、ヴァリエガータは体内から毒を抜いた。だが、それは皮膚《ひふ》を突《つ》き破って身体を破壊《はかい》しながらのもので、下手《へた》をすれば危《あや》うく死ぬところだった。『身の代《しろ》』による毒抜きで、師匠やサンデリアーナ、それにレベンス自身も治療《ちりょう》できるのではないか──そうした希望的観測《かんそく》を抱《いだ》いていたものの、それは目の前であっさり打ち砕《くだ》かれた。それがうまくいけば、今のようなジリ貧の事態を避《さ》けられるかもしれなかったが、やはりそう思い通りにはいかない。

「エリザは、どう思う？」

沈黙《ちんもく》を破るように、彼は銀髪《ぎんぱつ》の少女に話を振《ふ》る。答えは分かっていたが、それでもすべての始まりであるこの少女の意見を聞かぬわけにはいかない。

「戦う」

答えは明瞭《めいりょう》だった。

「戦って、倒して……、聖剣を、破壊《はかい》する」

「罠かもしれないぞ？」

「でも、やる」

エリザは迷いなく答える。レベンスは改めて少女の覚悟《かくご》に感心させられる。

きっとこの少女は、最後の一人になっても戦うだろう。それが必要なら、躊躇《ちゅうちょ》なく死地へと飛び込み、目的を達するために邁進《まいしん》するだろう。

「俺《おれ》も同じ意見だ」

彼はエリザを見てうなずき、それから己《おのれ》の師匠《ししょう》を見る。

「ふむ……」

師匠は目を閉じ、それから静かに決した。

「出発しよう」

9

二日後の朝、一行《いっこう》は山中にいた。

このあたりの地理に詳《くわ》しいサツキの案内を頼《たよ》りに、人気《ひとけ》のない獣道《けものみち》を進む。先頭の馬にはサツキ、次にエリザとレベンス、最後尾の馬にはヴァリエガータとサンデリアーナが乗っている。

空は曇《くも》り空で、山の冷気が肌《はだ》に染《し》み入る。まだ朝もやが晴れない空間を三頭の馬は慎重《しんちょう》に進む。

目的地は聖都アークレイギア。二千年前からデュランダル家が本拠地《ほんきょち》を置く伝統都市で、ユキノシタ道場がある南部からすると、アストラガルス大陸を丸ごと縦断《じゅうだん》する長旅になる。もっとも、これが最後になるかもしれないことを考えると、何ヶ月掛かろうとむしろ短いような気もする。

出発して二時間もすると、靄《もや》が晴れて山道に日が射《さ》してくる。朝が早かったせいか、エリザはレベンスの胸でうとうととしており、振《ふ》り返ればヴァリエガータもサンデリアーナの胸に寄りかかって目を閉じている。緊張感《きんちょうかん》がないようにも見えるが、師匠のほうは体力の温存だろう。エリザは単に肝《きも》っ玉が据《す》わっているだけかもしれないが。

「なあ、サツキ」

山道が少し広くなってきたのを見計《みはか》らい、レベンスは先頭の黒髪《くろかみ》少女と馬を並べる。

「どうしてついてきたんだ？」

「……は？」

サツキは切れ長の瞳《ひとみ》で彼を見返す。どこか喧嘩《けんか》腰《ごし》なのはいつもの調子だ。

「てっきりおまえは来ないと思っていた」

「なぜそう思う？」

「だって、理由がないだろ？　これは『剣聖《けんせい》殺し』の旅なんだぜ？」

レベンスは最初から本質的な部分に突《つ》っ込む。サツキが付いてきてくれるのは心強かったが、一方で巻き込んでしまったという思いもある。彼女の本心を知りたかった。

「そういう貴様はなぜ戦う……？」

「え？　俺？」

思わぬ質問に、彼は少し面食らう。

──俺《おれ》の場合は……。

「最初はただの仇討《かたきう》ちだったが……、今は少し、変わった」

「変わった？」

「俺は……」

彼はちらりとエリザを見る。両腕の間で、銀髪《ぎんぱつ》の少女は彼の胸板に安心しきった寝顔を預けている。

「今は、こいつと同じ理由で戦っている。すべての聖剣《せいけん》を集めて、破壊《はかい》することだ」

「それは『剣魔《けんま》』の出現を未然に防ぐためか？」

「そうだ。それは俺にとっての仇討ちでもあるから、同じといえば同じだけどな」

「…………」

サツキは彼をじっと見つめる。黒い瞳《ひとみ》はどこか挑戦的で、ギラついた眼光《がんこう》が荒々しい若さを感じさせる。

少女は少し間を置き、静かに口を開く。

「私も仇討ちという点では、貴様と同じだ。剣聖《けんせい》殺しは母上の仇。おいそれと見逃すわけにはいかぬ」

「まだエリザの命を狙《ねら》っているのか」

「無論だ。もちろん『天空乃瞬《ウインザー》』も母の形見《かたみ》。その意味では貴様も仇だ」

「参ったね、こりゃ……」

レベンスは肩をすくめるが、少女は大真面目《おおまじめ》だ。

「だが……」

そこでサツキは少し声のトーンを落とす。

「認めたくないことだが、私は貴様に敗北《はいぼく》した。その上、命まで助けられてな。まずはこの借りを返さなくては、ユキノシタ家の血を継《つ》ぐ者としての名折れだ」

「借りを返したいんなら今すぐにでも勝負してやるぜ」

「なにィ」

ビキッ、とサツキの眉間《みけん》に皺《しわ》が寄る。こいつを怒らせるのはエリザ以上に簡単《かんたん》だ。

「いいだろう、そこまで言うなら今ここで成敗《せいばい》してくれるっ」

「あー、やっぱりかったるいからやめとくわ。おまえがもう少し強くなったら相手してやるよ」

「貴様、言わせておけば」

「おまえ、俺に『借り』があるんだよな？　だったら俺の頼《たの》みも少しは聞いてくれよ」

「ぬぐぐ……」

サツキは痛いところを突《つ》かれたというように歯軋《はぎし》りする。

少々からかったところで、レベンスは話を戻《もど》す。

「……冗談《じょうだん》はさておき、この旅は本当に危険だぞ？　おまえは剣聖や剣魔《けんま》と正面からやり合う覚悟《かくご》があるのか？」

　それはどうしても訊《き》いておきたいことだった。

「そんなことは承知《しょうち》の上だ」

　サツキはやはり怒ったように答える。

「私は確かめたいのだ。聖剣《せいけん》とは何か。剣魔《けんま》とは何か。……何より、なぜ母上が死ななければならなかったのか」

　少女の眼光《がんこう》が鋭《するど》さを増す。

「そして、もしもすべての元凶《げんきょう》がデュランダルならば、私は必ずこの手で討《う》ち果たす。それが私にとっての真の仇《かたき》討《う》ちとなるからだ。……貴様らについていくのはそういうことだ」

「命がけだぞ」

「くどい。『真の仇』を討てるのなら、命など惜《お》しくはない」

　サツキは断言する。

「そうか。分かったよ、もう訊かねぇ」

　レベンスは質問を打ち切り、馬の速度を少し緩《ゆる》める。視線を感じて振《ふ》り向くと、サンデリアーナだけでなく、ヴァリエガータも片目を開けてこちらを見ている。レベンスと視線が合うと、師匠《ししょう》は何事もなかったように目を閉じ、また眠り始める。

　真の仇……。

サツキの言葉を聞いて、レベンスはわが身に置き換《か》えて考える。

今までは『光る眼《め》の剣士』こそ仇だと思っていた。だがそれは八人もいて、敵側の手先に過ぎなかった。本当に倒すべき相手は、他にいる。

そう、真の仇は。

仇を討ちたいという気持ちはずっと変わらずにある。ただそれは、過去の報復のためというよりも、むしろ彼が守りたいものを守るために必要な行為《こうい》だった。

腕の中では、銀髪《ぎんぱつ》の少女が眠りこけている。

レベンスはそのぬくもりを感じながら、手綱《たづな》を握り直した。

10

旅路は何事もなく進み、五日が過ぎた。

初日にビフェルテートの関所を抜けたほかは、これといって緊張《きんちょう》する場面もなく、明日からはアルケミラス王国を越《こ》えてさらに険《けわ》しい山道へと入る。その先にはジュマールの大樹海《だいじゅかい》があり、ちょうどユキノシタ道場に来たときと逆をたどることになる。目的地のアークレイギアは商都リアトリスのさらに北にあるので、近道するにはこのルートしかない。

「今宵《こよい》はこのへんにしようかの」

夕闇《ゆうやみ》が迫《せま》る山道。ヴァリエガータの一声で、一行《いっこう》は馬を止める。

レベンスが薪《まき》を集め、エリザが竈《かまど》をつくり、サツキが火を熾《おこ》して、サンデリアーナが料理を始める。ヴァリエガータは食材となりそうな獲物《えもの》を狩ったり、山菜を摘《つ》んできたりする。この五日間で自《おの》ずと役割分担《ぶんたん》が決まった五人だった。

「ヴァーさま、よくこんな猪《いのしし》が獲《と》れましたね」

「なに、歩いていたらいきなり突《つ》っ込んできおってな。一撃《いちげき》くわえたら失神しよった」

「おみごとです。はい、どうぞ」

サンデリアーナが猪汁をすくいながら、ヴァリエガータの狩猟《しゅりょう》の腕を褒《ほ》める。この凄腕《すごうで》がいるかぎり食いっぱぐれはないな、とレベンスは頼《たの》もしく思う。その隣《となり》ではエリザが相変わらず汁をこぼしながら夢中で食事をしており、「あーあー、もう」とレベンスはいつもどおり世話を焼いてやる。戦いの日は刻々と近づいているが、以前と変わらぬ日常がそこにはあった。


異変があったのはその夜だ。


夕食後、焚《た》き火を囲んでいくらかの雑談《ざつだん》をしたあとは、いつもどおり就寝《しゅうしん》の時間となった。夜番のヴァリエガータを除いて、それぞれが横になって睡眠《すいみん》を取っていると、

――さあ、目覚《めざ》めよ――

その声でレベンスは目を覚ました。

なんだ……？

重い瞼《まぶた》を擦《こす》りながらあたりを見回す。だが、焚き火の跡《あと》がほんのりと光っている他には何も見えない。

「エリザ……？」

彼の隣では、銀髪《ぎんぱつ》の少女も起きていた。彼と目が合うと、「聞こえた……？」と尋《たず》ねてくる。

「おまえもか？」

「うん」

「人の声か？」

こくり、と少女はうなずく。

「小僧《こぞう》、小童《こわっぱ》」

振《ふ》り向くと、そこには夜番の師匠《ししょう》が立っていた。手には聖剣《せいけん》『死神乃爪《ジーノス》』を握り、警戒《けいかい》した眼差《まなざ》しで付近を窺《うかが》っている。

「師匠も聞こえたのか？」

「左様《さよう》。どうやらこれで全員か」

「全員？」

レベンスが視線を走らせると、サツキもサンデリアーナもすでに起きていた。

「ヴァーさま、こちらは異常ありません」

「こっちもです」

二人はすでにあたりを捜索《そうさく》してきたらしく、剣を携《たずさ》えた姿で報告する。

「ご苦労。だが、そうなると妙《みょう》じゃな……」

やれやれ、俺《おれ》が一番最後か。

レベンスも立ち上がり、剣を手に取る。彼とて傭兵《ようへい》の経験から勘《かん》は鋭《するど》いつもりだが、この面子《メンツ》に囲まれていると自分がとりわけ鈍《にぶ》いような気がしてくる。

「目覚《めざ》めよ、と言った者はおるか？」

「いや……」

ヴァリエガータに問われ、全員が首を振《ふ》る。

「おかしい。これほど近くに気配を感じるのに、なぜか誰《だれ》の姿も見えん」

「でも……」そこでエリザが答える。「知ってる、声だった」

「なんじゃと？」

「本当かエリザ」

レベンスが覗《のぞ》き込むと、少女は「うん」とはっきり答える。

「誰かの寝言ってことはないのか」

「それはない。わしは起きていたのだから」

「じゃあいったい……」

そのときだ。


『そろったようだな』


びくり、と全員が体を震《ふる》わせた。互《たが》いに顔を見合わせ、それが独《ひと》り言《ごと》でも幻聴《げんちょう》でもないことをはっきりと認識する。頭の中に直接響《ひび》いてくるような『声』。

この声って、まさか……。

レベンスは思い出していた。以前、こんな声をどこかで聞いたことがある。あのときは確か「終わりが近いのだ」といったことを言われた気がする。

全員が何も言えずにいると、その『声』は、こんなことを言った。

『そろそろ姿を見せるとしよう』

その直後。

焚《た》き火の跡《あと》に突《つ》き刺さるように、空から一筋《ひとすじ》の光が舞い降《お》りた。

な、なんだっ⁉

レベンスは驚《おどろ》いてのけぞる。まばゆい光が闇夜《やみよ》を破り、視界を白く染《そ》め、それはやがて落ち着く。

「あっ……！」

声を上げたのはエリザ。眼前《がんぜん》に落ちてきた「それ」に、目を丸くする。

「処女神拷問《アイゼルネ》……⁉」

なんだと⁉

レベンスはさっきまで魔剣《まけん》の置かれていた位置――エリザの枕元《まくらもと》だったあたりに目をやるが、そこにはすでに何もない。

漆黒《しっこく》の刀身《とうしん》が燐光《りんこう》を放ち、その巨躯《きょく》を誇示《こじ》するように突《つ》き立つ。それはまさしくエリザの魔剣『処女神拷問《アイゼルネ》』だった。

「どうして……」

エリザは呆然《ぼうぜん》と剣を見つめる。刀身には以前にも見た『目』が開いており、それは恐《おそ》ろしいまでに血走っている。

「小童《こわっぱ》、どういうことじゃ」

「わかんない」

少女は首を振《ふ》る。

「どうしちゃったの、処女神拷問《アイゼルネ》？」

剣に問いかけながら、エリザは一歩前に出る。

すると、

『ひさしいなエリザベート』

また『声』が聞こえた。

全員が剣を見る。剣もこちらを見つめ返す。もう間違《まちが》いない。

この魔剣が、しゃべったのだ。

「え、え？」

エリザは戸惑《とまど》いを隠《かく》せない。

『こうして話すのは、前の世界以来か。驚《おどろ》くのも無理からん』

「あ、う……」

少女はまだ要領《ようりょう》を得ない様子《ようす》で、むしろ恐《おそ》れたようにその場に留《とど》まって剣を眺める。

剣はぼんやりと発光しながら、まるでその場にいる五人を見回すように間を置いた。

「何者だ」

レベンスは尋《たず》ねてから、なんだか間の抜けた質問のような気がしてならなかった。なにせ答えは分かっている。むしろここは「おまえしゃべれたのか」と問いかけるべきだったか。

『我《われ》はアイゼルネ。剣に宿りし不滅《ふめつ》の魂《たましい》』

その声は心の中に直接入ってくるような不思議《ふしぎ》な響《ひび》きがあった。そして、性別を言うのはおかしな話かもしれないが、どこか女性的な印象を受けた。

「どうして、いま、なの？」

エリザが緊張《きんちょう》した感じで尋ねる。その表情は強張《こわば》っており、いつも魔剣《まけん》を抱いて眠ってきた親しさは感じられない。

質問の趣旨《しゅし》はあまり定かではなかったが、以心伝心というものだろうか、魔剣はさらりと答えてみせた。

『すゝべての剣聖が、打ち倒されたから、だ』

――え？

レベンスは一瞬《いっしゅん》、その答えを聞きとがめる。

すべての剣聖《けんせい》、と魔剣は答えた。しかし、まだ最大にして最強の敵であるデュランダルが残っている。それとも『彼女以外のすべて』という意味だろうか？

引っ掛かりを覚えたレベンスだったが、質疑応答は進行した。

「剣聖、いなくなったから、出てきたの？」

『しかり。時が来たゆえ、我は顕現《けんげん》した』

「どうして、今まで、黙《だま》っていたの？」

『まだ時ではなかったからだ』

――おいおい。

エリザに任せていると埒《らち》が明かないと思ったレベンスは、「それでよ」と口を挟《はさ》んだ。

「あんた、いったい俺《おれ》たちに何の用だ」

レベンスが問うと、魔剣《まけん》はじろりと彼のほうを見た。その目で見据《みす》えられると、彼は自分が怯《ひる》むのを感じた。殺気とも狂気とも違う、何か得体の知れない迫力《はくりょく》があった。たとえるなら自分よりも立場が上の者と相対《あいたい》したときの感覚。一番近いのは『畏《おそ》れ』だ。

『何の用だ、とは異なことを言う。用があるのはそなたたちのほうであろう』

「俺《おれ》たちが……あんたに用？」

レベンスは相手の言葉の意味が分からない。「そりゃ、訊《き》きたいことは山ほどあるが……」

と口走ったところで、魔剣は『それだ』と答えた。

『なんなりと訊くがよい。ただし、我《われ》はこの状態では長く顕現《けんげん》できぬ。急げ』

「え？　それはつまり……」

質問を受け付けるってことか？

突如《とつじょ》として設けられた機会に、彼は何を訊いてよいか迷う。『急げ』という言葉からして時間が限られているようだが、そうなるとますます焦《あせ》って言葉が出てこない。

「では、ちと訊かせてもらおうかの」

今まで様子《ようす》を窺《うかが》っていたヴァリエガータが口火を切った。

「まずはアイゼルネ、おぬしは何者じゃ。先ほどは『剣に宿りし不滅《ふめつ》の魂《たましい》』というたが、あれはどういう意味じゃ」

『我は不滅。その魂は永遠。剣に宿りしとは言葉どおりの意味だ』

「待て、説明になっとらんぞ。ただの繰《く》り返しではないか」

『次の質問はなんだ』

「ぬう……」

ヴァリエガータが顔をしかめる。この老獪《ろうかい》な剣聖《けんせい》が、今は調子を狂わされている。

「では質問を変えよう。おぬしはどこから来た？　この世界でないのなら、それはどこにあるんじゃ？」

『我はこの世界の外から来た。それは時空の概念《がいねん》では計れぬ悠久《ゆうきゅう》の世界だ』

これもまたはぐらかすような答えだった。だが、ヴァリエガータはかまわず次の質問に移った。

「いったい何をしにきた？　目的はなんじゃ？」

『邪《よこしま》なる剣の破壊《はかい》だ』

「邪なる？　それは聖剣《せいけん》のことか？」

『そなたたちの世界ではそう呼ばれている』

「なぜ破壊するんじゃ？　それはやはり剣魔《けんま》が生まれるせいか？」

『そうだ』

「聖剣とはなんじゃ？　あれはどこから来た？」

『聖剣とは、多元《たげん》世界を淘汰《とうた》するための試練の秤《はかり》。我と同じく、この世界の外から来た』

「多元……？　淘汰《とうた》……？　どういう意味じゃ」

『それはおそらく人間の理解を超《こ》える』

「ぬ……まあよい。では、誰《だれ》がそんなものをわしらの世界に送ってきたんじゃ」

『ロンスヴァールだ』

「誰じゃそれは」

『我《われ》の同胞《どうほう》にして仇敵《きゅうてき》なり』

「ええと、それはつまり……」

そこでレベンスはハッと感づく。それは先ほど抱《いだ》いた違和感《いわかん》。『すべての剣聖《けんせい》が打ち倒されたからだ』という言葉に、デュランダルが除外されていた事実。

「なあ、ひょっとして、その『ロンスヴァール』ってのが……デュランダルのことなのか？」

『ほう……』

魔剣《まけん》は初めて感情のこもった返事をする。レベンスの指摘《してき》に少しだけ感心したような反応だ。

「小僧《こぞう》、今のはどういう意味じゃ？　ロンスヴァールが、デュランダルとな？」

「ああ、それはな師匠《ししょう》――」

『時間だ。我はもう顕現《けんげん》できぬ』

「えっ？」

師弟《してぃ》は驚《おどろ》いて剣を見る。

『最後に、我《わ》が使い手にして契約者《けいやくしゃ》よ。準備は整った。今こそすべてを返そう』

「すべてを、かえす……？」

エリザが目をぱちくりする。

『時は来たれり』

その瞬間《しゅんかん》、魔剣の『目』がカッと強く光った。すると、その眼光《がんこう》を浴びたエリザはびくりと体を強張《こわば》らせ、その場に硬直《こうちょく》したように立ち尽《つ》くした。

「エリザ……？」

『さらばだ』

「ちょっ、待っ……」

レベンスの制止など意に介さず、魔剣は『目』を眠そうに閉じ、それはすっと刀身《とうしん》の中に消えてしまった。

魔剣を包んでいた光が消えると、あたりには暗闇《くらやみ》と静寂《せいじゃく》が同時に訪れる。

「なんじゃー、勝手に現れて、勝手に消えてしまいよってからに」

ヴァリエガータは不服《ふふく》そうに唇《くちびる》をとがらせる。

「あの、ヴァーさま」そこでサツキが尋《たず》ねる。「今のやりとりはどういう意味だったのでしょう。私には何が何やらさっぱり……」

「あー、それはわしもじゃ。サンちゃんはどうじゃ？」

「いえ、私もよく分かりませんでした。どの答えも曖昧模糊《あいまいもこ》としてつかみ所がありません」

「ふーむ、サンちゃんもか……小僧《こぞう》はどうじゃった」

「いや、俺《おれ》もさっぱりだ」

「では、小童《こわっぱ》はどう思った？　だいぶ面食らっていたようだが、あれは元よりおぬしの剣じゃろう。……ん？　小童？」

　そこでヴァリエガータも気づく。エリザの様子《ようす》がおかしいことに。

「…………」

　エリザはさっきからその場に立ち尽《つ》くしたまま、微動《びどう》だにしない。その瞳《ひとみ》は焦点《しょうてん》が合っておらず、どこか遠くの世界を見ているような目つきをしている。

「おいエリザ、どうした？　急にボーッとしちまって」

　レベンスが少女の肩に手をかける。

　その瞬間《しゅんかん》だった。

「う……」

　エリザがうめいた。

　え!?

　それは滝《たき》のような号泣《ごうきゅう》だった。少女の瞳からは涙《なみだ》がひっきりなしに溢《あふ》れ、ぽたぽたと地に落ちる。レベンスたちが焦《あせ》ってエリザに呼びかけるが、まるで耳に入っていないようにただただだ少女は肩を震《ふる》わせ、涙をこぼし続ける。溜《た》め込んでいたものが急に決壊《けっかい》して流れ出したような光景だ。

「おい、剣聖《けんせい》殺し」

業《ごう》を煮《に》やしたサツキがとがめる。

「貴様、泣いてばかりでは分からぬだろう。何が起きたのか説明せんか」

「ひ、ひっく……」

エリザはまだ答えられない。

「まあまあ、サッちゃん。あまり急《せ》かしてやるな」

「ですが……」

「ヴァ、ヴァーちゃん、あの……」

「よいよい」

なんとか説明しようとするエリザに、ヴァリエガータは優《やさ》しく助け舟《ぶね》を出す。

「どうやら魔剣《まけん》のほうも営業終了といったところじゃし、小童もちと疲れてるようじゃ。この続きは明日としよう」

「は……ヴァーさまがそうおっしゃるなら……」

やや不本意そうだが、サツキも従う。

「小僧《こぞう》、小童の面倒《めんどう》を見てやれ」

「おう」

レベンスは返事をしつつ、エリザの肩をそっと抱いてやる。少女は立ったまま泣き続けており、大量の涙《なみだ》で頬《ほお》がすっかり濡《ぬ》れている。少女の顔がレベンスの胸に預けられると、その涙は彼の胸に染《し》み込んだ。

しかし、驚《おどろ》いたな……。

エリザを気遣《きづか》いつつも、レベンスは今しがたのやりとりを振《ふ》り返り、なんだか夢でも見ていたような気分になる。皆《みな》でこうして目撃《もくげき》していなければ、自分が寝ぼけていたのかと思うくらいだ。

――終わりが近いのだ。

ふと、前に聞いた声が、その声と重なる。おそらくは同じものと考えるのが自然だ。

訊《き》きそびれたな……。

彼は一抹《いちまつ》の後悔《こうかい》を抱《いだ》くと同時に、もう一つ、別の想いを抱いていた。

あれが魔剣《まけん》の言葉だとすれば、それの意味する内容には格段に信憑性《しんぴょうせい》が増す。エリザとともに歩み、エリザと苦楽を共にしてきた剣なのだ。その剣が、終わりが近いと告げている。

「エリザ……」

はらはらと泣き続ける少女を見ていると、レベンスも胸が痛んでくる。

彼はエリザを優《やさ》しく抱き、背中を軽くさすってやる。

横になり、毛布を掛けてやっても、その涙が止まることはなかった。

11

そんなことがあった翌日《よくじつ》。

レベンスたちはジュマールの大樹海《だいじゅかい》に入り、鬱蒼《うっそう》とした木々の中を進んでいた。

馬を並べて、静かに樹海の中を進んでいると、サツキがふいに切り出した。

「結局あれは、なんだったのだろうな」

「あれって？」

サンデリアーナが振《ふ》り向くと、黒髪《くろかみ》の少女は「昨夜《ゆうべ》の『魔剣』のことだ」と答えた。

「急に深夜に起こされたかと思えば、あれが突然しゃべり出し、挙句《あげく》に中途半端《ちゅうとはんぱ》なままで打ち切られた。まるでからかわれたようだ」

「そうね……」

金髪《きんぱつ》の女性は上品な感じで指先を顎《あご》に当て、推測《すいそく》を告げる。

「でも、『この状態では長く顕現《けんげん》できぬ』と言っていたことからすると……本当に時間がなかったのかも」

「わしもそんな気がするな」

師匠《ししょう》が話に加わる。ちなみに今日もサンデリアーナの前で彼女に寄りかかっている。

「本来は、答えをはぐらかすつもりも、打ち切るつもりもなかったのじゃろう。でなければ我《われ》らの前にわざわざ出てくる意味がない」

「そうですね……」

サンデリアーナも同意する。

そこでサツキがエリザのほうを見た。

「そもそも、その魔剣《まけん》は何なのだ。剣聖《けんせい》殺し」

「え……？」

「おまえはあの剣の主《あるじ》であろう。合理的に説明してみせろ」

「んっと……んっと……」

エリザは困ったように首をひねる。だが、自分から順序《じゅんじょ》立てて説明するのは苦手なようで、うまく言葉が出てこない。

「あの剣は『今こそすべてを返そう』と言っていたな。あれはどういう意味だ」

サツキが具体的に問い質《ただ》す。

「返して、もらった、の」

「だから何をだ」

「すべて」

「は？　分かるように説明しろ」

「うー」

エリザは低いうなり声を出し、「……うまく、言えない」と答えた。

「貴様もあの剣と同じだな。まるで答えが意味を成さない」

「まあまあサッちゃん、それくらいで。小童《こわっぱ》は口下手《べた》なのじゃ。のう？」

「口下手……」

エリザはまた空を見て考え、すぐ背後にいるレベンスを見上げる。

「そうなの？」

「俺《おれ》を見るなよ。自分のことだろ」

「話すの、苦手」

「じゃあ口下手だな」

彼が指摘《してき》すると、エリザはやや不満げな顔をしたが、反論はしなかった。やはり自覚はあるらしい。

――たしかに、似ているかもな。

さきほどサツキが指摘したとおり、エリザは口下手で、それはあの魔剣とよく似ている。『ロンスヴァール』『多元《たげん》世界』『淘汰《とうた》』など、手がかりらしき言葉はちらほら出てきたが、結局それも補足説明がなければ想像の域《いき》を出ない。

訊《き》きたいことは山ほどあったのにな……。

聖剣《せいけん》とは何か、剣魔《けんま》とは何か。デュランダルの目的は何か、弱点はあるのか。そして――

この少女は何者か。

レベンスは前に座る少女を見ながら、改めて考える。初めて会ったときから謎《なぞ》だらけで、それは根本的なところで今も変わらない。聖剣を破壊《はかい》するという目的や、それが過去に起きた悲《ひ》劇《げき》に起因《きいん》することまで理解できたが、少女がどこから来て、つまるところ何者なのかといったことは皆目《かいもく》分からない。それは隠《かく》しているというよりも、当の少女自身すら分かっていないことのように思えた。

――『処女神拷問《アイゼルネ》』って、結局何なんだろうな。

今までもそれは疑問だったが、この前の『顕現《けんげん》』のせいで謎はますます深まった。長きに渡り少女を守り続け、そして自《みずか》らも意志を持つ剣。以前『身の代《しろ》』によって修復した際は、聖剣『聖女乃証《クローディア》』と同質だと判定された。それはすなわちあの魔剣も聖剣と近い存在であることを示したわけだが、だからといって正体が明らかになったわけではない。

『なんなりと訊くがよい。ただし、我はこの状態では長く顕現できぬ。急げ』

顕現できない、ということは、もう質問の機会はないということだろうか。そう考えると千《せん》載一遇《ざいいちぐう》のチャンスを逃した気がする。もっとも、あの短時間でどうにかできたかと言うと、それはやはり無理だったろう。師匠《ししょう》も相当多くの質問を矢《や》継《つ》ぎ早に繰《く》り出していたが、とにかく相手の答えが抽象的《ちゅうしょうてき》すぎて意味をなさない。

あのあとエリザには何度も質問した。『多元世界』『淘汰《とうた》』『ロンスヴァール』といった言葉の意味を繰り返し尋《たず》ねた。だが、少女の答えはまるで要領《ようりょう》を得ず、最後は泣きそうになって押し黙《だま》ってしまうため、それ以上は強く訊けないのだった。ヴァリエガータもお手上げといった感じで少女への追及《ついきゅう》を控《ひか》えている。

『すべてを返そう』

あのとき魔剣はそう言った。そして、エリザはにわかに涙《なみだ》を流し始めた。きっと何か相当のショックを受けたに違いないが、エリザは何も語ろうとしない。あんなに傷ついた顔の少女を見るのは初めてだった。

『終わりが近いのだ』

以前に聞いた言葉が、深い沼《ぬま》の底から浮かび上がるあぶくのように、また彼の意識の表層《ひょうそう》に上《のぼ》ってくる。それは一番知りたかったことだが、一方で答えを聞くのが怖《こわ》くもあった。その言葉の意味を考えれば考えるほど、彼は胸が痛む。

終わり。

それはおそらく、エリザとレベンス、二人の時間の終わり。

すぐ近くで揺《ゆ》れる銀髪《ぎんぱつ》が、レベンスの胸を撫《な》でる。小さな背中と、華奢《きゃしゃ》な体。今はそれが、どこか遠くに感じる。

手綱《たづな》を操《あやつ》るふりをして、その細い体をそっと挟《はさ》むようにしてみる。

両腕で感じるぬくもりは、たしかにそこにあって、少女も彼の動作を感じて背中を預けてくる。鼻先に触《ふ》れる髪《かみ》の匂いと、やわらかな体。

エリザが顔を上げる。視線が合うと、少し目を細めて微笑《ほほえ》むような顔になる。

この無邪気《むじゃき》な笑顔も、いずれは見られなくなるのかもしれない。そう考えると、レベンスはたまらなく胸が締《し》め付けられるのだった。

その夜。

見張りの当番となったレベンスは、一人で焚《た》き火の前に座っていた。

傍《かたわ》らで眠るエリザの寝息を聞きながら、ぼんやりと炎を眺める。追加の薪《まき》をくべると、火の勢いがわずかに戻《もど》る。

「ん……」

毛布の中で、エリザがブルッと震《ふる》える。

少し冷えてきたか、とレベンスは自分の分の毛布を手に取り、そっと少女にかけてやる。その横顔は炎に照らされ、白銀の髪《かみ》が淡《あわ》く光っている。

——今日も、抱いていないのか。

最近、少女は眠るときに魔剣《まけん》を抱かないようになっていた。もちろん手が届く距離《きょり》に置いてあるが、剣よりも別のものに寄り添《そ》うようになっていた。

それはレベンスだ。

眠る前、エリザはちょこちょこと彼のそばまで歩いてきて、「ここ、いい？」と尋《たず》ねた。彼が許可すると、少女はそこに敷布《しきふ》を引き、彼に密着するように横になった。その手は今も、彼の上着をひしと握り締めている。

こいつ……最近本当に甘《あま》えてくるよな……。

エリザといっしょに寝ること自体は、今に始まったことではない。だが、ここ最近は輪をかけてべったりと甘えてくる。片時も離《はな》れたくないというように、しっかりと彼の服を摑《つか》み、朝まで決して離さない。少女が気を許してくれることは嬉《うれ》しいが、まるでいっしょにいられるのはあと少しだと言われているような気がして、レベンスは焦《あせ》りにも似た不安を覚えるのだった。

「…………」

少女の隣《となり》には魔剣が横たわっている。物言わぬ黒い塊《かたまり》は、炎の明かりで鞘《さや》が光り、彼と同じように少女を見守っているふうな印象を受ける。

もう一度、話がしたい。

そう思ったレベンスは、たぶん駄目《だめ》だろうなと思いつつも、魔剣に手を伸ばした。ずっしりとした重量感に顔をしかめたあと、両腕でどうにか持ち上げ、自分の前に持ってくる。こうして魔剣に触《ふ》れるのはかなり久しぶりだ。

エリザを起こさぬよう、静かに、慎重《しんちょう》に鞘《さや》から刀身《とうしん》を引き抜く。

焚《た》き火とレベンスの間くらいに剣を突《つ》き立てると、彼はいくらか圧迫感《あっぱくかん》のようなものを覚えた。間近《まぢか》に見る漆黒《しっこく》の大剣はとても迫力《はくりょく》があり、こうして座った状態で見ていると、なんだかこちらが向こうに見下ろされているような気がしてくる。

レベンスは刀身に触《ふ》れて、心の中で念じる。

——さあ、出てこい。

その言葉を口にしないのは、眠っている皆《みな》を起こさないためでもあるが、それ以上にこの剣に対しては必要ない気がした。こうして触れてさえいれば、口にせずとも念じるだけで伝わる。それは以前に、この剣から『映像』を何度か見せられたときにも感じたことだった。

——あんたにゃ、まだまだ訊《き》きたいことがあるんだ。頼《たの》むよ。

レベンスは念じる。剣を見据《みす》え、強く祈《いの》る。

頼む、出てきてくれ。少しでいいんだ。なあ、お願いだ。

だが、剣はぴくりとも反応しない。黒々とした刀身を垂直に突き立てたまま、回答拒否《きょひ》を命じられた黒服の執事《しつじ》のごとく、微動《びどう》だにせず立っている。

「だめか……」

彼が目を閉じ、断念しかける。

そのときだ。

――！

チカッ、と何かが光った。

それから刀身に亀裂《きれつ》のような線が走り、カッと『目』が開かれた。

来た……！

レベンスはにわかに勇み、前のめりになる。

だが、出現した『目』は少し様子《ようす》が変だった。最初は大きく見開かれていたが、時間が経《た》つに連れてだんだんと閉じられていく。閉じかかったところでどうにかまた開くが、それからすぐにまたトロンとしてくる。眠いのか、疲れているのか、それは窺《うかが》い知れないが、とにかく開けているのがつらそうだ。

どうした、調子が悪いのか？

レベンスが問いかけると、チカッ、とまた剣は光った。

俺《おれ》の問いには、答えてくれないのか？

すると今度は、チカッ、チカッと、二度連続で剣が光った。そしてとうとう限界が来たというように、目は閉じられ、すっと刀身の中に消えていった。

――今のはひょっとして……。

レベンスは剣の反応に、何かを読み取る。一度だけの光と、二度連続の光。それは軍隊や傭《よう》兵《へい》の間で、離《はな》れたところで連絡を取るための『信号』に似ている。鏡《かがみ》を使って光を反射したり、あるいは炎で円を描《えが》いたり、そうした合図で遠く離《はな》れた兵士同士で意思疎通《そつう》を図ることがある。

今の魔剣《まけん》が見せた反応も、それに類《るい》するものではないのか。

彼は手を伸ばし、もう一度刀身《とうしん》に触《ふ》れる。それから心の中で念じた。

（この前みたいに、しゃべることはできないのか？）

チカッ。

（体力的に厳《きび》しいのか？）

チカッ。

（では、今日はこれでおしまいか？）

チカッ、チカッ。

──間違《まちが》いない。

レベンスは確信する。光るのが一度だけなら「はい」で、二度連続なら「いいえ」。それは軍隊での基本的な光信号の解釈《かいしゃく》と一致《いっち》する。

「我《われ》はこの状態では長く顕現《けんげん》できぬ。急げ」──以前に出現したときも、魔剣《まけん》はこんなふうに『断り』を入れていた。もしかしたら、ああいうふうに皆《みな》の前に現れて会話をすること自体が、この魔剣にとってかなり負担《ふたん》の大きい行為《こうい》なのかもしれない。

レベンスは確かめてみる。

（ええと……今は疲れていて、『顕現』はできないが、その代わり質問には『光』で答える。

そういうことか？）

チカッ。光ったのは一度。つまり「はい」だ。

なるほどそういうことか、とレベンスは事情を了解《りようかい》する。直接会話ができないのは残念だが、これだけでも意思疎通は十分にできる。

（じゃあ、訊《き》くぞ）

彼は改めて質問する。あまり時間がないことを考え、一番訊きたいことから尋《たず》ねる。

（この前、『終わりが近い』って俺《おれ》に言ったのは、あんただよな？）

光は一度。つまり「はい」だ。

（あれはどういう意味だ？）

…………。光はない。剣は沈黙《ちんもく》する。

ああそうか、と彼は自分の間抜けさに舌打ちする。「はい」か「いいえ」で答えられる質問でなければ相手も答えようがない。

（あの言葉は本当なのか？　すべての終わりが近いっていう）

チカッ。

（それは死別するってことか？）

…………。

返事はない。

(俺《おれ》とエリザ、どちらかが死ぬってことか？)

…………。

またも返事はない。

(あんたにも分からないってことか？)

……。

(別れを避《さ》ける方法はないのか？)

…………。

(要は、デュランダルと剣魔《けんま》を全部ぶっ倒せばいいんだろ？　そうしたら終わりを防げるんだろ？)

…………。

(おい、何か答えてくれよ。デュランダルにやられるから、結果として俺とエリザは死別する。そういうことだろ？)

チカッ、チカッ。

なんだ、どういうことだ。彼は次第《しだい》に混乱する。今まで「終わりが近い」というのは、デュランダルとの最後の決戦で、レベンスたちが殺されることを指しているのだと思った。だが、魔剣《まけん》の答えはそれを否定《ひてい》している。

次の質問にはためらいがあったが、それでも訊《き》かずにはいられなかった。

(……たとえ、最後の戦いに生き残っても……終わりは避けられないってことなのか？)

語尾《ごび》が小さくなる。答えによっては、あまりにも希望がないからだ。

だが、現実は無情だった。

剣が光った。それはただ一度だけの光。

なんてことだ……。

レベンスは頭をガツンと殴《なぐ》られたような衝撃《しょうげき》を受ける。

勝っても負けても、終わりは必然。別れも宿命。そう言われたのだ。

ふざけんなよ、そんな救いがねぇ結末があるか！

思わず言葉が乱暴になる。本当は、このあとに具体的な戦術や作戦などを相談したかったのだが、大前提となる部分が崩壊《ほうかい》してしまってはどうしようもなかった。

(なあ、頼《たの》むよ。あんたに否定されちゃおしまいなんだよ。なんでもいい、何か方法があったら教えてくれよ)

レベンスは懇願《こんがん》するように尋《たず》ねる。だが、魔剣は反応しない。

他の誰《だれ》かに言われたのなら、こんなふうに躍起《やっき》になったりしない。無理だと言われようと、無謀《むぼう》だと罵《ののし》られようと、エリザのことを諦《あきら》めるつもりはない。

だが、この魔剣だけは別だった。気の遠くなるほどの長い間、エリザを守り続けた者の言葉なのだ。だからこそ言葉の重みが違った。

だから彼は、すがるように尋ねる。

(俺《おれ》はどうなってもかまわない。でも、エリザを助ける方法はあるんだろ？)

……。

返事はない。

(俺は諦《あきら》めねぇぞ。エリザは必ず助ける。たとえあんたが反対しても、だ)

…………。魔剣《まけん》は沈黙《ちんもく》する。

ちくしょう、なんでだよ、と怒りに似た高ぶりを覚えながらも、レベンスは質問を続ける。

たとえこの先にある未来が絶望的であっても、真実を知っておきたい。

(あんた、エリザに『すべてを返そう』と言ってたよな？　ありゃどういう意味だ？)

…………。

二択でない質問には答えられない。

くっ、と彼は拳《こぶし》を握り締《し》め、なおも質問をぶつける。

(あんたは結局何者なんだ。人間ではないのか？)

チカッ。

(人間じゃないとしたら……なんだ。天使か？　それとも悪魔《あくま》か？)

沈黙。

(エリザは何者なんだ？　人間じゃないあんたといっしょに生きてきたってことは……エリザ

もそうなのか？）

それは答えを聞くのが恐《おそ》ろしい質問だった。だが、それでもやはり訊《き》かずにはいられない。

…………。

だが、答えはなかった。この魔剣は肝心《かんじん》なところで沈黙する。それが本当に分からないからなのか、それともあえて回答を拒否《きょひ》しているのかは、レベンスには判別がつかない。

（デュランダルを倒すことはできるか？）

…………。

（奴《やつ》に弱点はあるのか？）

チカッ、チカッ。

（倒す方法はないのか？）

…………。

（それじゃあ……俺たちに希望はないのか？）

…………。

そこでいったん質問が途切《とぎ》れた。レベンスは絶望的な答えの数々に打ちのめされ、頭を抱《かか》える。訊かなければ良かったとさえ思う。

最後にもう一つだけ、質問した。

「でもよ」

知らず、口にしていた。

「あんただって、こいつを助けたいんだろ？　な、そうだろ？」

じっと魔剣《まけん》を見据《みす》える。


光は見えなかった。

○

焚《た》き火が消えて、あたりが暗くなる。

レベンスは動けなかった。魔剣との『対話』が終わり、彼の胸中にはどうしようもない重苦しさが圧《の》し掛かっていた。

次の見張り番はエリザだったが、時間が来ても彼は少女を起こさなかった。代わったところでとても眠れる気がしないからだ。燃《も》え尽《つ》きた炎を再び熾《おこ》すこともできずに、彼は暗い森の中で闇《やみ》と同化したように沈んでいた。

静寂《せいじゃく》を破ったのは、傍《かたわ》らに眠っていた少女だった。

「くちゅん……っ！」

エリザが唐突《とうとつ》にくしゃみをした。

――しまった、焚き火が……。

レベンスは慌《あわ》てて種火を掘り起こし、薪《まき》を足す。長らく炎を消したままにしていたので、エリザの体を冷やしてしまったようだ。

「ん……じか、ん……」

エリザがむくりと起きて、こねるように瞼《まぶた》を擦《こす》る。「ふにぃあ～」と間の抜けた猫《ねこ》のようなあくびが聞こえると、レベンスは少しだけ気持ちが和《やわ》らぐのを感じた。

――こいつの前で、暗い顔はできないな。

短く息を吐《は》き、少し気分を切り替える。エリザが隣《となり》に歩いてくると、彼は座っていた倒木から腰《こし》を浮かし、一人分だけ位置をずらす。そこに少女が腰掛け、再び勢いを取り戻《もど》してきた焚き火の前で二人が並ぶ。

「寒くないか」

隣にいる少女に、レベンスは毛布を手渡す。

「ちゃんと上着のボタンを閉めたほうがいい」

「うん」

「ほら、もっと火のそばにいろ」

「わかった……」

エリザはうなずくと、いったんお尻《しり》を持ち上げ、彼の隣にぴっとりとくっつくように座り直した。

「おい、近いだろ」

「レベンス、そばにいろ、って言った」

「そりゃ、火のそばにって意味だ」

「でも、こっちのほうが、あったかい」

少女は彼に体を預けるように寄りかかる。

——こいつも、本当は気づいているのかな……。

一枚の毛布で二人いっしょにくるまりながら、彼は少女の横顔を観察する。白い頬《ほお》は焚き火に照らされてほんのりオレンジになっていて、そのすぐそばで青い瞳《ひとみ》が宝石のように輝《かがや》いている。時々レベンスのほうをちらりと見ては、彼と視線が合うとわずかに微笑《ほほえ》む。普段が無表情のせいか、そうした笑顔はとても表情豊かに見える。

甘《あま》えてくるのは、あのことを知っているからだ。

レベンスは最近そう考えるようになっていた。残された時間が短いからこそ、こうして寄り添《そ》い、甘える。そうした心理は彼にもよく分かるし、そう考えれば納得《なっとく》がいく。思えば、あの魔剣《まけん》がレベンスだけに知らせておいて、持ち主たるエリザに何も知らせていないのも不自然だ。

「レベンス、いいの？」

エリザが尋《たず》ねてくる。彼は「ん？　何がだ」と返す。

「だって、とうばん、こうたい」

「ああ、夜番のことか」

少女はこくりとうなずく。

「なんだか眠くないし、あと少し起きてようかと思ってな。だめか？」

「ううん、それなら、いいの」

エリザはもう一度、彼のほうに寄りかかる。彼の腕に頭を軽くこすりつけて、気持ちよさそうに目を閉じる。

パチパチと、焚《た》き火が音を立てる。どこかで鳥の鳴き声が聞こえ、獣《けもの》の遠吠《とおぼ》えが響《ひび》く。ただ、今はそうした音が別の世界のことのように感じられて、少女の体温だけが近くにあった。

しばらくすると、キューンッ、と子犬が鳴くような音がした。

その音には覚えがある。

「なんだ、腹が減ったのか」

「すこし」

「夕飯《ゆうはん》、少なかったしな」

「うん……」

今日はどうもツイてない、とヴァリエガータがぼやいていたのを思い出す。珍《めずら》しく狩りがイマイチだったようで、その結果、夕飯は手持ちの干《ほ》し芋《いも》を少しかじった程度だ。

だろう。

「待ってろ」

レベンスは立ち上がり、荷物の中を探る。保存食はまだいくらかあるし、少しくらいはいいだろう。

「ほら、食べろ」

「これって……」

「干《ほ》しリンゴだ。食べたことないか？」

「うん、はじめて」

エリザは布地に包まれた、薄《うす》い黄色の食品をまじまじと見つめる。それは山林檎《やまりんご》を乾燥《かんそう》させて燻製《くんせい》にしたあと、さらに天日《てんぴ》干しにしたもので、地方によっては干し柿《がき》と並んでよく食べられている食材だった。

「俺《おれ》の故郷《こきょう》のジーラニムでは、山林檎がよく採《と》れてな。余ったやつはこうして干しリンゴにして冬場の保存食にするんだ」

「おいしそう」

少女は干しリンゴを眺めたあと、口元に運ぶ。それから一口かじりかけたところで、ふいに手を止めた。

「レベンスは、食べないの？」

「俺はいいさ。ガキのころに飽《あ》きるほど食ったからな」

「そう」

エリザはもう一度口を小さく開け、パクリとかぶりつく。

「おいひい」

「食ってからしゃべれ。それ、甘《あま》みはあまり残ってないけど、リンゴの風味はまあまあだよな」

「んぐんぐ」

エリザは小動物のように干しリンゴをかじり、口の中で咀嚼《そしゃく》する。

「フーシェが、これ、好きだったんだよな……」

知らず、そんなことを口にする。エリザの姿が、亡《な》き妹と重なり、また離《はな》れる。

妹とは死に別れた。

そしてまた、エリザとも死に別れるのか。

そんなことを考えると、彼はまた気持ちが沈んできた。

ああ、いけねえ。

少女の前で不安げな顔をするのは極力《きょくりょく》避《さ》けたい。

「おいちかったー」

「あ、またおまえは……」

少女のほっぺたについた食べかすを、彼はひょいとつまみあげる。そして自分の口に放り込む。甘酸《あまず》っぱい山林檎の風味がほんのりと口の中に広がる。

その味から、彼はふと思い出す。

それは少女と会ったばかりのころの話だ。

「そういやおまえ、山林檎《やまりんご》パイが好きだったよな」

「うん、大好き」

「アルケミラスの市場で、ずいぶんとカモられてたよなあ。たしか十倍くらいの値段で」

「そ、そんなことないし」

「忘れたのか」

「わ、忘れてないし」

「どっちなんだよ……」

レベンスは苦笑するが、エリザはプクッと頰《ほお》を膨《ふく》らます。こういうところで強情《ごうじょう》なのは相変わらずだ。

むくれるエリザをよそに、レベンスは少し懐《なつ》かしくなっていた。山林檎はもう口の中で溶けてなくなってしまったが、思い出は消えない。

「あのころから、おまえは無茶苦茶だったよな……」

剣聖《けんせい》殺しの少女を追いかけて、数々の死地を潜《くぐ》り抜けてきたことを思い出す。アルケミラス、ザッハル、ヴァーゼリア、マトリカリア、リアトリス、そしてユキノシタ道場。いずれの地でも剣聖とぶつかり、生死を懸《か》けてきた。こうして生きているのが不思議《ふしぎ》なくらいだ。

「むちゃくちゃ、してないし。ちゃんとやったし」

「うそつけ。そもそも剣聖に挑《いど》む時点で無茶だろ」

「でも、勝ったし」

「デュランダルにはコテンパンにされたよな？」

「うっ」

「エリオットを倒したのは俺《おれ》と師匠《ししょう》だよな？」

「ううっ」

エリザは反論につまり、うめき声を上げる。剣腕《けんわん》では圧倒的《あっとうてき》な強さを誇る少女も、舌戦《ぜっせん》ではまるで相手にならない。

「まあでも、ドラセナ戦までは四連勝だったよな……すげえよ、本当に」

「レベンス、ほめてる？」

「もちろんだ」

「からかってる？」

「もちろんだ」

「うぎ」

少女が変な声を出すと、彼はまた笑った。

「おまえと旅をして、ええと……もう一年近くになるのか……」

炎を見つめ、これまでを振《ふ》り返る。長いようで烈風《れつぷう》のごとく過ぎ去った一年は、彼の二十余年の人生で最も濃密《のうみつ》な時間だった。そして、その時間は常にこの少女とともにあった。

「あのさ……」

自然と口に出た。

「おまえさ、この旅が終わったらどうする？」

「え？」

「デュランダルと剣魔《けんま》たちを全員倒して、すべての聖剣《せいけん》を破壊《はかい》して……そうしたら、この旅はおしまいだろ？　その先はどうするんだ？」

それは夢物語のような、今の時点では現実味のない質問だった。そもそも生きて帰れない可《か》能性《のうせい》のほうがずっと高いのに、その先のことを口にするのは甘《あま》っちょろいと自分でも思う。

でも、ぜひ知りたかった。

「すべてが、終わったら……」

エリザは真面目《まじめ》に答える。

「んっと、んっと……」

レベンスは答えを待つ。だが、少女は「う～？」となんだか困ったような声を出した。

「よく、わかんない……」

「何かあるだろ」

「なに、か……」

なおもエリザは小首を傾《かし》げる。初めてそんなことを訊《き》かれたというように、目をぱちくりさせて戸惑《とまど》う。完全に思考が回っていない様子《ようす》だ。

——本当に、戦いだけの人生だったんだな。

今さらながら、レベンスはこの少女の境遇《きょうぐう》に思いを馳《は》せる。聖剣を集めるために長い時間を生き、数々の世界を渡り歩いた——らしい。そのことは魔剣《まけん》の発言からも、かつて魔剣に触《ふ》れたときに見た『映像』からも裏づけられる。とにかく、エリザの人生が死闘《しとう》と惨劇《さんげき》に血塗《ちぬ》られたものだったことは疑いようがない。

戦いに始まり、戦いに終わる人生。そういう人生も、人によってはある。一流の剣士は得てしてそういうものだ。

でも、エリザの場合はそうではない。気づいたら戦場にいて、戦うことしか教えられないで育った子供。魔剣を手にしたときから、今日に至るまで、少女の人生には戦闘《せんとう》しかない。それはつまり、あるべき子供時代がすべて失われているということだ。

つまり、少女の時間は止まっている。

それはうすうす感じていたことだった。年齢《ねんれい》よりも幼い精神面と、純粋《じゅんすい》すぎるほど人の言葉を信じやすい性格。師匠《ししょう》はエリザのことを「わしより長く生きている」と言っていたが、だとしたらもっと老獪《ろうかい》さとか大人びた感じがなければおかしい。肉体的な面でだけ若いのならまだヴァリエガータという例があるが、エリザの場合は精神的にも十二歳《さい》かそこらで止まっている感がある。ただひとつ普通の子供と違うのは、目的のためには決して引かない、鋼《はがね》のように強靭《きょうじん》な意志だけだ。

「うー、うー、ぜんぶ、おわったら……うー、そのあとは……うーん」

少女はまだ考え込んでいる。

無理もない、と思った。レベンスとて、仇《かたき》を討《う》つことだけを考えてきた一年前までは、その先のことなど考えもしなかった。頂上まで登った山に、それより高いところが存在しないように、はたまた行き止まりの崖《がけ》にその先の道が存在しないように、ふっつりとそこで途切《とぎ》れていたのだ。

「ほら、何かあるだろ。やりたいこととか、行きたいところとかさ。なんでもいいんだよ」

彼は助け舟を出す。悩《なや》める少女は「やりたい、こと……」と復唱《ふくしょう》する。

それはレベンスにとって、少女に『救い』を求める質問でもあった。魔剣《まけん》には「終わりが近い」と宣告《せんこく》され、無慈悲《むじひ》なほどに未来を否定《ひてい》された。だからこそ今は希望がほしかった。戦いの先にある、ささやかでもいい、希望の光がほしかった。

「んっと……」

エリザは何かを思いついたのか、ちょっとだけこちらを見る。

「かいものに、いく」

「かいもの?」

「おみせで、やまりんごパイ、食べる」

「そうか……」本当に子供っぽいな、と思いつつも、彼はうなずく。「食べようか、山林檎《やまりんご》パイ。腹いっぱいな」

「うん」

「他にはないか? したいことでも、食べたいもんでもいい」

「んっと、んっと……」

エリザは首を小さく右に曲げ、それから左に曲げて考える。郷土《きょうど》人形にこんなのあったな、と思い出しながらレベンスは答えを待つ。

「……遊ぶ」

「え?」

「たくさん、遊ぶ。おもいきり、遊びたい」

「遊びか……」これまた子供っぽい答えだった。「だけど遊びって、いろいろあるぞ。何をして遊ぶんだ?」

「お……おにごっこ」

「古典的だな。他には?」

「か、かけっこ……?」

「走ることばっかりだな。他には?」

「ほかには……」

少女は考えた挙句《あげく》、「とにかく、いっぱい、遊ぶ」と答える。

「まあ、いいけどよ」

彼はやれやれ、と首をコキリと鳴らす。こいつらしい答えだなと思いつつ、それほど子供時代がなかったのか、とさびしくもなる。

「じゃあ、たっぷり遊ぶとしてさ……それからどうする?」

「それから?」

「ほら、なんつーか、ええと……」彼は言葉を探す。「そうだ、『夢』だ。おまえ、なんか『夢』はないのか? 将来、かなえたい夢」

「ゆめ……?」

「こんな職業につきたいとか、昔から憧《あこが》れていることとかさ。なんかないか?」

「うー」

少女は今日一番、困った顔になる。まるで考えたこともない質問だったのか、眉間《みけん》に皺《しわ》が寄る。

そして出てきた答えはこれだった。

「わかんない」

「そうか……」

まあ、いきなり言われても分からんよな、と彼も思う。きっと考えたこともないのだろう、少女はまだ目を白黒させている。

「レベンスは……？」

やがて、少女が訊《き》いた。

「は？」

「さっきから、わたしだけ、こたえて、ばっかり。レベンス、こたえない。ずるい」

「別にずるくないだろ」

「ずるい。レベンスも、教えて」

「何をだよ？」

「だから、ゆめ。レベンスの、ゆめ」

「ねぇよそんなの」

「じゃあ、かんがえて」

「え……これから？」

「そう」

少女は大真面目《おおまじめ》だ。ちゃんと答えないとまたむくれそうだ。

「俺《おれ》は……」

自分のことなど、正直どうでも良かったが、彼は考えてみる。エリザとは比べるべくもないことかもしれないが、レベンスの人生もまた戦いに血塗《ちぬ》られてきた。剣魔《けんま》に村を襲《おそ》われたあの日から、復讐《ふくしゅう》だけが彼の人生だった。だから『夢』などというものを問われると、答えに詰《つ》まるのは彼も同じだった。

ああ、でも……。

ひとつだけ、思い当たることがあった。

「夢っていうのとは、ちょっと違うけどよ……」

「うん」

少女は身を乗り出して聞く。

「俺さ、故郷《こきょう》の村を出るときに誓《ちか》ったんだ。絶対に仇《かたき》を討《う》ち果たして、墓前《ぼぜん》に報告に来るって」

「ぼぜん？　ほうこく？」

「ああ、墓参《はかまい》りのことな。……すべてが終わったら、故郷に戻《もど》って、それで、みんなに伝えようと思ってる。『おやじ、おふくろ、フーシェ、みんな……仇は取ったぜ』って」

それは、彼が幼いころに誓ったことだった。いつか必ず仇を討ち取り、そして亡《な》き家族と仲間たちに伝えに戻ると。仇は当初思っていた以上に強大な敵で、復讐への道のりもだいぶ予想外なものになってしまったが、最後に故郷に戻りたいという思いは今でも同じだった。

「それが、レベンスの、ゆめ？」

「まあ、そうなるな」

「じゃあ、わたしも、そうする」

「は？」

「わたしも、いっしょに、レベンスの、こきょうに、行く。えっと、ジ……ジーラ……」

「ジーラニムだ」

「そう、そこへ、行く」

「そりゃかまわないけどよ……剣魔に滅《ほろ》ぼされて、すっかり焼け野原だぞ？」

「でも、行く」

「墓地《ぼち》くらいしかないぞ」

「だけど、いっしょに、行く。……だめ？」

エリザがまっすぐに見つめてくる。その青い瞳《ひとみ》は少し不安そうに揺《ゆ》れている。

――やれやれ。

彼はそっと少女の頭を撫《な》でて、答えてやる。

「分かった、いっしょに行こうぜ」

「ほんとう？」

パアッと、笑顔の花が咲《さ》く。

「ああ、本当だ」

「じゃあ、ゆびきり」

「なんだ、信用ねぇな俺《おれ》」

「いいから、ゆびきり」

エリザが小指を差し出すと、レベンスも「へいへい、分かったよ」と小指を立てる。

二人の小指が、そっと、優《やさ》しく絡《から》む。

——すべてが終わったら、いっしょに故郷《こきょう》へ。

その約束《やくそく》が守れるかどうかは、誰《だれ》にも分からない。敵を倒せるかも、生きて帰れるかも分からない。

だけどそれは、確かに約束だった。二人の交わした約束、互《たが》いに望む未来。かつてレベンスが、エリザを守る剣になる、と決めたことが『誓《ちか》い』だとするなら、今回は『契《ちぎ》り』と言えた。

二人の将来を結ぶ、ささやかな、だけど大切な『契り』。

絡んでいた小指がほどけたころには、焚《た》き火がすっかり消えていた。

夜空では、名もなき星が瞬《またた》き、若い二人の契りを見届けていた。

12

数日後、一行《いっこう》は作戦会議を開いた。

日没後の樹海《じゅかい》は深い暗闇《くらやみ》に包まれ、狼《おおかみ》の遠ぼえが響《ひび》き渡る。ギャアギャアと鳴く鳥の声はどこか興奮《こうふん》気味に聞こえる。

焚《た》き火の明かりを頼《たよ》りに、五人は輪になって座る。地図の前にはヴァリエガータ、その両《りょう》脇《わき》にサツキとサンデリアーナが座る。エリザとレベンスは師匠《ししょう》の正面だ。

「現在地はこのあたりじゃ」

トンッ、と剣聖《けんせい》は地図の一点を指差す。それから指をゆっくりと動かし、これからの想定ルートをなぞる。

「ジュマールの樹海はあと三日ほどで抜けよう。それから十日もすればリアトリス。ここまではなんとかなろう。問題はその先じゃ」

ヴァリエガータは小さな石を手に取り、リアトリスのさらに北側に置く。そこはヴェロニカ帝国の領内《りょうない》だ。

「知ってのとおり、デュランダル総本家はアークレイギア、すなわち帝国領土内にある。まずは帝国の検問を突破《とっぱ》しなければ近づくことはできん」

「デュランダルのお膝元《ひざもと》だろ。検問はガチガチだろうな」

レベンスが指摘《してき》すると、師匠も同意する。

「うむ。なまじのことでは通れんだろう。特にわしらはな」

「検問の役人を買収するのはどうでしょう？」サンデリアーナが提案する。「幸い、資金にはいくらか余裕《よゆう》があります」

「ダメとは言わんが、軍には必ずデュランダルの間者《かんじゃ》がおるはずじゃ。通報されるのがオチじゃて」

「そうですか……」

サンデリアーナが視線を伏《ふ》せると、今度はレベンスが「じゃあ、変装《へんそう》はどうだ？」と切り出す。

レベンスはかつて、検問を抜けるときにエリザを貴族令嬢《れいじょう》に変装させたことがある。あのときはヒヤヒヤしたものの一応うまく行った。

彼がそのことを提案すると、師匠《ししょう》は小さく首をひねる。

「んんー。今回はこちらの面が割れとるからな……。見破《みやぶ》られる可能性《かのうせい》が高いじゃろうな」

「じゃあ、積荷《つみに》に紛《まぎ》れるのは？」

「開けられたらどうする？」

「そのときはやっつければいいだろ？　教会島のときはそうしたよな」

「あれは相手が船乗り数人だったからな。帝国軍相手にやるのは無茶じゃ」

「うーん、だめか……」

いくつかの提案が繰《く》り返されるが、今ひとつ良い案は出ない。事前に摑《つか》んだ情報ではリアトリスにも帝国軍が進駐《しんちゅう》しているらしいので、街に入る前に方針《ほうしん》を決めておきたいところだった。

検問もダメ、国境沿《ぞ》いは断崖絶壁《だんがいぜっぺき》だから迂回《うかい》は不可能、正面突破《とっぱ》は論外……そんなふうに可能性を潰《つぶ》していくと、やがて会議は停滞《ていたい》した。

「どれも決め手にかけるのう……」

ヴァリエガータが顔をしかめると、場が静かになる。

今日の会議はこれでお開きかな、とレベンスが考えていたときだった。

「ヴァーさま」

沈黙《ちんもく》を破るようにサツキが声を掛けた。

「ん？　なんじゃサッちゃん」

「海路という手は、いかがでしょう」

「カイロ？　海を渡るということか？」

「はい。たとえば、ですが」

サツキはたおやかな指を地図に載《の》せ、現在地より東を指差す。そこには中規模《ちゅうきぼ》の港町がある。

「ベルベリスの港から船に乗り、陸地沿いに北上して、帝国の東海岸から入るのはどうでしょう」

その提案を聞き、視線がサツキに集中する。

「それは俺《おれ》も考えたが、海路はやばくないか？　遭難《そうなん》したり、船上で襲撃《しゅうげき》されたり」

「絶対に大丈夫《だいじょうぶ》とは言わん。ただ、ベルベリスにはウチの道場の出身者が長らく『船乗り』

をしている。頼《たの》めば船を借りることもできるかもしれない。巻き込むのは本意ではないが……ここまで手詰《てづ》まりではやむをえまい」

「ふむ……」

そこでヴァリエガータが腕組みをする。

「サッちゃん、その船乗りは信用できそうか？」

「母上の代からの知り合いです。その点は心配ないかと」

サツキの話はこうだった。

船乗りの名はアッサム・グラース。数年前までユキノシタ道場で腕を磨《みが》いていた男性で、剣《けん》聖《せい》ユキノシタからも信頼《しんらい》の厚かった人物だという。剣士を引退したあとは、元の職を生かしてベルベリスで船乗りになり、今に至る。

「そのグラースなる者から船を借りるのは、まあ良いとして……」ヴァリエガータが懸念《けねん》を述べる。「海を渡って、帝国の港で降《お》りるときはどうするんじゃ？　入国者も積荷《つみに》もすべてチェックされるはずだが……」

「その危険は確かにあります。ですが……」

サツキは今度、指を動かして地図の北側を指し示す。そこは帝国の東海岸だ。

「海岸にさえ着けば、デュランダルのいるアークレイギアとは目の鼻の先。目的地よりはるか遠く離《はな》れた検問でバレるよりはまだなんとかなるかと」

「ふーむ、同じリスクなら近道のほうがマシか……」

師匠《ししょう》の目が光る。

「なあ師匠」そこでレベンスが進言する。「ベルベリスで情報を集めて、それから判断するのはどうだ？　その船乗りが見つからなかったらそれまでだし」

「そのときは海路を諦《あきら》めて陸路に、か。よいかもしれんな。……他の者はどうじゃ？」

「それでよいと思います」

「いいと、思う」

サンデリアーナとエリザがうなずくと、ことは決した。

13

港町ベルベリス。

青く輝《かがや》く湾内《わんない》から、水平線に向かって何隻《なんせき》もの船が白い軌跡《きせき》を伸ばす。両サイドから伸びて海を囲む波止場の形は、両腕でわが子を抱き寄せる母親のようにも見える。地元の方言で『ベルベリス』とは『母なる海』を指す、というのは近隣《きんりん》にもよく知られた蘊蓄《うんちく》だ。

西のマトリカリア、東のベルベリスと称される大陸屈指の港町は、今日も船員と商人たちの往来《おうらい》で賑《にぎ》わっている。商都リアトリスの玄関《げんかん》港として発展したこの町にとって、交易《こうえき》を制限することは血液を止めるに等しく、それは剣聖《けんせい》殺しの一件で混迷《こんめい》を極《きわ》める世界においても何ら変わりない。

「相変わらずにぎやかだな、ここは」

レベンスは久々に訪れた港町を見渡し、行き交う人々の波に目を細める。サツキの意見を採《さい》用《よう》して、進路を東に取って馬で三日。型どおりの手形の提示だけで検問はあっさり通過でき、今はひと巡《めぐ》りして街の様子《ようす》を確かめているところだ。

「レベンス、あれ、なに？」

エリザが興味《きょうみ》深げに指を差す。今は変装《へんそう》のため、銀髪《ぎんぱつ》をしっかり結《ゆ》わえてフードの中に隠《かく》している。

「ん？　あれは『競《せ》り』をしているのさ」

「せり？」

「着いたばかりの交易品《こうえきひん》を、商人たちが競り合って買い取るんだ。競売《きょうばい》ってやつさ」

「きょうばい？」

「あー、んー、なんだ。買い物競争だ、買い物競争」

レベンスが説明しても、少女は青い瞳《ひとみ》をぱちくりするだけであまり理解した様子《ようす》はない。同じ港町でも、前に訪れたマトリカリアは聖地ということもあって比《ひ》較的《かくてき》落ち着いた雰囲気《ふんいき》があったが、ここは交易船の荷降《にお》ろしをする商人たちの声で蜂《はち》の巣《す》を突《つつ》いたような大騒《おおさわ》ぎだ。目の前でごったがえす人の波に、銀髪の少女は圧倒《あっとう》されたように目を丸くしている。

「師匠《ししょう》、どうする？　まずはサツキの知り合いを探すのか？」

「そうじゃなあ……」

ヴァリエガータは馬上から、「サッちゃん、サッちゃーん」と先頭にいる黒髪《くろかみ》の少女に呼びかける。

「なんでしょう、ヴァーさま」

「サッちゃんの知り合い……ええと、船乗りのグラースじゃったか。そやつとは、今すぐ会えるのか？」

「はい、もちろんです。ご案内しましょうか？」

「頼《たの》む。今後の段取りを組む上でも、まずは話を通しておきたい」

師匠の頼みを受け、サツキは「承知《しょうち》しました」と頭を下げる。前から目上には折り目正しいが、ヴァリエガータには特に丁寧《ていねい》だ。

「こちらです」

サツキがまた先頭になり、一行《いっこう》は港から少し離《はな》れた土手の上を進む。海風でフードがめくれそうになったエリザが、慌《あわ》てて頭を押さえる。

「変装、これで大丈夫《だいじょうぶ》でしょうか」

サンデリアーナが同じようにフードを押さえながら尋《たず》ねる。ちなみに頭には髪をまとめるように布地を巻いている。

並べて手綱《たづな》を握るレベンスが「そうだな……」と周囲に視線を走らせる。

「これだけ人が多いと、さすがにチェックしきれないだろ。いずれにせよ、あんまり顔を隠《かく》しているのもかえって目立つ」

「そうですよね……」

「なに、案ずるな。わしが見たところ、まだ尾行《びこう》はいない」

「さすが師匠、頼《たよ》りになるぜ」

レベンスも監視《かんし》の目は気にしているところだが、剣聖《けんせい》に大丈夫《だいじょうぶ》だと保障《ほしょう》されるといくらか安堵《あんど》する。師匠《ししょう》の人並みはずれた感覚で見つからないのならば、今のところは大丈夫だろう。

そうやって会話しながら進むと、やがてサツキが「あれです」と指を差す。見れば、緩《ゆる》やかにカーブした道の先に、木材で組まれた小屋がある。潮風《しおかぜ》で外装がボロボロになっており、壁《かべ》には二艘《にそう》の小舟が立てかけてある。

「ここは船乗りたちの休憩所《きゅうけいじょ》です。ヴァーさま、ちょっと様子《ようす》を見てきます」

「うむ、頼《たの》んだぞ」

サツキは馬を停め、ひらりと飛び降《お》りる。

レベンスたちも馬を降りて、道脇《みちわき》で休憩《きゅうけい》を取る。昼の時間をやや過ぎており、空腹を紛《まぎ》らわすのにエリザと水を回し飲みしていると、一口飲んだところで小屋の中からサツキが出てきた。扉《とびら》が閉まるときに若い男性の姿がちらりと覗《のぞ》く。

「どうじゃった?」

「彼の知人だという者がいて、勤《つと》め先を教えてもらいました。現在は『ササブネ亭《てい》』という雑《ざっ》貨《か》の卸《おろし》売り問屋《とんや》で働いているそうです」

「ササブネ……?」

「笹《ささ》で作った舟、というヤポニカの言葉です。もしかしたら、経営者がヤポニカ人なのかもしれません」

「とにかく会ってみよう」


ササブネ亭は、郊外《こうがい》にあるわりと大きな雑貨屋だった。

いかにもヤポニカ風な木造建築を見上げ、レベンスはなんとなくユキノシタ道場を思い出す。倉庫も兼《か》ねているのか、大量の積荷《つみに》が窓から覗《のぞ》いている。

「まずは私が」

サツキが馬を降りて、扉の前まで歩く。

「たのもう、たのもうーッ!」

ドンドンと力まかせに扉を叩《たた》く。本人に悪気はないのだろうか、この少女はいつも喧嘩《けんか》ごしだ。

ガラリと扉《とびら》が開くと、中からは熊《くま》に似た髭面《ひげづら》の男が姿を現した。不躾《ぶしつけ》なノックをした黒髪《くろかみ》少女をじろりと見て、片方の眉《まゆ》をしかめる。フードを被《かぶ》っているから相手からすれば不審《ふしん》人物だろう。

「どちらさまですか？」

「グラースという男はいるか？」

「だからあんた、どちらさま？」

相手の口調がだんだんとぞんざいになる。生意気な小娘《こむすめ》だな、と感じているのが遠巻きに見ているレベンスにも分かる。

「『道場時代の知己《ちき》』と伝えてくれれば分かる」

「道場……って、あんた、ユキノシタ道場の人間か？」

「ああ、そうだ」

「変だな。俺《おれ》もユキノシタ道場で長く修行《しゅぎょう》していたが、おまえのような小娘は知らんぞ？」

「長く修行していた？」

そこでサツキが首を傾《かし》げ、ほどなくして「あ……っ」と声を上げる。

「そうかおまえ、あのときのヘッピリ腰《ごし》か！　偉《えら》そうにヒゲなど生《は》やしているから、誰《だれ》だか分からなかったぞ？」

「なんだぁてめぇ、俺様《おれさま》をヘッピリ腰とはどういう了見《りょうけん》だ⁉　小娘だからって容赦《ようしゃ》しねぇぞコラ！」

「ふん、粋《いき》がるところも変わってないな。だからおまえは駄目《だめ》なのだ」

そこでサツキは、しゅるりと自分のフードを外してみせた。

「あぁっ⁉」

男が目を見開く。

「サ……サツキ……お嬢《じょう》、さま……？」

「久しいなクマゴロー。少しは強くなったか？」

「あばば……」

クマゴローと呼ばれた男は口を半開きにしたまま、よろよろと後ずさって、それからおもむろに土下座《どげざ》に入る。

「もももも申し訳《わけ》ございませんっ！　まさかお嬢様とはつゆ知らず！」

「私でなければあのような乱暴なふるまいをするのか。貴様、この場で性根《しょうね》を叩《たた》き直してくれる」

「いえいえいえっ、滅相《めっそう》もございません！」

男はズザザッ、と両膝《りょうひざ》をついたままの格好《かっこう》で器用に下がり、

「み、みんな！　お嬢様だ！　お嬢様がお見えになったぞ！」

と助けを求めるように声を張り上げた。

「は？　お嬢様《じょう》……？」

怪訝《けげん》な顔で中から屈強《くっきょう》な男たちがぞろぞろと出てくる。「おう皆《みな》の衆《しゅう》、達者か？」とサツキが挨拶《あいさつ》すると、見るなり目を丸くした。

「サツキお嬢様……ッ!!」

わっ、と全員がサツキの元に駆《か》け寄る。

「お久しぶりでございます……！」「いつこちらへ……!?」「さささっ、どうぞ中へ！」

途端《とたん》に玄関《げんかん》前は歓待《かんたい》ムードになる。

レベンスは遠巻きに見ながら、隣《となり》の師《し》匠《しょう》に尋《たず》ねる。

「なあ、これはどういうこった？」

「見た通りよ。サッちゃんは母親との折り合いは悪かったが、道場生には好かれていた。みんな小さいころから知ってるし、ま、道場の『お姫《ひめ》様』みたいなものだな」

「お姫様ね……」

レベンスは少女の横顔を見る。旧知《きゅうち》の道場生に囲まれ、表情がいつもより和《やわ》らいでいる。

その顔はいつにも増して美しく、なんだか別人のように思えた。

14

出航《しゅっこう》の日は快晴だった。

澄《す》み渡る青い空、広大な海原《うなばら》。そこに浮かぶのは見上げるような大型船だ。数百年前にヤポニカ海賊《かいぞく》が近海を荒らしまわっていたころからその造船技術は高い評価《ひょうか》を受けており、今回の船も噂《うわさ》にたがわぬ立派な造りだ。

ササブネ亭《てい》に転がり込んで二日目。サツキのおかげで話はトントン拍子《びょうし》に進み、船の手配と旅支度《じたく》が済むとさっそく出航となった。

「出航には良い日和《ひより》ですなあ」

いかにも人が良さそうな初老の男性が、にこやかに話しかけてくる。彼がアッサム・グラース、前にユキノシタ道場にいたというサツキの知人だ。ヤポニカ本土にいたころは長く漁師《りょうし》をしており、船乗りとしてはベテラン中のベテランだという。

「グラース、今回はいろいろ無理を言ってすまんな」

「いえいえ、サツキお嬢《じょう》様が出航するとあらば、喜んでお供させていただきますよ」

「恩《おん》に着る」

「ユキノシタ様に受けた大恩《だいおん》、こうしてわずかばかりでも返せると思うと、この老体も生きていた甲斐《かい》があります」

「頼《たよ》りにしているぞ」

サツキがポンと肩を叩《たた》くと、グラースは腰《こし》を伸ばしてビシッと敬礼《けいれい》する。こういう場面を見ると、この十代の若き娘《むすめ》が道場生の間では完全にカリスマなのだと思い知らされる。

渡航《とこう》予定期間は十日間。船にはレベンスたち五人以外に乗客はいないが、積荷《つみに》のほうは大量にある。ササブネ亭はヴェロニカ帝国への貨物輸送《かもつゆそう》の定期船を出しているので、レベンスたちがそれに便乗《びんじょう》する形だ。

全員が乗り込むと、さっそく出航となる。

「錨《いかり》を上げろ!」

男たちの声が響《ひび》き、抜錨《ばつびょう》の後に船は港を離《はな》れる。大きな白い帆《ほ》が風に勇壮《ゆうそう》にたなびき、太陽をかたどった船印が大きくはためく。ヴェロニカ帝国の東海岸までは大部分を海流に乗って進むため、十日間というのは目的地との距離《きより》のわりには短い旅路となる。

ゆっくりと、船が進み始める。岸で手を振《ふ》る男たちの姿もだんだんと小さくなる。

「お、お、お」

船が走り出すと、甲板《かんぱん》ではエリザが妙《みょう》な声を上げた。手すりを摑《つか》んで海を見ながら、遠くなっていく陸地を物珍《ものめずら》しそうに見ている。

「なんだ、船が珍しいのか」

「すごく、ひさしぶり」

「最近も乗ったろ」

「それって、いつ？」

「もちろんマトリカリアのとき……ああそうか」

エリオットのいる教会島に行ったときは、船には潜入《せんにゅう》したものの棺桶《かんおけ》の中にずっと隠《かく》れていた。まともに船に乗るのは久しぶり、ということなのだろう。

ちゃぷん、と海で魚が跳《は》ねる。

「さかな！」

「ああ、魚だな」

「とり！」

「ああ、鳥だな。……揺《ゆ》れるからちゃんと摑《つか》まってろよ」

好奇心旺盛《おうせい》な少女の相手をしたあとは、船尾《せんび》のほうに歩いていく。サツキとグラース船長が何か話しているのを横目に、船内へと階段を降《お》りる。

「おお、小僧《こぞう》。なかなか快適じゃぞ」

ふかふかの座椅子《ざいす》にはヴァリエガータが腰掛《こしか》け、足を伸ばしてくつろいでいる。

「サンちゃーん、お茶ー」

「ヴァーさま、船内で火を使うのは……」

「油があったじゃろ」

「あれは非常用です」

「じゃあ酒」

「おい師匠《ししょう》」

「カカカ、冗談《じょうだん》、冗談じゃ」

大口を開けて笑う緑髪《りょくはつ》の少女に、レベンスは「ったく……」と肩をすくめる。サンデリアーナも苦笑しつつ律儀《りちぎ》に瓶《びん》から水を汲《く》んでくる。

「サンデリアーナ、俺《おれ》にも一杯《いっぱい》くれ」

「かしこまりました」

金髪《きんぱつ》の美女は給仕のようにお辞儀《じぎ》をすると、彼のために水を汲みに戻《もど》る。「悪いな」とレベンスは椅子《いす》に座る。

「小童《こわっぱ》はどうした？」

「ああ、あいつなら海を見てるよ。船に乗るのは久しぶりだとか」

「なぬ？　そりゃちと心配じゃな……」

「心配？」

レベンスが首をかしげたところで、

「おい、馬の骨！　馬の骨はいるか！」

サツキの声が甲板《かんぱん》のほうから響《ひび》いた。

「なんだ！　つーかレベンスだ！」

「貴様、保護者《ほごしゃ》だろう！　ちゃんと面倒《めんどう》を見んか！」

「保護者？」

彼が階段の上を覗《のぞ》くと、黒髪《くろかみ》の少女がいかめしい顔でこちらを見下ろしていた。小脇《こわき》にはぐったりとした銀髪《ぎんぱつ》の少女を抱《かか》えている。

――エリザ？

サツキは眉間《みけん》に皺《しわ》を寄せて告げた。

「船酔《ふなよ》いだ」

15

航海《こうかい》は順調に進んだ。

心配された天気の乱れや、軍の船と接触《せっしょく》することもなく、海流に乗ってぐんぐんと北上していく。

総じて順調といえる航海に、異変が訪れたのは五日目。

その日は朝から波が高かった。

分厚《ぶあつ》い雲が灰色の天井《てんじょう》のごとく空を覆《おお》い、どこか圧迫感《あっぱくかん》を覚える天候《てんこう》。

これは一雨くるなあ、と船乗りたちが口々につぶやき、テキパキと雨に備えて船上を走る。

やがて、夕日が水平線に沈み始める。波はますます高くなり、船内にいるレベンスたちは立っていてもふらつくことが多くなった。

「かなり荒れてきたのう……」

テーブルに載《の》せた湯呑《ゆの》みがズズッと滑《すべ》ったので、ヴァリエガータがひょいと持ち上げる。

「乗組員以外は中にいるように、と船長から指示があった」

サツキが階段を降《お》りてくる。その髪《かみ》は雨粒《あまつぶ》でかなり濡《ぬ》れている。

「はい、これで髪を拭《ふ》いて」

「すまんな」

サツキがサンデリアーナから布を受け取り、黒髪を拭く。上では男たちの声が飛び交い、あわただしい雰囲気《ふんいき》だ。

「サッちゃん、荒れそうか？」

「そのようですね。船長は嵐《あらし》が来るかもしれないと」

「ありゃ、困ったのう」

師匠《ししょう》が言うと、さして困ったように聞こえないな、とレベンスは思う。

「船のほうは心配ないそうですが、揺《ゆ》れが激しくなるので転倒には注意するように、だそうです」

「あいわかった。今日はおとなしくしていよう」

ヴァリエガータはベッドの上でゴロンと横になる。

「夕食は早めに済ませたほうがよさそうですね」

「サンちゃん、わしゃ干物《ひもの》は飽《あ》きた」

「あとは乾《かん》パンくらいですよ」

「なんとかならんか」

「ヴァーさま、贅沢《ぜいたく》を言わないでください」

いつものようにヴァリエガータがわがままを言い、サンデリアーナがたしなめる。無理なことをあえて口にする様子《ようす》は、相手の困った顔を楽しんでいる風でもある。

——まあ、俺《おれ》もおとなしくしていよう。

船体にがっちり固定されたベッドに座り、壁《かべ》に寄りかかって足を伸ばす。

「……ん？」

目をつぶって休んでいると、近くに気配を感じた。薄目《うすめ》を開けると、ベッド脇《わき》にエリザが立っている。

「どうした」

「ここ、いい？」

少女はレベンスの隣《となり》を指す。ここに座ってもいいか、ということらしい。

「ん？　おお。好きにしろ」

「うん」

エリザはちょこんとベッドに座る。それからお尻《しり》をずらし、彼との距離《きょり》を縮《ちぢ》める。

「………………」

レベンスは何も言わず、ぼんやりと少女を見る。美しい銀髪《ぎんぱつ》がさらりと背中を流れ、それはベッドに座る彼の膝《ひざ》のあたりを撫《な》でている。その姿が今は少し小さく見える。

──まあ、いいか……。

前に少女とした約束《やくそく》──『契《ちぎ》り』。あの『指きり』の日から、レベンスは何かエリザとの関係が変わったような気がしていた。将来を誓《ちか》い合った仲、というのは語弊《ごへい》があるが、それでも彼にとっては新たな転機だった。

「よっ」

レベンスは寄りかかっていた壁《かべ》から背中を離《はな》し、ベッドの縁《へり》に腰掛《こしか》ける。二人並んでベッドに腰掛ける格好《かっこう》になると、エリザがちらりとレベンスを見て、少し体を預けた。

「おまえら、最近は特になかよしじゃのう」

正面のベッドに寝ていたヴァリエガータがニヤニヤしてこちらを見る。

「いや、別に仲良くねぇよ」

「カカカ。照れるな照れるな」

レベンスはすぐに座る位置をずらしたが、エリザは自然な動作ですっとまた近づいた。また二人の距離は元に戻《もど》る。

「おい、くっつくなよ」

「くっついてないし」

「くっついてるだろ」

「だからくっついてないし」

二人が犬も食わない押し問答をしているときだった。

「貴様ら」

鋭《するど》い刃物《はもの》を突《つ》き刺すように、きつい言葉が飛んできた。見れば、黒髪《くろかみ》の少女が彼らの前に仁《に》王《おう》立ちしている。

「……？　どうしたサツキ」

「けしからん」

「は？」

「近ごろおまえたちは四《し》六《ろく》時《じ》中《ちゅう》ベタベタしているだろう？　それがけしからんと言っているのだ」

「いや、ベタベタしてねぇよ」

「嘘《うそ》をつけ。夜中も毛布の中でごそごそやっているだろう！」

――やっぱり見られていたか……。

エリザが最近、毛布に潜《もぐ》り込んでくるのは一応秘密《ひみつ》にしていることだったが、さすがに一緒《いっしょ》に旅をしている以上、いつかはバレると思っていた。

「あー、勘違《かんちが》いするなよ。別にやましいことをしているわけじゃない」

「しらばっくれるな！　男女が同衾《どうきん》してやることはひとつに決まっているだろう！」

「何をするってんだよ」

「そ、それは……その……」急に顔を赤らめて、少女は少し声のトーンを落として言う。「ふ、不純異性交遊《ふじゅんいせいこうゆう》……」

「ぷふっ」

思わず吹き出したのはサンデリアーナだ。口元を押さえて「ごめんなさい……」と謝《あやま》るが目は笑っている。

「ふむ、男女七つにして机を並べず、か」ヴァリエガータは妙《みょう》にニヤニヤしている。「ヤポニカの古い格言《かくげん》らしいが、さすがに少々時代遅れかもしれんなあ」

「そんな、ヴァーさままで……」

サツキは一瞬《いっしゅん》ひるんだ様子《ようす》を見せたが、すぐにキッと視線をレベンスに向け、

「とにかくっ、今は非常時なのだ！　戦《いくさ》を前にして貴様らは緊張感《きんちょうかん》が足りぬ！　だいたい――」

「関係ないし」

今まで黙《だま》っていたエリザが口を開いた。

「サツキには、関係、ないし」

「なんだと」

「ほっといて」

エリザが撥《は》ね付けるように言うと、サツキはますます激高《げっこう》した。

「その言い草はなんだ！　私は全体の士気に影響《えいきょう》するから戒《いまし》めているのだぞ！」

「それも、関係ないし」

「サツキ、もうそのくらいで」

「だいたいこんな男のどこがよいのだ！　口ばっかり達者でヘラヘラしおって！」

「まあまあサッちゃん、それくらいで」

「しかしヴァーさま、戦いの前に赤子でも作られては困ります！」

「そのときはわしが産婆《さんば》をするから大丈夫《だいじょうぶ》じゃ」

「ちょっと待て、さっきから何を言っているんだ」

室内は乙女《おとめ》たちによって、外の荒波のごとく言葉の応酬《おうしゅう》となる。

そのときだった。

にぎやかな雰囲気《ふんいき》を叱《しか》り付けるように、突如《とつじょ》として轟音《ごうおん》が響《ひび》き、同時に船体が揺《ゆ》れた。

「わわっ⁉」

エリザがレベンスのほうに倒れこむ。椅子《いす》が派手に倒れる。

「なんじゃ今のは……⁉」

「高波……いや違う！」

船体は何かにぶつかられたように鈍《にぶ》い音を立てて揺れる。ただの波にしては不自然だ。

「外のようです！」

「行くぞ！」

サツキが真っ先に飛び出し、それにサンデリアーナとヴァリエガータが続く。

レベンスもエリザを助け起こし、甲板《かんぱん》へとつながる階段を駆《か》け上がる。

そこで見たものは――

「な……⁉」

黒々と波打つ海の中から、大量の水飛沫《みずしぶき》が上がった。何かが海中から飛び出して、それは甲板の上にドンと降《お》り立つ。

雷鳴《らいめい》が響《ひび》き、曇天《どんてん》を打ち破るように稲光《いなびかり》が走る。その光に照らされたのは、ずぶ濡《ぬ》れの全身と、獣《けもの》のように前傾《ぜんけい》した姿勢、顔面に張り付いた髪《かみ》の毛。その奥には二つの眼《め》が不気味な輝《かがや》きを見せており、雷雲《らいうん》を背景にした黒い姿は悪魔《あくま》を彷彿《ほうふつ》とさせる。

まさか、ありえない、とレベンスは眼前《がんぜん》の光景を疑う。この荒れ狂う大海を、いったいどこから泳いできたというのか。

口から漏《も》れ出た言葉は、はっきりと震《ふる》えていた。

「光る眼《め》の、剣士……」

第二章 Chapter 2 決戦

1

「光る眼の、剣士……」

そこに立っているのは、暗黒を固めたような異形《いぎょう》の剣士だった。その足元には大量の水滴が落ちて、黒いシミが広がっている。

光る眼の剣士——すなわち『剣魔《けんま》』は、その両眼で舐《な》めるように船上を見回した。鋭《するど》い眼光《がんこう》は殺気に満ちており、いったい誰《だれ》から殺そうかと品定めしているようにさえ見える。

「よもや海を渡って来るとはな……」

師匠《ししょう》が一歩前に出る。その手にはすでに聖剣《せいけん》『死神乃爪《ジーノス》』が握られている。

船首のあたりに降《お》り立った剣魔は、依然《いぜん》として動かない。こちらの出方を窺《うかが》っているのか、あるいはさすがに遠泳の疲労があるのか。

空は暗雲《あんうん》に覆《おお》われているが、まだ雨は降《ふ》っていない。ただ、稲妻《いなづま》が戦いの開幕《かいまく》を告げるように何度も何度もあたりを照らす。

先頭に立った師匠《ししょう》が敵を見据《みす》えたまま、「サッちゃん」と低い声で呼んだ。

「ここはわしらで迎撃《げいげき》するので、船乗りの避難誘導《ひなんゆうどう》を頼《たの》む」

「承知《しょうち》!」

「サンちゃん」

「はい!」

「例の『ブツ』を準備してくれ。使用場所はなるべく甲板《かんぱん》で、タイミングは手はずどおりに。よいか?」

「はい、ただちに! ヴァーさまもお気をつけて!」

次々と出される指示に、二人は返事をして早速《さっそく》取り掛かる。サンデリアーナは船内に取って返し、サツキは「船内に全員避難だ! 急げ!」「扉《とびら》を閉めたら決して開けるなよ!」と声を張り上げて誘導を始める。

「小僧《こぞう》、小童《こわっぱ》! ここはわしらで食い止めるぞ!」

「おう!」

「うん!」

剣魔《けんま》はまだ動かない。その体から水滴がひっきりなしに落ちるが、当人はまるで意に介《かい》していないようだ。

「よいか二人とも」師匠が視線を敵に向けたまま指示を出す。「前も言うたが、相手を人と思うな。凶器《きょうき》を手にした獣《けもの》と考えろ」

「分かってる」

「来るぞ……っ！」

ヴァリエガータが大鎌《おおがま》を振《ふ》りかぶり、襲撃《しゅうげき》に備える。

その直後。

剣魔はわずかに身をかがめたあと、一挙《いっきょ》に跳躍《ちょうやく》した。

――うぉ……！

レベンスはその跳躍力に目を見張る。助走もつけていないのに、剣魔の体は空に高々と舞い上がったあと、一気に急降下《きゅうこうか》してくる。人間ではありえぬ、いや、獣でも信じられぬ跳躍力だ。

「散れ！」

師匠が叫び、三人は甲板の上を飛びのく。そこに黒い塊《かたまり》がドシンと着地し、ギッとまがまがしい視線をぶつける。

……ッ！

向かい合った瞬間《しゅんかん》に、彼の胸には一抹《いちまつ》の恐怖《きょうふ》、そして、それより何倍も大きな憎悪《ぞうお》が燃《も》え上がる。

八人の剣魔《けんま》のうち、いったい誰《だれ》が家族を殺した奴《やつ》かは分からない。だが、目の前に立っている『光る眼《め》の剣士』は、幼いころ彼の胸に焼きついた『仇《かたき》』そのものだ。

野郎《やろう》……!!

左手の包みを強く握り締《し》める。そこには聖剣《せいけん》『天空乃瞬《ウインザー》』が入っており、今は柄《つか》の部分が覗《のぞ》いている。万が一を考え、船内から持ってきたのだった。

レベンスは敵をキッと睨《にら》みつける。あのときは何もできなかった。だが、今の自分には『力』がある。この化け物を討《う》ち取れるほどの力が。

剣魔のほうも彼をじっと見据《みす》えている。そして再び、飛び掛かる直前の獣《けもの》のごとくわずかに身を縮《ちぢ》めたあと、一気に黒い影を膨張《ぼうちょう》させるように迫《せま》ってきた。最初の獲物《えもの》をレベンスに定めたのだ。

――返り討ちにしてやる……ッ!

復讐《ふくしゅう》に燃《も》えるレベンスは、ためらいなく聖剣の柄に手をかける。

だが、抜刀《ばっとう》の間際《まぎわ》、彼は気づく。

「……!?」

剣魔がいない。さっきまで彼に突撃《とつげき》してきた敵の姿は忽然《こつぜん》と消え、その代わり背骨に氷柱《つらら》を突《つ》っ込まれたような悪寒《おかん》が走る。背後を取られたのは振《ふ》り向く前に分かった。

不意を突かれたレベンスは咄嗟《とっさ》に反応できない。

やられる、と思ったとき。

ゴオンッと鈍《にぶ》い音がした。振り向くと、剣魔の体が吹き飛び、派手に船首のほうまで転がっていく。同時にガランと大きな鎌《かま》が甲板に転がる。

「小僧《こぞう》、無事か……ッ⁉」

彼の前に緑髪《りょくはつ》の少女が躍《おど》り出る。ヴァリエガータが『死神乃爪《ジーノス》』を投げつけ、レベンスの窮地《きゅうち》を助けてくれたのだ。

「死神乃爪《ジーノス》！」

剣聖《けんせい》が自分の武器の名を叫び、すばやく手元に引き戻《もど》す。

「一人で戦おうとするでない！」

「すまねぇ！」

レベンスは窮地を救われて冷静さを取り戻す。そうだ、今は一人じゃない。三人で連携《れんけい》して戦うべきときだ。

彼は聖剣を背中のほうに回し、代わりにいつもの長剣に持ち替える。三人の中で、自分は牽《けん》制《せい》役に回ろうと考えたからだ。それには一撃《いちげき》必殺の聖剣よりも普通の剣のほうが向いている。

「気を抜くな、立ち上がるぞ……ッ！」

船首に転がった剣魔は、大鎌の一撃をもろに食らったにもかかわらず、のっそりと起き上がってくる。ダメージを受けたようにはとても見えない。

──くそ、やはり不死身なのか……⁉

剣聖《けんせい》の技量、人外の生命力、無尽蔵《むじんぞう》の膂力《りょりょく》。かつてヴァリエガータは剣魔《けんま》の強さをそう評した。致命《ちめい》の一撃《いちげき》を与えれば倒せる人間とは違い、奴《やつ》らは何度斬《き》られても果てることはない。

「ヴォオッ、オォオ……ッ！」

不気味《ぶきみ》な雄叫《おたけ》びを上げ、剣魔は次の標的である銀髪《ぎんぱつ》の少女に向かって一直線に飛び掛かる。

振《ふ》り下ろされた刃《は》を、剣聖殺しの少女は下からなぎ払うように魔剣《まけん》で迎《むか》え撃《う》つ。

空中に火花が散る。二つの刃が激突《げきとつ》の反動で弾《はじ》かれ、いったん距離《きょり》が開くも、剣魔は着地と同時に床《ゆか》を蹴《け》って再度攻撃《こうげき》を繰《く》り出してくる。エリザはそれをかわしながら、形勢不利と見たのか後退を試みる。

「小童《こわっぱ》の援護《えんご》にまわるぞ！」

師匠《ししょう》の指示を待つまでもなく、すでにレベンスは駆《か》け出している。エリザの窮地《きゅうち》を救うべく、相手の動きを牽制《けんせい》するように投げナイフを放った。

剣魔は避《よ》けるそぶりもなくナイフを背中に受ける。やはりこの程度ではたじろぎすらしない。

だが、注意をそらすことには成功《せいこう》し、レベンスのほうへと標的を変更《へんこう》する。

──来た……ッ！

振り向きざまに、剣魔が彼に向かって一撃を放つ。レベンスは後退してそれを回避《かいひ》するも、相手はさらに突《つ》っ込んでくる。

「ガラ空《あ》きじゃ！」

レベンスに向かう剣魔の側面から、ヴァリエガータが大鎌《おおがま》の一撃を叩《たた》き込む。敵は超人的な反応を見せて剣で受けるが、体勢の不利は否《いな》めず押し込まれる。

そこに畳《たた》み掛けるように、エリザが巨岩のごとき攻撃を繰り出す。上空から振り下ろされた大剣の斬撃《ざんげき》に、剣魔の体がバッサリと斬られる。黒い血液が噴《ふ》き出し、口から獣《けもの》のごとき絶《ぜっ》叫《きょう》が響《ひび》く。

だが、倒れない。

腹から噴水《ふんすい》のように血を吐《は》き出し、臓物《ぞうもつ》らしきものを垂《た》らしながら、それでも剣魔はのっそりと剣を振り上げる。ぎらつく両眼《りょうめ》には自分が斬られたことに対する恐怖《きょうふ》も狼狽《ろうばい》も感じられない。

「ひるむな、取り囲め……！」

師匠の指示で、弟子たちは剣魔を遠巻きに囲む。レベンスが正面、エリザが背面、師匠が側面だ。

口火を切るべく、レベンスはナイフを投げつける。剣魔はあっさりとそれを弾くが、その瞬《しゅん》間《かん》にヴァリエガータが側面から斬り込む。相手がそれを回避《かいひ》したところでエリザが魔剣《まけん》の一撃。背中を斬られた剣魔は絶叫しながらも剣をブンッとふるい、エリザのコートをわずかに切り裂《さ》く。そこにレベンスが死角から接近し、標的の腕を長剣で斬りつける。三人の連携《れんけい》は完璧《かんぺき》で、さしもの怪物《かいぶつ》も分《ぶ》が悪いことを悟《さと》ったのか、にわかに距離《きょり》を取り、マストの上に跳《と》び乗る。見下ろす敵からは雨のごとく黒い血が降《ふ》り注《そそ》ぐ。

押しているのはこちらだった。だが、それでも敵の動きに衰《おとろ》えはない。剣魔《けんま》は獣《けもの》のようにマストづたいに飛び、やや離《はな》れた甲板《かんぱん》へと降《お》り立つ。

まずいな……。

彼にも分かる。

確かに押している。形勢は間違《まちが》いなくこちらの優勢《ゆうせい》だ。

だが、このまま戦っても倒せる気がまるでしないのだ。剣魔の体はドス黒い血でべっとりと汚《よご》れているが、怪我《けが》を負ったことによるダメージがまったく見えず、むしろ動きは先ほどよりキレが増しているようにさえ感じられる。今のところは数的有利で押しているだけで、このままではいつかやられる。むこうは疲れ知らずの不死身の怪物でも、こちらは一撃《いちげき》を食らえば瀕《ひん》死《し》、あるいは即死《そくし》。

「止まるな！　狙《ねら》われるぞ！」

師《し》匠《しょう》の言葉に、彼はハッとする。側面から黒い塊《かたまり》が突撃《とつげき》してくる。迫《せま》りくる脅威《きょうい》に、彼は転がるように回避《かいひ》する。

なおも剣魔は狂ったように攻撃《こうげき》を続ける。上下左右に無《む》茶《ちゃく》苦《ちゃ》茶《ふ》に振られた剣は、無軌道《むきどう》ではあったが速すぎて受けることができない。レベンスは最初の一撃で刀身《とうしん》を弾《はじ》かれると、後は背を向けて逃げ出した。なりふりなどかまっていられない。正面から打ち合うのは絶対に無理だ。

「小僧《こぞう》……！」

すかさず師匠が援護《えんご》に来てくれるが、剣魔は大鎌《おおがま》を軽々と弾く。その腕力は先ほどよりも明らかに増している。

戦いながら強くなってやがる……！

雑《ざつ》だった攻撃《こうげき》が徐々《じょじょ》に研《と》ぎ澄《す》まされ、単純だった反応が冷静な判断力を身につけていく。急激に成長する赤ん坊のごとく、戦いの中で剣魔は強さを増していく。

だめだ、と思った。こちらは疲労《ひろう》とダメージを蓄積《ちくせき》する一方なのに、向こうはあろうことか強くなっていく。たとえ三対一でも、均衡《きんこう》が破れるのは時間の問題だ。

どうする……！

レベンスは後退する。ヴァリエガータも肩で息をしている。エリザも敵を見据《みす》えたまま動けない。

そのときだ。

カーン、カーンと何か鐘《かね》のような音が鳴った。それは連続し、甲板の上に響《ひび》き渡る。

「しめた……！」

ヴァリエガータが声を上げる。

「小僧《こ》、小童《わっぱ》！　後退じゃ！　船尾《せんび》へ行くぞ！」

「おう……！」

師匠《ししょう》が走り出すと、弟子《でし》たちも後に続いた。

しかし、剣魔《けんま》は容易《ようい》に逃がしてくれない。両眼《りょうめ》を光らせ、猛然《もうぜん》と三人を追ってくる。途中で一度空に跳《と》び、弧《こ》を描《えが》いて三人の行く手を塞《ふさ》ぐように着地。ほぼ同時に剣を繰《く》り出してくる。先頭を走っていた師匠が応戦する。敵の剣と大鎌《おおがま》が何度か交差するが、あっという間に押し込まれてしまう。師匠は明らかに消耗《しょうもう》している。

「師匠……！」

レベンスが援護《えんご》に入るも、剣魔はこちらを見ずに剣を背後に振《ふ》るう。顔面をかすめる一撃《いちげき》にレベンスは動きが止まる。前髪《まえがみ》がわずかに斬《き》れてハラハラと落ちる。あと一歩踏《ふ》み込んでいたら顔が裂《さ》けていた。

くそ、背後が見えるってのか⁉

敵の勘《かん》に彼は舌を巻く。先ほどまでは誰《だれ》かが剣魔の注意をそらし、その隙《すき》に死角から攻撃《こうげき》する戦法だったが、今はそれも通じなくなりつつある。

剣魔がレベンスに跳びかかってくる。彼は後退して距離《きょり》を取ろうとするが、相手のほうが速い。

そのときだ。

「レベンス……！」

叫《さけ》び声とともに斬り込んで来たのは銀髪《ぎんぱつ》の少女だった。彼と敵の間をぶった斬るように魔剣《まけん》を振り下ろし、強引に割って入る。

剣魔は一拍《いっぱく》だけ警戒《けいかい》した様子《ようす》で少女を睨《にら》んだが、すぐに剣を構え直し、驚異的《きょういてき》な跳躍《ちょうやく》力でまた飛び掛かってくる。上空からの斬撃《ざんげき》が少女を襲《おそ》う。

危ない……っ！

レベンスがエリザの身を案じたとき、

「な……っ⁉」

黒い閃光《せんこう》が走った。

それは不可思議《ふかしぎ》な一撃だった。エリザの右腕が半円の軌道《きどう》を描《えが》き、上空にいた敵を蚊《か》トンボでも叩《たた》き落とすように撃墜《げきつい》した。いかに魔剣の質量が大きいとしても、猛然《もうぜん》と襲い掛かってきた剣魔をああも簡単《かんたん》に弾き飛ばせるだろうか。

ありえねぇ。

レベンスは自分の見たものが信じられず、戦闘《せんとう》中にもかかわらず唖然《あぜん》とする。

剣魔にも変化が見られた。

今まで攻撃一辺倒《いっぺんとう》だった敵は、自分が食らった攻撃が何だったのか理解できなかったようで、起き上がったあともしばらく攻撃を仕掛けてこなかった。向こうからすれば、自分が攻撃していたはずなのに、なぜか攻撃されたのは自分だった——そんな印象を受けたはずだ。それほどエリザの迎撃《げいげき》ぶりは想像を絶した動きだった。

だが、剣魔《けんま》はそれでも攻撃《こうげき》をやめることはなかった。剣を振《ふ》り上げると、床《ゆか》を踏《ふ》み抜くほどの強さで飛び出し、少女との距離《きょり》を詰《つ》めてきた。対するエリザは棒《ぼう》立ちで、明らかに反応が遅れた様子《ようす》だ。

いかん、やられる……！

今度こそまずい、と思ったその矢先に、また不可思議《ふかしぎ》な現象《げんしょう》が起きた。剣魔の刃《は》が少女に達する間際《まぎわ》、エリザの腕が風車のごとく動き、フッと腕が見えなくなったかと思うと剣魔の体がいきなり宙に舞い上がった。轟音《ごうおん》が響《ひび》き、剣魔はまたも吹き飛ばされて甲板《かんばん》に叩《たた》きつけられる。

「ヴアウッ……！」

繰《く》り返し煮《に》え湯を飲まされ、剣魔は激高《げっこう》したようにうなった。今度は間を置かずに跳《は》ね起きると、地を這《は》うような低い姿勢から斬《き》り上げて来る。

しかしこれも同じだった。少女はほとんど体を動かさず、手だけの動きで相手の剣を弾《はじ》いてみせた。

な、何が、起きている……？

エリザの雰囲気《ふんいき》は明らかに変わっていた。まるで剣魔のことなど相手にならぬというように、手をだらりと下げ、まるで夜風を楽しむようにゆったりとした感じで立っている。

剣魔は立ち上がる。そこにエリザが一言、低い声で告げる。

「むだ」

少女はじろりと敵を睨《にら》む。

「もう、あなたのこと、わかったから」

ゆらりと体を前傾《ぜんけい》させると、そこからエリザは一挙《いっきょ》に反撃《はんげき》に出た。

魔剣《まけん》を斜《なな》めに下げたまま、頭から突《つ》っ込むように相手との距離を詰める。剣魔もかまわずに前に出て正面からぶつかってくる。

だが、今度はさらに圧倒的《あっとうてき》な差が出た。

剣魔が腕を動かそうとした瞬間《しゅんかん》、その機先を制してエリザが攻撃を放った。敵の剣は繰《く》り出される前に弾かれ、腕が武器とともに跳ね上がる。剣魔は腕を引き戻《もど》してさらなる一撃《いちげき》を放とうとするが、これもまた発動する前にエリザの魔剣によって弾かれる。迎撃というよりも完封《かんぷう》といった様相《ようそう》で、剣魔は攻撃することもできずに後退する。

圧倒していた。敵は文字通り手も足も出ず、攻撃を試みては、叩き落とされて後退することを繰り返している。

彼は思い出す。自分がドラセナやエリオットといった剣聖《けんせい》と戦ったとき、本当になすすべなく手玉に取られた。避《よ》けられたり、防がれたり、という次元ではなく、そもそも剣を手に取ることすらできないほどの屈辱的《くつじょくてき》な敗北《はいぼく》。今、その圧倒的力量差のある戦いを、エリザは剣魔に対して再現していた。あの剣魔が、まるで相手にならずに一方的にやられている。誇張《こちょう》でも何でもなく、まるで赤子の手をひねるがごとくに、エリザがあの化《ば》け物を翻弄《ほんろう》している。

少女は無造作《むぞうさ》に前に出る。剣魔《けんま》は取り落とした剣を拾い、それでも凶暴《きょうぼう》なうなり声とともに襲《おそ》い掛かってくるが、エリザはまるで未来を予知でもしているかのように、敵の剣閃《けんせん》を出鼻《でばな》で叩《たた》き落とす。大剣とは思えぬ圧倒的《あっとうてき》速度、人間の反射神経を超《こ》えた反応。片手で軽々と、疾風《しっぷう》のごとく、弄《もてあそ》ぶように敵の攻撃《こうげき》を叩き落とし、弾《はじ》き返し、完封《かんぷう》する。しかし相手へと詰《つ》め寄る歩みはあくまでゆっくりと、ともすれば優雅《ゆうが》に、凄《すご》みすら感じさせて少女は前進する。

な、なんだ、この強さは……!?

戦闘《せんとう》中に進化しているのは敵だけではなかった。それ以上の速度で、エリザのほうが進化し、相手の剣閃も癖《くせ》も見切っていたのだ。でなければこうもたやすく敵の攻撃を封《ふう》じられるわけがない。

強すぎる……!

そしてエリザは一度ためをつくったあと、思い切り敵の背後から斬《き》り上げた。

その剣撃《けんげき》はものの見事に命中した。黒く光る剣閃が一瞬《いっしゅん》だけ見えた瞬間《しゅんかん》に、剣魔の体は吹き飛び、高々と舞い上がった。当然ながら数瞬《すうしゅん》の後には空から落下を始めて、ひしゃげるような音とともにその体が甲板《かんぱん》へと突《つ》き刺さる。

「あっ！」

そこでレベンスは気づいた。剣魔が突き刺さって動けなくなった場所には、何か円形の紋様《もんよう》が描《えが》かれ、そこに複数の聖剣《せいけん》が配置されていることに。

次の瞬間、甲板には火の手が上がった。油を撒《ま》いていたのか、導火線の炎が一挙《いっきょ》に走り、それは二重の円となって敵を囲む。その傍《かたわ》らには金髪《きんぱつ》の女性が立っている。

「闇《やみ》に還《かえ》りなさい」

ぽつりとサンデリアーナがつぶやくと、配置されていた聖剣が光り、同時に剣魔の体はびくりと硬直《こうちょく》する。その全身にはボコボコと血管《けっかん》が浮き出て、それは百足《むかで》のごとく不気味《ぶきみ》に蠢《うごめ》く。

「ウヴァオォオアァァーーーーーーッ!!」

奇怪《きかい》な声が闇夜《やみよ》に響《ひび》くと、剣魔は光に包まれ、その体に浮き出た血管から一挙に血が噴《ふ》き出す。その血は次々に聖剣へと吸い込まれていく。それは血液というより、灰とも瘴気《しょうき》ともつかぬ不気味な黒い流れだった。

剣魔は逃れようともがく。だが、その体を包んだ光がそれを許さない。身動きが取れぬまま、剣魔は黒い血液を吐《は》き出し続け、やがて血の勢いが弱まると、その体はひからびた死体のように痩《や》せこけ、剣魔はがっくりと膝《ひざ》をついた。

そして終わりは来た。

弱体化した剣魔の前に、エリザが堂々と立ちはだかる。すると剣魔は最後の力を振《ふ》り絞《しぼ》り、玉砕覚悟《ぎょくさいかくご》とばかりに身を投げ出してきた。

エリザの腕が大上段に振りかぶられ、それは一挙に振り下ろされた。

魔剣一閃《まけんいっせん》。

脳天から魔剣を叩《たた》きつけられ、剣魔《けんま》は左右に真っ二つとなった。黒い液体を撒《ま》き散らして甲板《かんぱん》に死体が落ちると、それはボソボソと端《はし》から崩《くず》れ、空気に溶け込むように細かくなって消えていった。

剣魔が跡形《あとかた》もなく消え去ると、あたりには静寂《せいじゃく》が訪れる。わずかに揺《ゆ》れる船上で、レベンスはしばらく無言で立ち尽《つ》くす。

勝った、のか……？

甲板ではまだ炎の円が赤々と燃《も》えている。少女はそこで呆然《ぼうぜん》と立っている。青い瞳《ひとみ》は炎を映して光っており、まるで銀髪《ぎんぱつ》の鬼神《きじん》のように見えた。

「お、おい、エリザ……？」

レベンスが話しかける。すると少女は悪いものにでも憑《つ》かれていたのかというくらい、びくっと体を震《ふる》わせ、「あ……」と声を上げた。

「レベンス……？」

「おまえ、その……平気か？」

「え……」

少女は自分の体を見下ろし、手足をわずかに動かす。怪我《けが》がないことを確かめたのか、「たぶん、だいじょうぶ」と曖昧《あいまい》な返事をした。

——しかし、驚《おどろ》いたな……。

少女のあまりにも圧倒的《あっとうてき》な強さを前にして、彼はいまだ信じられない。これまでは剣魔という怪物《かいぶつ》を恐《おそ》れてきたが、実は身近《みぢか》な存在が最も怪物じみていた。

エリザの戦い方が『進化』していることは、元々ルピナス戦のときにも感じていたことだった。しかし、少女の成長速度は彼の予想をはるかに超《こ》え、剣魔ですら圧倒するほどの劇的《げきてき》なものとなっている。

——魔剣が『今こそすべてを返そう』と言っていたのは……もしかして、このことだったのか……？

「二人とも無事か？」

そこに師匠《ししょう》が駆《か》け寄ってくる。『儀式《ぎしき》』の跡《あと》を眺めながら、「とりあえずは成功《せいこう》じゃな」と残り火を足で消す。その後にサツキが続き、「船員に怪我《けが》はないようです」と報告を入れる。

「うむ、何よりじゃ。……サンちゃんは大丈夫《だいじょうぶ》か？」

「ええ、はい……」

サンデリアーナは疲れたような声を出し、ヴァリエガータを見上げる。その顔は油まみれで、『儀式』の準備におおわらわだったことが窺《うかが》える。

「うまくいって……よかったです……」

儀式《ぎしき》の成功《せいこう》によほど安堵《あんど》したのか、金髪《きんぱつ》の女性は珍《めずら》しく行儀《ぎょうぎ》の悪い感じで、甲板《かんぱん》にぺったりと座り込むのだった。

2

夕陽の迫《せま》る水平線。その向こうに、うっすらと灯台の光が見える。

ベルベリスの港から出発して十四日目。

――なんとか、着いたな……。

途中、剣魔に襲撃《しゅうげき》されたときはどうなることかと思ったが、全員無事にここまでたどりつけた。これから敵地に入る以上、もちろん気を抜くわけにはいかないが、それでも船旅が終わるのは正直ほっとした。

襲《おそ》われた位置から察するに、剣魔はどうやらベルベリスの港から泳いできたようだった。ヴァリエガータの推論《すいろん》では、「デュランダルのやつがわしらの進路を見越《みこ》して、要所要所に剣魔を配置しているのじゃろう」とのこと。それは向こうにとっては戦力分散の愚《ぐ》にも思えたが、デュランダルにとっては剣魔の一人二人は捨て駒《ごま》に過ぎないのかもしれない。

船が着岸すると、船員の身元と船内の荷物検査《けんさ》が行われた。ヴェロニカ帝国の兵士に囲まれたときは緊張《きんちょう》が走ったが、検査自体は形式的なもので、ヤポニカの船乗りたちがうまく取り仕切ってくれた。


「ふひー、やっぱり陸地はええのう」

宿に入ると、ヴァリエガータがベッドに倒れこむ。「ヴァーさま、はしたないですよ」とサンデリアーナが注意するが、その声も怒っている様子《ようす》はなく、彼女も椅子《いす》に腰《こし》掛《か》けてほっとした表情だ。

「変な感じ……」

エリザはベッドに座り、頭を小さく傾《かし》げる。港についてからも、まだ体が揺《ゆ》れているような気がするらしい。長い船旅にはよくあることだ。

「今日はよく体を休めて、今後のことは明日に話し合おう」

「だな。とにかく疲れたぜ……」

彼もベッドに倒れこむ。

すると、エリザもいそいそと彼の隣《となり》に移動し、靴《くつ》を脱いでコテンと横になる。最近は人目をはばからずにレベンスとひっつくことが多い。

「おい貴様ら」

それを黒髪《くろかみ》の少女が見咎《みとが》める。

「まさかそうやってまた同衾《どうきん》するつもりではなかろうな」

「あなたには、関係、ないし」

「目ざわりだ」

「まあまあサッちゃん、こやつらは兄妹みたいなもんでな。大目に見てやれ」

「ヴァーさままで……」

サツキはなおも不満げな顔だ。

「いずれにせよ、この部屋《へや》は五人ではちと狭《せま》い。二手に分かれるとしよう」

「では、私は別室に移らせていただきます。このような破廉恥《はれんち》空間では眠れません。ほら、行くぞサンデリアーナ」

「ちょ、ちょっとサツキ」

黒髪《くろかみ》の少女に手を引かれ、サンデリアーナも「で、では皆《みな》さん、のちほど」と部屋を出ていく。二人が出て行くと部屋が急に静かになる。

「やれやれ、やっとうるさいのが消えた」

レベンスはせいせいしたというように足を組む。

「まあ、そう言ってやるな。サッちゃんは潔癖《けっぺき》なんじゃよ」

「それにしたって、俺《おれ》のことばかり目の仇《かたき》にしやがって」

「接し方が分からんのじゃろう。剣術一筋《ひとすじ》で来たから、年頃《としごろ》の男と話したことがない。道場の連中からはお姫様《ひめさま》扱《あつか》いだし、おぬしのようにずけずけと言い返してくる相手は初めてなんじゃないかの？」

「それにしたって、こっちはいい迷惑《めいわく》……ん？」

レベンスはそこで、エリザがすうすうと眠りだしたことに気づく。「仕方ない奴《やつ》だな……」と言いつつ、そっと毛布を引き寄せて肩までかけてやる。

ヴァリエガータは微笑《ほほえ》ましげにそれを見ながら、「ま、サッちゃんも半分はうらやましいんじゃろうよ」とつぶやく。

「え？」

「なに、こっちのことよ」

彼女はそう言うと、ニタリと意味ありげに笑うのだった。

その翌日《よくじつ》。

船旅の疲れを考慮《こうりよ》して、作戦会議は午後からとなった。レベンスたちの部屋に、昼食を終えたサツキとサンデリアーナが合流する。ベッドを椅子《いす》代わりにして、五人で小さなテーブルを囲む。

「ここが現在地――ヴェロニカ帝国の東の玄関《げんかん》港・ダリア。ここから西にある隣《となり》の都市がアークレイギア。知ってのとおりデュランダル総本家があるところじゃ」

「この距離《きょり》だと、早馬で三日だな」

「さよう。目と鼻の先じゃ」

目的地まで予定にして三日。船旅を終えたことで格段に近くなった決戦の地に、レベンスは身が引き締《し》まる思いがした。

「ヴァーさま、このあたりにも剣魔《けんま》が潜《ひそ》んでいる可能性《かのうせい》はないでしょうか」

サンデリアーナが一本の街道を指差す。それはアークレイギアへの通り道だ。

「うむ。ここはすでに敵のお膝元《ひざもと》。街道に限らず、この港にも剣魔が配置されていると考えるのが自然じゃ」

「なぜすぐに襲《おそ》ってこないのでしょうか？」

「さすがにこちらの正確な所在までは摑《つか》んでおらんのじゃろう。船はひっきりなしに到着するし、乗り降《お》りする人員も荷物も多すぎる。とてもチェックなどできんよ」

「そうですね……」

サンデリアーナの質問が途切《とぎ》れると、今度はレベンスが質問をぶつける。

「じゃあ、海上で襲われたのはどうしてだ？　こちらの居場所を摑んでいるからこそ、奴《やつ》ら襲ってきたんだろう？」

「わしが考えるに、あれは剣魔の『本能』じゃ」

「本能？」

「あくまで戦ってみた感想にすぎんが、奴らは殺傷《さつしょう》欲求が強すぎて行動が短絡的《たんらくてき》になっておる。本来なら、あそこは尾行《びこう》だけにとどめ、味方の合流を待って奇襲《きしゅう》を掛けるべき状況《じょうきょう》じゃ。単独で襲ってくるのは明らかに愚策《ぐさく》。おそらくは標的を狙《ねら》うことしか考えていない、いや、考えられないというところじゃな」

「確かに、そんな感じはしたな……」

レベンスは船上で戦った剣魔のことを思い返す。ぎらついた目は殺意に満ち溢《あふ》れており、相手を殺すことだけを考えている、というのはそのとおりに思えた。それは彼が幼少のころに遭《そう》遇《ぐう》した剣魔や、ドラセナが変貌《へんぼう》した剣魔にも同じことが言える。

「出発の際、ベルベリスでたまたま見つけたから追ってきた。単にそういうことだとわしは考える。あいつらはそもそも死体みたいなものだから、あまり込み入ったことはできんのじゃろう」

「なるほどな……」

師匠《ししょう》の説明を聞いて彼は納得《なっとく》する。

「もっとも、我《われ》らがあの剣魔を倒したことについてはさすがに伝わっているじゃろう」

「今後はさらに慎重《しんちょう》にことを運ぶ必要がありそうだな」

「うむ、そういうことじゃ」

「それにしても……」彼は気がかりなことを尋《たず》ねる。「死体を操《あやつ》る能力まで持っているなんて、デュランダルってのは本当に何者なんだよ？　そういうのは師匠《ししょう》の十八番《おはこ》だと思っていたぜ」

「奴《やつ》の能力は底が知れん。だが……」

師匠の瞳《ひとみ》が光る。

「前に小僧《こぞう》が指摘《してき》しておったことが、あるいは重大な手がかりになるやもしれん」

「俺《おれ》が指摘したこと？」

「ほら、忘れたのか。あの魔剣《まけん》が、夜中にいきなりしゃべったとき——」

——ひょっとして、その『ロンスヴァール』ってのが……デュランダルのことなのか？

それは魔剣の話を聞いていて、レベンスが思いついたことだった。急に出てきた『ロンスヴァール』という名前に、少し引っかかりを覚えたのだ。

「思い出したか？」

「ああ、そんなこと言ったっけな……。でも、それがデュランダルの正体につながるのか？仮にデュランダルの本名がロンスヴァールだったとして、それだけじゃあ……」

「『我《われ》の同胞《どうほう》にして仇敵《きゅうてき》なり』——魔剣はあのとき、ロンスヴァールのことをそう評しておった。魔剣と『同胞』にして『仇敵』。それはつまり、人間とは別の存在、ということじゃ」

「人間とは、別の存在……」

「なに、これはあくまでわしの推測《すいそく》。裏づけは何もない。ただ、もしこの推測が正しければ、奴が剣魔を操《あやつ》れるカラクリはもしや――」

　そこでヴァリエガータは口を閉じる。その顔は急に険《けわ》しくなった。

「どうした、師匠？」

「ああいや」声のトーンが低くなる。「まだ言葉にする段階にはない、と思うてな」

「……？」

　急に話を打ち切る師匠を見て、レベンスは少し怪訝《けげん》に思う。

　ヴァリエガータはそれきり黙《だま》ってしまった。

○

　それから何日かは、作戦の「仕込み」に当てられた。

　聖都アークレイギアは隣町《となりまち》なので、地の利を生かしてさまざまな情報収集を行う。特に、デュランダルが今でも総本家の屋敷《やしき》にいるのか、それともすでに旅立ってしまったのかは絶対に確認すべき情報だった。

　港町ダリアは交易《こうえき》都市だけあって、港にも街にも盛んに人々が往来《おうらい》しているが、一方でヴェロニカ帝国軍とおぼしき兵士たちの姿も随所《ずいしょ》に見られた。それが『剣聖《けんせい》殺し』に対する警戒網《けいかいもう》であることは論ずるまでもなく、レベンスたちは向こうに気取《けど》られぬように慎重《しんちょう》に事を運んだ。

そして数日後。

「……デュランダルの所在については、以上となります」

サンデリアーナが会議の場で報告する。手分けをした結果、集められた情報はどれもぴたりと一致《いっち》していた。

「俺《おれ》も複数の筋《すじ》から確認した。兵士も商人もみんな同じことを言っている。ここ一ヶ月はずっと屋敷《やしき》にいて、時おり街に姿を見せたりもしているらしい」

レベンスも自分の集めた情報を述べる。デュランダルの所在は特に秘密事項《ひみつじこう》でもないらしく、街の誰《だれ》に話題を振《ふ》っても似たような返答だった。いわく、「剣聖《けんせい》さまはご実家で静養しておられる」。実家とはもちろん聖都アークレイギアにあるデュランダル総本家のことだ。

「腑《ふ》に落ちんな」

フンッ、とヴァリエガータが納得《なっとく》いかない顔で鼻を鳴らす。

「なんでだ、師匠《ししょう》」

「どうもこうもない。あやつらしくないと思うてな」

「らしくない？」

「ああ。前も言うたじゃろ、デュランダルは根が慎重派《しんちょうは》。こちらが攻めてくるとなれば、自分は行方《ゆくえ》をくらまし、部下に不意打ちをさせるようなタイプじゃ」

「船に剣魔《けんま》を差し向けたときみたいにか？」

「そうじゃ。剣魔の一人や二人、あやつにとっては失っても大して痛手ではない。だが、それでこちらが全滅《ぜんめつ》してくれれば儲《もう》けもの。当然そのくらいの計算はしているじゃろう」

「では、ヴァーさまはこれが罠《わな》だと？」

サンデリアーナが問うと、「うむ」と剣聖《けんせい》はうなずく。

「向こうにはこちらを討《う》ち取る算段がある。絶対的な勝算、というくらいのな。だから居城《きよじょう》でドンと構えておるに違いない」

「じゃあこういうことか？　俺たちが総本家を強襲《きょうしゅう》したら、そこはもぬけの殻《から》で、剣魔だけが待ち伏《ぶ》せしている、とか」

「ありうる。リスクなしで欲しいものを手にする、あやつらしい発想じゃな」

「そうなると、ヴァーさま」そこでサツキが話に入る。「デュランダル自身は、アークレイギアの屋敷にはいないと？」

「分からん。いれば罠じゃし、いなくても罠。そんな気がする」

「しかしそれでは打つ手がありませぬ」

黒髪《くろかみ》の少女は眉間《みけん》に皺《しわ》を寄せる。

「まあ、結論を急ぐな」

経験豊かな老剣聖は、軽く手をかざして血気盛んな若人《わこうど》を制する。

「……それでサンちゃん、報告の続きを」

「はい」

金髪《きんぱつ》の女性はうなずき、報告に戻る。

「デュランダルの屋敷《やしき》は、アークレイギアの郊外《こうがい》、広大な敷地《しきち》の中にあります。そして、この周囲には軍隊が二重三重に配備されており、蟻一匹《ありいっぴき》通さぬ厳戒《げんかい》態勢となっております」

「街の中は？」

「軍服を着た兵士や、私服の密偵《みってい》たちの巣窟《そうくつ》と思われます。民間人や商人たちにも協力者が多いようです」

「怪《あや》しい奴《やつ》は密告《みっこく》せよ、か。他にはどうじゃ？」

「警備《けいび》態勢は昼夜問わず、切れ目なく続いております。デュランダル総本家に入るためには刀《とう》剣類《けんるい》は一切《いっさい》禁止、身内の人間ですら身元確認するほどの念の入りよう」

「ふーむ……」

ヴァリエガータは天井《てんじょう》を仰《あお》いで嘆息《たんそく》する。そばで聞くレベンスも、説明が続くたびに壁《かべ》が高くなるような感覚に陥《おちい》る。

「剣魔《けんま》については？」

「分かりません。ただ、もしデュランダルが屋敷内にいるのなら、そばに控《ひか》えているのは確実でしょう」

「目撃者《もくげきしゃ》もおらんのか？　たとえば、屋敷内に夜な夜な怪《あや》しい影が、とか、光る眼《め》が、とか」

「そこまでは確認できませんでした。ただし、デュランダル当人をアークレイギアの街で見た者や、屋敷に帰っていくのを目撃した者は多数いるそうです」

「剣聖《けんせい》の場合、そうそう影武者《かげむしゃ》も立てられまい。やはりそこにいる公算は高いか……」

サンデリアーナはその後も報告を続け、最後に「アークレイギアの情報は、以上です」と締《し》めくくった。

「近づくだけでも一苦労だな」

報告を受けてレベンスが感想を漏《も》らす。

一瞬《いっしゅん》、皆《みな》が沈思《ちんし》黙考《もっこう》していると、

「ヴァーちゃん」

「なんじゃ小童《こわっぱ》。いい案でもあるのか？」

エリザは真面目《まじめ》な顔でうなずく。

「正面、突破《とっぱ》」

「馬鹿《ばか》かおまえは」

すかさずレベンスが突《つ》っ込む。

「そんなことしたらあっという間に囲まれて袋叩《ふくろだた》きじゃねぇか。少しは頭を使え」

「む……っ」

エリザは不機嫌《ふきげん》そうに頬《ほお》を膨《ふく》らます。

「ばかじゃないし」

「馬鹿《ばか》だ、馬鹿」

「ばかじゃないし。かしこいし」

「まあまあ」

サンデリアーナが困った顔で止めに入る。

「正面からは、ちっとなあ……」

ヴァリエガータはポリポリと頬を掻《か》く。単純な性格の弟子《でし》に困り顔だ。

「あの、ヴァーさま」

「なんじゃ、サッちゃん」

「剣魔《けんま》は、命令どおりにしか動けない……そういうことでしたね？」

「うむ、今までに得られた数少ない情報からだと、そういう推測《すいそく》が成り立つ」

「だとしたら、それを利用して作戦を立てられないでしょうか？　たとえば――」

サツキは地図の上に、一デリウス硬貨《こうか》を数枚置く。それを動かしながら自分の作戦案を説明する。それは船での戦いを参考に、剣魔《けんま》の行動原理を逆手《さかて》に取るものだった。

「ふむ、それは古来より伝わる『誘虎《ゆうこ》の計』じゃな」

「ゆうこのけい？」

エリザが首をひねると、サツキが「そんなことも知らんのか」と悪《あ》し様《ざま》にののしる。エリザはムッとした顔をして「しってるし」と返す。

「では説明してみろ」

「うぐ……」

「『誘虎の計』なら俺《おれ》も知ってるぜ」

レベンスはさりげなく助け舟を出す。

「あるところに村の作物を荒らす二匹の『虎《とら》』がいた。虎はどちらも強い上にいつもいっしょにいるので、それらを討《う》つのは容易《ようい》ではない。だから、囮《おとり》になった村人が片方の虎を誘《さそ》い出し、巣穴《すあな》に残る虎を村人全員で討った、という話だ」

「とら、かわいそう」

「要するに、陽動作戦ってやつだ」

「ふん、馬の骨にしてはよく知っているではないか」

「傭兵《ようへい》時代によくやった。逆にやられたこともある。一番荷が重いのが、巣穴から最初に虎をおびき出す役目だな」

レベンスは一つだけ机上《きじょう》の外れに置かれていたコインを軽く弾《はじ》く。

「ふむ、誘虎の計か」

師匠《ししょう》は少し身を乗り出す。

「小僧《こぞう》の言うとおり、この計略は敵の主力をおびき出す『囮』が最も重要となる。しくじると捨て駒《ごま》になるし、うまくいっても危険は避《さ》けられん」

「だよな……」

レベンスは表情を少し険《けわ》しくする。

今回の場合に置き換《か》えると、おびき出す相手は行動原理が単純な剣魔《けんま》たちのほうだろう。一人が剣魔をひきつけ、残る全員でデュランダルを叩《たた》く。それができれば一番勝算が高そうではあるが、では誰《だれ》が囮《おとり》の役をするかが問題だ。

――よし。

「俺《おれ》がやる」

「だめ」

エリザが即座《そくざ》に否定《ひてい》する。

「なんでだよ」

「だめったら、だめ」

「理由を言え」

「レベンス、しんじゃう」

「死なねぇよ」

「しんじゃう」

「だから死なねぇって」

「でも」

エリザはなおも食い下がる。

「けんま、いっぱい。すごく、きけん」

「それを言ったら、俺以外の誰《だれ》が行っても危険だろ」

「でも、だめ。レベンスは、だめ」

二人が押し問答をしていると、今度は師匠《ししょう》が志願した。

「ここはわしが行こう」

「駄目《だめ》です」

「なぜじゃ、サンちゃん」

「ヴァーさまは剣聖《けんせい》として一番デュランダルのことを熟知《じゅくち》し、また、この中で唯一《ゆいいつ》デュランダル邸《てい》に入ったことのある人間です。最後の決戦に欠かすことはできません」

「ぬ……」

サンデリアーナの理路整然《りろせいぜん》とした説明に、ヴァリエガータは反論できずに黙《だま》る。

すると、

「ここは私の役目のようだな」

黒髪《くろかみ》少女がずいっと身を乗り出す。

「サツキは性格的に直情径行《ちょくじょうけいこう》だから、囮役は不向きです」

「ぬっ」

途端《とたん》にサツキが顔をしかめる。だが、相手がレベンスではなくサンデリアーナであるせいか、その場では言い返してこない。

「じゃ、じゃあ、わたし——」

「駄目《だめ》です」

「うう」

エリザは言い終わる前に撃沈《げきちん》される。

「エリザさんはこちらの最大戦力です。デュランダルと戦う上で欠かせません」

サンデリアーナは冷静に理由を述べる。

——まあ、そうだよな。

その点についてはレベンスも同感だった。先日、船上で見せたエリザの戦いぶりは圧巻《あっかん》だった。その急激《きゅうげき》すぎる成長への疑問はいまだ残るものの、エリザを抜きにしてデュランダルとぶつかることは考えられない。

「サンちゃん、さっきから駄目だしばかりじゃのう。ではどうしろというんじゃ？」

「私が行きます」

「え？」

「私なら、例の『儀式《ぎしき》』にも詳《くわ》しいですし、自分でも適任だと思います」

あれっ、とレベンスは不審《ふしん》に思う。サンデリアーナがこんなふうに強気に言い切るのは珍《めずら》しい。いつもなら「私なんて……」と控《ひか》えめに出るところだ。

――まさか……。

レベンスには危惧《きぐ》があった。もしサンデリアーナが囮《おとり》となって剣魔《けんま》と戦うことになれば、そのときは聖剣《せいけん》『双龍乃牙《ズルフィカール》』を再び使うかもしれない。当然、聖剣の使い手である彼女自身もその可能性《かのうせい》を考慮《こうりょ》に入れているだろう。

彼はヴァリエガータに目配せする。その視線に感づいた師匠《ししょう》は、さらに表情を厳《きび》しくして、「ううむ」とうなる。サンデリアーナが聖剣を使用した事実はもちろん師匠にも知らせてあるので、彼の意図は伝わったはずだ。

「大丈夫《だいじょうぶ》です、ヴァーさま。私を信じてください」

「ぬう……」

サンデリアーナの強い申し出に、師匠はなおも迷う。おそらく、彼女しか適任者はいないとうすうす気づいているのだ。サンデリアーナなら剣術の腕も立つし、冷静沈着《れいせいちんちゃく》だし、例の儀式にも詳しい。これ以上の人選はないだろう。それでも首を縦《たて》に振《ふ》れないのは、作戦の危険度を考えてのことだ。

「あと一人」

搾《しぼ》り出すように、老剣聖《けんせい》は言う。

「サンちゃんの相方が必要じゃ。でなければ、この作戦は認められん」

苦渋《くじゅう》の決断を述べると、サンデリアーナは「相方……」とつぶやく。

サンデリアーナは一人一人の顔を見る。それからギュッと膝《ひざ》の上で手を握る。

なんとなくだが、彼女の考えていることは分かる。

敵は剣魔《けんま》。一人倒したとはいえ、残りは少なくとも七人いる。それらを本拠地《ほんきょち》から誘《さそ》い出して引き付けることは、死地に飛び込むも同然の行為《こうい》だ。ことによると、デュランダル一人を相手にするよりも危険な役回りかもしれない。

——死ぬ気か……？

彼女の想いが、その悲壮《ひそう》な表情からレベンスにも伝わってくる。真面目《まじめ》な性格のサンデリアーナのこと、死ぬのは自分一人でいい、と思いつめているのだろう。エリザのために死を覚悟《かくご》した彼には、同じく覚悟を決めた彼女の気持ちが伝わってくる。

どうすればいい……？

仲間の命が懸《か》かった問題に、容易《ようい》には答えを出せない。

沈黙《ちんもく》が訪れる。

ヴァリエガータがもう一度「いや、やはりわしが……」と言いかけたとき、黒髪《くろかみ》の少女がピッと手を挙げた。

「私が残ります」

「サッちゃん……」

「ヴァーさまは、この出来損《できそこ》ないの弟子《でし》二人の面倒《めんどう》を見るべきです」

「おいサツキ、出来損ないとはなんだ」

「私とサンデリアーナは修行《しゅぎょう》時代から剣を交えた仲間。お互《たが》いの癖《くせ》も太刀筋《たちすじ》も知り尽《つ》くしています。私たち二人が残るのが最も適任だと考えます。違いますか？」

「……」

サツキはまっすぐに師匠《ししょう》を見つめる。その瞳《ひとみ》からは強い意志が伝わってくる。

師匠はしばらく目を閉じ、その案を検討《けんとう》する。眉間《みけん》に寄った皺《しわ》が苦渋《くじゅう》を感じさせる。

そして、苦しげに「……よかろう」と搾《しぼ》り出した。

「だが、ひとつだけ言っておく」

老剣聖《けんせい》は優《やさ》しげに、それでいて強い力を込めて若者たちを諭《さと》す。

「これは人類《じんるい》の未来を救うと同時に、わしらの未来を勝ち取るための戦い。おぬしらのような前途ある若人《わこうど》が死んで、世界が救われたからめでたしめでたし、とはならんからな？　必ず全員生きて帰る。これはそのための作戦だと肝《きも》に銘《めい》じよ。よいな？」

師匠が力強く言うと、弟子たちは一様《いちよう》にうなずいた。

3

聖都アークレイギア。

剣聖《けんせい》デュランダルの本拠地《ほんきょち》であり、ヴェロニカ帝国のみならずアストラガルス全土においても格式《かくしき》と伝統《でんとう》ある有名都市だ。この地においてデュランダルとは、剣聖の名であり、聖剣《せいけん》の名であり、絶対的統治者の名でもある。

デュランダル家が多くの剣聖を輩出《はいしゅつ》してきたこともあり、この地は二千年に渡って戦火にさらされたことは一度もなく、剣聖の庇護《ひご》の下《もと》で世界最大級の都市へと発展した。「アークレイギア様」と呼べば剣聖デュランダルのことを指し、都市名はもはや剣聖の代名詞にまで定着している。

——いよいよ明日か……。

アークレイギアの中心部からやや離《はな》れた商店街、その一角《いっかく》にある老舗《しにせ》の宿屋。レベンスたちは数日前から素性《すじょう》を隠《かく》してここに泊《と》まり込んでいた。宿にはササブネ亭《てい》の船乗りたちも泊まっており、明日の作戦でも重要な役割を果たしてもらうことになっている。

港からアークレイギアまでの道中は、拍子《ひょうし》抜けするほど順調だった。剣魔《けんま》の襲撃《しゅうげき》に備えて、行きの馬車内では終始《しゅうし》警戒《けいかい》して身構《みがま》えていたが、襲《おそ》ってくるものは野良犬《のらいぬ》一匹いなかった。

それは歓迎《かんげい》すべきことというより、かえって不気味《ぶきみ》な印象を与えた。

明日の作戦についての入念な打ち合わせも終わり、あとは休むだけとなった夜。

レベンスはベッドの上で眠れぬ夜を過ごしていた。明日になれば作戦が決行される。剣聖デュランダルと、彼女に仕える剣魔たちとの最終決戦。その結果のいかんによって、自分とエリザ、そして世界の命運が決まる。緊張《きんちょう》せぬほうがおかしいのだが、ヴァリエガータなどはすうすうと安らかに眠っている。サツキもサンデリアーナも静かな寝息を立てており、レベンスは自分の小心さが嫌《いや》になる。見張りのほうはササブネ亭の船乗りたちに任せているので、今は休むことに専念すべきなのだが、それでも目が冴《さ》えてなかなか眠れない。

明日に備えて早く寝なければ。そう思って目を閉じ、ひたすら眠くなるのを待つ。だが、瞼《まぶた》の裏に浮かぶのは明日戦う敵のことばかりで睡魔《すいま》は襲ってきそうにない。

「いっそ、風呂《ふろ》でも入るか……」

思い立って、彼はベッドから起き上がる。

アストラガルス北部は火山地帯なので、各地に湯が湧《わ》き出る源泉がある。このアークレイギアも例外ではなく、たいていの宿には源泉から引いた温泉が併設《へいせつ》され、わざわざ湯を沸《わ》かさなくても自由な時間に入浴できるのが売りだ。さすがに度胸が据《す》わっている彼の師匠《ししょう》は、昨晩も人目をまるで気にしないかのごとく鼻歌交じりに湯浴《ゆあ》みをしていた。

ここまで来たなら、俺《おれ》も開き直るか……。

そう思った彼は、パンッと自分の顔を叩《たた》き、重い腰《こし》を上げた。

○

「ふう……」

露天《ろてん》の月を見上げながら、レベンスは湯の中で手足を伸ばす。お湯に浸《つ》かってもなお体が強《こわ》張《ば》っているのは、明日の決戦を前に緊張《きんちょう》しているせいだ。

「こよい、かぎりの、つき、ならば……」

師匠《ししょう》が口ずさんでいた歌を真似《まね》てみる。だが、それもすぐに途切《とぎ》れ、気分はまた沈んでいく。

体は温まったし、もう出るか、と彼が思ったときだ。

カラリ、と戸が開く音がした。

——誰《だれ》だ、こんな時間に……。

そこで彼はハッとする。

よく考えたら、エリザと旅に出て以来、風呂《ふろ》や水浴びのたぐいではひどい目に遭《あ》ってばかりだった。これまでいったい何度痴漢《ちかん》やのぞき魔《ま》に間違《まちが》われたことか。

いや、まさか、最後の戦いの前だぞ。ここまで来てそんな——。

嫌《いや》な予感を覚えつつ、ゆっくり振《ふ》り向くと、

「ぶっ」

全裸《ぜんら》のエリザがいた。

レベンスは思わず叫《さけ》ぶ。目の前には流れるような銀髪《ぎんぱつ》の少女。一応は申し訳《わけ》程度に布地で体を隠《かく》しているが、少女の豊かな胸は大胆《だいたん》にはみ出している。

「またか……っ！」

「バカ、俺《おれ》が入ってるだろっ」

「知ってる」

「じゃあ、もう上がるから」

「だめ」

「へっ？」

「レベンス、いっしょに、入る」

「何を言って――」

そんな問答をしているうちに、エリザはちゃぷんと湯船に足を突《つ》っ込む。白いお尻《しり》がレベンスの前を横切り、そのまま腰を下ろす。ちょうど、彼が伸ばしている足の間に、エリザがすっぽりと収まる位置だ。

「な、な……何、考えてんだよ」

「あったかい」

「おう、あったかいな……って、そうじゃなくてっ」

レベンスは焦《あせ》るが、エリザは聞く耳を持たず、それどころか彼のほうに体を預けてくる。まるで馬に乗っているときと同じような甘《あま》え方だが、いかんせん今は二人とも全裸《ぜんら》だ。

「ひさしぶり、だね」

「な、何がだ？」

「おふろ、いっしょに、はいるの」

「ああ……」レベンスも思い出す。「そういや、前も入ったっけな……」

それはたしか、少女と会って間もないころだった。ザッハルの宿場町で、今みたいに温泉に浸《つ》かっていたら、エリザが勝手に入ってきた。あのとき宿の店員に変装《へんそう》していたのがヴァリエガータだったか。

彼は少し懐《なつ》かしい気持ちになる。若い男女でいっしょに風呂《ふろ》に入るのはまずいと思う気持ちもあるが、明日のことを考えればそれも小さなことに思えた。

——こいつといっしょに過ごす時間のほうが、ずっと大切か。

夜空を見上げながら、月明かりが射《さ》す一角で、二人は湯船に浸かる。奇妙《きみょう》に静かで、穏《おだ》やかで、湯が流れ出る音しか聞こえない。明日が決戦の日とは思えぬ、なんだか不思議《ふしぎ》な気分だった。エリザの横顔は月明かりに照らされて、やわらかな陰影《いんえい》をなし、時おり水滴が肌《はだ》を滑《すべ》り落ちる。改めて見る少女はやはり美しく、彼は少し見とれた。

「月、きれい」

「そうだな……」

レベンスも空を見上げる。丸い輪郭《りんかく》が空に穿《うが》たれた穴のように煌《こう》々《こう》と光っている。

「ひょっとして、眠れなかったのか？」

「うん」

「そうか」彼は微笑《ほほえ》む。「俺《おれ》もだ」

「いっしょ、だね」

エリザも笑みを浮かべる。そして、彼の胸板に頭を預けた。

少女のぬくもりが、ぴとりとくっついた体から伝わってくる。そうしていると、先ほどまで強張《こわば》っていた心が、ゆるやかにほどけていくような気がした。

「レベンス」

「なんだ」

「ゆめ、あったよ」

「……え？　夢？」

「うん。ゆめ。わたしの、ゆめ」

それは前に、レベンスが少女に尋《たず》ねたことだった。夢はないのか、という質問に、エリザはとっさに答えられなかった。あのとき結んだ約束《やくそく》は、「レベンスの故郷《こきょう》にいっしょに行く」というものだったが、それはレベンスの希望にエリザが乗っかった形だ。

「なりたいもの、あった」

「へぇ」

レベンスは興味《きょうみ》が湧《わ》く。エリザがそんなことを口にするのは初めてだからだ。

「いったいなんだ、それは」

「んっとね……」

少女は少し体を横向きにし、それから彼を上目遣《うわめづか》いに見つめた。少女の豊かな胸がもろに見えてしまい、レベンスは思わず視線をそらす。

「わらわない？」

「ん……ああ。笑わねぇよ」

「ほんとう？」

「本当さ。さあ、教えてくれ」

「それじゃあ……」

エリザは少しもじもじして、でもどこか幸せそうに『夢』を語った。

「およめさん」

「ふぇっ？　よめさん？」

これには意表を突《つ》かれた。

「それは……『結婚《けっこん》したい』ってことか？」

「けっこん？」

「いや、だから嫁《よめ》さんって言ったら結婚だろ。違うのか？」

「……？」

エリザは小首を傾《かし》げ、初めて見る景色《けしき》に戸惑《とまど》う雛鳥《ひなどり》のようにきょとんとする。どうやら少女の中では『嫁』と『結婚』がつながっていないようだ。

「まあ、結婚はいいとして、なんでまた『およめさん』になりたいんだ？」

「ひらひら、着たい」

「は？」

「白くて、ひらひらしてる、きれいなの、着たい」

「ああ……」彼はそこでやっと理解が追いつく。「花嫁衣裳《はなよめいしょう》な」

「はなよめ、いしょう……」

「思ったより女の子らしい趣味《しゅみ》なんだな」

「え？」

「あ、いやなんでも」

あまりからかうと少女が拗《す》ねてしまう。今はエリザの話をもっと聞きたかった。

こんなふうに話すのは、今夜で最後かもしれないから。

「むかし、村で、見たの。およめさん、まっしろで、ひらひらしてて、すごく、すごく、きれいだった。だから、わたしも、あれを、着たい」

「それが夢か」

「うん」

「そうか、花嫁衣装か……」

これも似たようなことが前にあったな、と思い出す。あのときは確かヴァーゼリア帝国の検問で、エリザを貴族令嬢《れいじょう》に変装《へんそう》させたときだった。ドレスを着たエリザは、それがとても気に入ったようで、検問を突破《とっぱ》したあとも脱ぐのを惜《お》しがっていた記憶《きおく》がある。

「似合うかもな」

「え？」

「ほら、花嫁衣裳。おまえに似合うと思うぞ」

レベンスは想像してみる。エリザが純白のドレスを着て、きちんと着飾《きかざ》ったら、それは美しい花嫁になるだろう。

「ほんとう？」

「ああ。本当だ。きっと似合う」

「えへへ」

エリザは花が咲《さ》いたように、満面の笑みを浮かべた。

「じゃあ、レベンスのこきょう、いったら、およめさんに、なる」

「え、俺《おれ》の故郷《こきょう》？」

「だって、前に約束《やくそく》した」

「ああ、それは約束したが……俺の故郷、誰《だれ》もいねぇぞ？」

レベンスはぽりぽりと頰《ほお》を搔《か》く。こいつはいったい、誰と結婚するつもりなんだろう。

そこで少女が「ふ……ふぇっくちゅん！」とくしゃみをした。形のよい小さな鼻からズズッと鼻水が垂《た》れる。

「んぁ、れべ、んず……」

「いいから鼻をかめ」

レベンスは手ぬぐいをギュッと搾《しぼ》ったあと、少女の鼻に押し当てる。エリザは「ちゅーんっ」と音を立てて鼻をかむ。露天風呂《ろてんぶろ》なので、吹き抜ける夜風に体を冷やしたようだ。

「ほら、部屋《へや》に戻《もど》るぞ」

「ううん」

少女は小さく首を振《ふ》る。

「もう少し、はいる」

「風邪《かぜ》ひくぞ」

「でも、あと、ちょっとだけ」

「仕方ねぇな……じゃあ、ちゃんと肩まで浸《つ》かれ」

「うん」

エリザは言われたとおりにする。そしてまた「あったかい、ね」と微笑《ほほえ》む。「そうだな」と彼も返す。

「レベンス」

「なんだ」

すると少女は、そっと湯船の中で移動し、彼の隣《となり》に寄ってきた。銀色の髪《かみ》の毛が、濡《ぬ》れたまま彼の肩に触《ふ》れる。

「レベンス」

「だからなんだ」

「…………」

少女は上目遣《うわめづか》いで、彼をじっと見つめる。それは何か言いたげで、それでいて見つめているだけで満足しているような不思議《ふしぎ》な表情だった。青い瞳《ひとみ》が彼をまっすぐ映し、それが月の光で美しく光っている。

「変なやつだな」

「変じゃないし」

「いや、変だろ」

「普通だし」

そんな会話を交わしながら、二人は湯船で隣《とな》り合ったまましばらく入っていた。

やがて、会話は途《と》切《ぎ》れ、浴室には静寂《せいじゃく》が訪れた。

エリザが彼の肩に、そっと頭を寄せる。

言葉は交わさなかった。ただ、お互《たが》いの温もりだけを感じて、夜空を見つめる。それだけで心が満ち足りるような気がした。

月は丸い輪郭《りんかく》を光らせ、二人を見守っていた。

二度目のくしゃみが響《ひび》くまで、二人はずっとそうしていた。

4

翌日《よくじつ》の昼。

大型の馬車に揺《ゆ》られ、一行《いっこう》は決戦の地へと進んでいた。

「このようなもので、本当にバレないでしょうか」

サツキは自分のかぶった『かつら』をいじり、不安というよりも不愉快《ふゆかい》な顔をする。

「サッちゃん、よく似合っているぞ」

「そういう問題ではありません。それに、この服は手足も胸も露出《ろしゅつ》しすぎです」

「仕方あるまい。小童《こわっぱ》はいつもそんな格好《かっこう》だし」

「意外なほど似合ってるぞ、サツキ」

「うるさい、今度言ったら叩《たた》っ斬《き》るぞ」

サツキはあちこちに噛《か》み付いては、眉間《みけん》に皺《しわ》を寄せる。よほど今回の変装《へんそう》が気に入らないようだ。

「さて、ここらで別れるとしよう。馬車を止めよ」

「はっ」

ヴァリエガータの一言で、馬車がゆっくりと減速し、馬のいななきとともに動きを止める。

「それではサッちゃん、よろしく頼《たの》むぞ」

「はい、ヴァーさま。この格好は不本意ですが、どうかご安心してお任せください」

「うむ。サンちゃんもしっかりな」

「はい、ヴァーさまもご武運を」

サンデリアーナは膝《ひざ》をつき、ヴァリエガータをひしと抱きしめる。これが今生《こんじょう》の別れになるかもしれないと知ってのことだ。

「二人とも、すまないな」

レベンスも二人に声をかける。危険な役を割り振《ふ》り、申し訳《わけ》ない気持ちでいっぱいだった。

「レベンスさん……」

サンデリアーナが少し視線を伏《ふ》せると、レベンスは彼女の耳元で囁《ささや》くように言った。

「使わないわけにはいかないだろうけど……使いすぎには気をつけろよ」

それは聖剣《せいけん》使用のことだった。するとサンデリアーナはかすかに微笑《ほほえ》み、「お互《たが》いに、ですね」と答えた。レベンスも苦笑し、うなずき返す。

一方でサツキは「ふん」と鼻を鳴らし、眉《まゆ》を少し上げて彼を睨《にら》む。

「しっかりやれ、くれぐれもヴァーさまの足を引っ張るなよ」

それは高圧的《こうあつてき》な口調ではあったが、少女なりの励《はげ》ましに思えた。

レベンスは「へっ」と笑い飛ばす。

「おまえこそ、サンデリアーナの足を引っ張るなよ」

「ほざけ、誰《だれ》に口を利《き》いている」

サツキも強気に言い返してくる。最後まで口の減らない両者だった。

エリザも二人に声を掛け、別れをすませると、いよいよ時間が来た。

二人は馬車から降《お》り、振り返らずに路地裏へと姿を消す。

銀髪《ぎんぱつ》の少女は窓から顔を出したまま、まだ後方を窺《うかが》っている。その横顔はひどく心配そうだ。

「あいつらは大丈夫《だいじょうぶ》だ。心配なら、俺《おれ》たちがとっととデュランダルを倒せばいい話さ。そうだろ？」

「……うん」とエリザはなおも不安げにうなずき、やっと座る。

五人から三人になった馬車の荷台は、その分だけスペースができて広くなる。今回の作戦はサツキとサンデリアーナの二人が陽動部隊となり、残る三人が突入部隊となっている。サツキが変装《へんそう》していたのも陽動のためだ。

それから馬車は、何度か角《かど》を曲がり、人口の多い区画から郊外《こうがい》へと移動していく。

やがて、銀色の屋敷《やしき》が建物の隙間《すきま》からチラリと顔を出す。あれが今回の目的地・デュランダル総本家だ。

道を行く兵士の数が急に多くなり、こちらの馬車にも刺すような視線を送ってくる。あと少し進めば軍隊に取り囲まれるだろう。

「ここらでよかろう。止めてくれ」

馬車が静かに止まる。兵士たちが遠目にこちらを窺っているが、まだデュランダル家までは距離《きょり》があるため、尋問《じんもん》にはやって来ない。

「さて、わしらは時が来るまで休むとしよう」

ヴァリエガータが背もたれに寄りかかり、足を伸ばす。

「ヴァーちゃん」

「なんじゃ」

「サンちゃんたち、だいじょうぶ、かな」

「心配いらん」

師匠《ししょう》は躊躇《ちゅうちょ》なく告げる。

「今は仲間を信じ、己《おのれ》のやるべきことに集中しろ。よいか」

「うん」

「なーに、きっとうまくいく。すべてが片付いたら明日は全員で大宴会《だいえんかい》じゃ。のう？」

「ああ、そう願いたいね」

レベンスはうなずき、剣を握り締《し》める。

自分の手が震《ふる》えているのが分かる。これから始まる戦いに、湧《わ》き上がる戦意と、腹に沈むような不安が入り混じる。それはエリザも同じようで、彼女の場合は自分のことよりも仲間の安《あん》否《ぴ》のほうが気にかかるらしく、さっきから表情が曇《くも》っている。

「そう硬《かた》くなるな。今からそれでは先が持たんぞ」

ヴァリエガータはいつもと変わらぬ調子で微笑《ほほえ》む。こんなときでもどっしりと構えている師匠がひたすらに頼《たの》もしい。

時は静かに過ぎる。薄暗《うすぐら》い荷台には太陽の光がわずかに射《さ》し、それは徐々《じょじょ》に角度を変えていく。

エリザが隣《となり》に来る。彼が肩を抱き寄せる。ヴァリエガータはちらりとこちらを見るが、今は何も言わなかった。

さらに時が経《た》ち、わずかに肌寒《はだざむ》さを感じたころ。

師匠がカッと目を見開き、腰《こし》を浮かす。それを見たレベンスとエリザもびくりと身じろぎする。

「(申し上げます……!)」

荷台の暗幕《あんまく》を開き、見覚えのある男が声を潜《ひそ》めて言う。ササブネ亭《てい》の船乗りの一人だ。

「サツキお嬢様《じょう》が、軍と交戦を始めました」

「して、首尾《しゅび》は?」

「黒く不気味《ぶきみ》な剣士が数名、現場へと近づいております」

「人数はどうじゃ?」

「三人までは確認しておりますが、それ以上はまだ……」

「ふむ、ご苦労。おぬしは引き上げてくれ」

「はっ」

男は荷台から顔を引っ込めて姿を消す。

「さて」

ヴァリエガータがすっと窓から外を窺《うかが》う。うろうろしていた兵士たちの姿は数を減らし、残っている者も何やらあわただしい雰囲気《ふんいき》だ。

「頃合《ころあ》いじゃな」

師匠《ししょう》は二人の弟子《でし》に視線を向け、「準備は良いか？」と尋《たず》ねる。二人は小さく無言でうなずく。

「やっとくれ」

御者《ぎょしゃ》に合図すると、馬車はゆっくりと動き出す。もちろんこの御者もササブネ亭の一員で、今日の段取りもすべて伝えてある。

しばらく道を進み、角《かど》を曲がる。するとデュランダル総本家の巨大な屋敷《やしき》が視界に入る。貴族の邸宅《ていたく》に比べれば決して大きな建物ではないが、今はそれが実物よりも大きく見える。

今回の作戦は、サツキが考案した『誘虎《ゆうこ》の計』だ。その手はずどおりに二人が派手に暴れているらしく、兵士たちは血相《けっそう》を変えて続々と出撃《しゅつげき》している。

――二人とも、無事でいてくれよ……。

それが虫のいい願いだとは分かっていても、やはり祈《いの》らずにはいられない。エリザも思いつめたように膝《ひざ》の上で両の拳《こぶし》を握り締《し》めていることから、きっと同じ気持ちなのだろう。あの凶悪《きょうあく》な剣魔《けんま》たちを引き付ける役目は、危険を通り越《こ》して狂気の沙汰《さた》といっても過言ではない。そして、それはこれからあのデュランダルに挑《いど》む彼ら自身にも言えることだった。

馬車はひっそりと進んでいく。やがて、それは屋敷の正門からやや離《はな》れた、高い壁《かべ》のそばで停止する。

「行くぞ」

師匠が腰《こし》を上げ、馬車の荷台から外へと降《お》りる。

レベンスは一度エリザを見ると、互《たが》いにうなずき合い、師匠の後に続いた。

5

同時刻。

「剣聖《けんせい》殺しが出たぞ！」「逃がすな！」「応援《おうえん》を呼べ！」

予定通り『陽動部隊』の二人は、軍隊と交戦していた。

――さすがね。

サンデリアーナの眼前《がんぜん》では、『剣聖殺し』に変装《へんそう》したサツキが大立ち回りをしている。何人もの兵士に囲まれながら決してひるむことなく、長い銀髪《ぎんぱつ》を振《ふ》り乱し、疾風《しっぷう》のごとく剣を振《ふ》るって撃退《げきたい》している。

「ひるむな！」「取り囲め！」「こっちだ！　こっちに剣聖殺しがいるぞ！」

銀髪で立ち回る少女を『剣聖殺し』だと誤認《ごにん》した兵士たちは、一斉《いっせい》に彼女を狙《ねら》ってくる。

だが。

「うぐぁっ……！」

サツキの剣がまた一人、兵士を跳《は》ね飛ばす。すでに地面には二十名近い男たちが転がっており、それぞれが胸や腹などを押さえて呻《うめ》いている。

デュランダル総本家から離《はな》れることとしばし、小高い丘にある雑木林《ぞうきばやし》。大木に挟《はさ》まれるように陣取《じんど》ったサツキは、気合いを入れて剣を構え直す。何本かの木々を倒して路地裏のようなスペースをつくり、そこに陣取ることで相手の進路をうまく狭《せば》めている。こうなると敵は一度にせいぜい三人までしか襲《おそ》いかかれず、雑兵《ぞうひょう》相手に遅れを取る彼女ではなかった。

サンデリアーナはフードを目深《まぶか》にかぶり、サツキの後方にある巨木の裏で待機している。もちろんサツキが窮地《きゅうち》のときには駆《か》けつけるつもりだが、今のところその心配はなさそうだ。

むしろ懸念《けねん》すべきは――

来た……っ!!

サンデリアーナは目を見開く。丘のふもとに地を走る黒い流星のような塊《かたまり》が見え、それはこちらへと登ってくる。今のところ、数は一つだけだ。

彼女は懐《ふところ》に手を入れ、小さな金色の鈴《すず》を出す。それをチリン、チリンと何度か強く鳴らす。するとその合図に応えてサツキが少しずつ後退を始める。

本命《いい》が来たのだ。

「ぐあぁっ⁉」「な、なんだあれは⁉」

軍の背後で悲鳴《ひめい》が聞こえ、血しぶきが上がる。あろうことか、剣魔《けんま》は味方であるはずの兵士たちにまで手をかけ、腕を斬《き》り、足を飛ばし、首を撥《は》ねた。敵味方を問わない無差別な殺戮劇《さつりくげき》が幕《まく》を開ける。

狂っている……！

サンデリアーナは『剣魔』の戦いぶりを見て、改めてその狂気に戦慄《せんりつ》が走る。強いとか上手《うま》いとか、そうした概念《がいねん》を超《こ》えた怪物《かいぶつ》。ヴァリエガータが「人と思うな、獣《けもの》を相手にすると思え」と言っていた意味がよく分かる。かつて姉のドラセナがあれと同じ存在になっていたなどと、真実だとしても信じたくない。

——姉さん……。

姉の残像を振《ふ》り払うと、サンデリアーナは叫《さけ》んだ。

「こっちよ！」

サツキを誘導《ゆうどう》しながら、林の中を奥へと進む。その間にも、兵士たちは背後から剣魔の奇襲《きしゅう》を受けて次々に犠牲《ぎせい》になった。生首が飛び、赤い鮮血《せんけつ》が空を覆《おお》い、胴体《どうたい》が斬《き》り刻まれる。剣術と武芸で鳴るヴェロニカ兵が己《おのれ》の武具を放り出して遁走《とんそう》する。もはや指揮系統《しきけいとう》はズタズタだ。

「このへんでいいわ」

しばらく走ったところでサンデリアーナは立ち止まった。ついてきたサツキもすぐ後ろで静止する。

「これはもういらんな」

急ごしらえの大剣を地面に投げ捨て、サツキはいつもの愛刀『雪原風花《せつげんふうか》』に持ち替える。

「誘導《ゆうどう》、頼《たの》むわね」

「承知《しょうち》」

銀髪《ぎんぱつ》のかつらをつけたまま、サツキは一歩前に出る。彼女が剣魔《けんま》をおびきよせる『エサ』で、サンデリアーナが『檻《おり》』に入れる。そういう手順だ。

剣魔はついに兵士の屍《しかばね》を越《こ》え、一直線にこちらへと迫《せま》ってきた。邪魔《じゃま》する木々を乱暴になぎ倒し、すさまじい剣閃《けんせん》で大気を斬り裂《さ》きながら突《つ》っ込んでくる。まともに正面からやりあったらどうなってしまうのか。

一瞬《いっしゅん》、地面を確かめる。枯葉《かれは》に埋《う》もれて何も不自然なところはない。この『仕込み』がうまくいかなければ途端《とたん》に絶体絶命《ぜったいぜつめい》に陥《おちい》る。

祈《いの》るように、サンデリアーナは前を見据《みす》える。そこには銀色の長髪《ちょうはつ》をなびかせ、どっしりと敵を待ち受ける少女。こういうとき、サツキが味方であるのは本当にありがたい。どんな敵でも怯《ひる》むということを知らず、その瞳《ひとみ》は剣魔に引けを取らぬほどギラギラと殺気を放っている。

「さあ来いッ!!」

サツキが挑発《ちょうはつ》するように気合いを入れる。そこに、木々をなぎ倒して黒い影のような剣士が突撃《とつげき》してくる。まだ、背後には他の剣魔の姿は見えない。

「やぁ……ッ!!」

少女が最初の一撃《いちげき》を放つ。それは敵の繰《く》り出した剣と正面衝突《しょうとつ》し、強く弾《はじ》かれる。

サツキが後退すると、剣魔は勢いのままに前に出てくる。そこで二度目の激突《げきとつ》が起き、また双方《そうほう》の剣が弾かれる。とても相手をおびき寄せるための芝居《しばい》には見えない。サツキは相手の攻《こう》撃《げき》で吹き飛ばされたように後ろに飛び、さらに相手を誘《さそ》い込む。

あと少し……！

「どうした化《ば》け物……！　もう終わりか……ッ!!」

少女の挑発《ちょうはつ》に、剣魔がのっそりと首を動かす。猛獣《もうじゅう》が獲物《えもの》を狙《ねら》うように背を丸めた姿勢で剣を振《ふ》り上げる。一度身を縮《ちぢ》めると、そこから一足飛びでサツキの元へと斬りかかってくる。

その瞬間《しゅんかん》だ。

サツキは剣を引き、ひらりと後ろに飛びのいた。つい先ほどまで彼女がいた場所に剣魔が着地するが、足を着いた途端《とたん》、枯葉《かれは》の下に隠《かく》れた小枝がバキバキと崩《くず》れ、その体が地面に埋《う》まる。

落とし穴だ。

――今だ！

「双龍乃牙《ズルフィカール》!!」

サンデリアーナが叫《さけ》ぶと、あたりがカッと光った。天空から閃光《せんこう》が降《ふ》り注《そそ》ぎ、黄金の檻のごとく剣魔の周囲に突き刺さる。直後、周囲に撒《ま》いていた油が引火し、ぐるりと炎が円を描《えが》いて走る。二重になった炎の円環《えんかん》は剣魔を取り囲み、聖剣《せいけん》がさらに輝《かがや》く。

「ウグアアアアオオオーーーーッ!!」

剣魔《けんま》は叫《さけ》び、その身体にはひび割れのような黒い血管《けっかん》が浮き出る。そこから血液が間欠泉《かんけつせん》のごとく噴《ふ》き出し、それは聖剣《せいけん》に次々に吸い込まれ、黒い煙《けむり》となって連綿《れんめん》と続く。

そして終わりが来る。

黒髪《くろかみ》の少女が剣魔へと躍《おど》りかかり、至近距離《しきんきょり》から渾身《こんしん》の一撃《いちげき》を放った。

ユキノシタ流抜刀術《ばっとうじゅつ》――『雷光』

青い稲光《いなびかり》のごとき剣閃《けんせん》が、黒き獣《けもの》をまっすぐに穿《うが》つ。

「グゥアアァォアーーーッ!!」

とどめの一撃により、剣魔は断末魔《だんまつま》を上げる。その体はサツキの剣でざっくりと割れると、急激に干《ひ》からびて、太かった腕や足が見る見る縮《ちぢ》み、それは端《はし》からほつれるように大気へと解《ほど》けていく。眼球《がんきゅう》は溶け、耳も鼻もこそぎ落ち、ボロリと上体が崩壊《ほうかい》し、それは落とし穴の中を埋《う》めるように黒い滓《かす》となって土に還《かえ》っていく。

「私でもやれたか……」

サツキが残った火を足で踏《ふ》み消す。この雑木林《ぞうきばやし》にはそこら中にこうした『罠《わな》』を張り巡《めぐ》らせてあり、儀式《ぎしき》のための『陣《じん》』を敷《し》いてある。最初は罠のない地帯で兵士たちと交戦し、剣魔の陽動に成功《せいこう》したら罠のある地帯に誘《さそ》い込む――それが作戦の要諦《ようてい》だ。ササブネ亭《てい》の船乗りたちに協力を仰《あお》いで作った罠の数は数十に上《のぼ》り、ここが本日の主戦場となる予定だ。

「残りの剣魔は、いったいどうしたのかしら……」

この作戦はあくまで剣魔たちをおびき出すことに意味があるので、一人だけでは成功《せいこう》と呼べない。ヴァリエガータたちの負担を減らすためにも、できるかぎり多くの剣魔を引き付けなくてはならない。

「心配はいらぬようだぞ。……ほら」

サツキが後ろを指差す。すると、木が派手に倒れる音がして、二体の黒い影が迫《せま》ってくるのが見える。その両眼《りょうめ》は不気味《ぶきみ》な光を放っている。

「五分……いや十分は持たせる。その間に頼《たの》むぞ」

「分かったわ」

二人はうなずき、剣を取る。

それは長い長い死闘《しとう》の幕開《まくあ》けだった。

6

「おかしい」

デュランダル総本家の敷地《しきち》内で、ヴァリエガータがつぶやいた。今は柱の陰《かげ》に身を潜《ひそ》め、鋭《するど》い眼差《まなざ》しで母屋《おもや》と思《おぼ》しき邸宅《ていたく》を注視している。

「何がおかしいんだ？」

レベンスも身をかがめ、声を殺して尋《たず》ねる。エリザも警戒《けいかい》しながら彼の背中を守っている。

「あまりにも手薄《てうす》すぎる。衛兵《えいへい》の一人も見当たらんのはどういうわけじゃ？」

「そういや……」

レベンスも敷地《しきち》をぐるりと見回す。白く高い壁《かべ》に囲まれた内部に、自分たち以外の人間はほとんど見当たらない。使用人らしき女性が歩いていたのはわずかに見たが、武器を帯びた者となると皆無《かいむ》だ。

「サンデリアーナたちが暴れたから、そっちに向かったとか？」

「だとしても、邸内の者まで出るとは思えぬ。そもそも剣魔《けんま》たちが出張《でば》った以上、ただの衛兵を何人送り込んでも無意味じゃ」

「ってことは……」

想像したくないことだが、口にせざるをえない。

「やはり罠《わな》だったか」

「まあ、そうじゃろうな」

ヴァリエガータはあくまで落ち着いている。

「どうする。どこから剣魔に襲《おそ》われるか分からないぞ？」

「当面はデュランダルを捜索《そうさく》する。それで、しばらくして見つからないようならサッちゃんたちの救援《きゅうえん》に向かう。よいな」

「分かった」

「うん」

師匠《ししょう》がすばやく方針を示し、二人の弟子《でし》がうなずく。

端々《はしばし》に気をつけろ、というヴァリエガータの警告《けいこく》を聞きながら三人は敷地内を進む。時おり太い柱に身を潜《ひそ》めながら、使用人をやりすごす。

いったいどんな罠を張っているのか、デュランダルはもういないのか、それとも待ち伏《ぶ》せしているのか——そうした不安を抱《いだ》きつつも敵の本拠地《ほんきょち》の奥深くへと入り込む。

「ここじゃ」

ひときわ大きな銀色の建物が、レベンスたちの前に姿を現す。装飾《そうしょく》を凝《こ》らした立派な門構えと、天井《てんじょう》の高そうな造りはどこか剣聖《けんせい》エリオットの大聖堂《だいせいどう》を思わせる。

「小僧《こぞう》」

ヴァリエガータが指で窓を示し、レベンスがうなずく。身を低くして窓の下に近づき、内部の様子《ようす》をそっと覗《のぞ》く。カーテンの隙間《すきま》から見える室内は、絨毯《じゅうたん》らしきものが敷《し》き詰《つ》められ、巨大なシャンデリアが天井《てんじょう》に吊《つ》られている。貴族の邸宅《ていたく》を思わせる造りだが、世界最高の権力者の実家であることを考えるとむしろ質素《しっそ》と呼べるかもしれない。

彼は室内に視線を這《は》わせる。

伽藍《がらん》とした大広間に、巨大な絵画がいくつも飾《かざ》られ、奥の一角には段差のあるスペース。そこに置かれた玉座《ぎょくざ》のごとき瀟洒《しょうしゃ》な椅子《いす》に、一人の人物が座っている。透明《とうめい》の容器に入れられた葡萄酒《ぶどうしゅ》のような液体をくいっと優雅《ゆうが》に傾《かたむ》け、その視線はこちらを――レベンスのほうを向いている。

「な……っ」

彼は息を飲む。

眼《め》と眼が合った瞬間《しゅんかん》、その人物はにっこりと微笑《ほほえ》み、パチンと指を鳴らした。すると、風もないのに門扉《もんぴ》が勢いよく開き、中の空気と外の大気をつなげる。

そして椅子の人物は口を開いた。

「そんなところに突《つ》っ立ってないでぇ、中に入ったらぁ？」

○

絨毯《じゅうたん》を踏《ふ》みしめ、招かれざる客たちは屋敷《やしき》の主《あるじ》と向かい合う。

「堂々としたものじゃな、悪党《あくとう》め」

「いやぁん、人聞きが悪いわねぇ」

剣聖《けんせい》カレン・デュランダルは、相変わらずのふざけた口調で返答する。まだ椅子に座ったまま、剣を抜くそぶりも、戦う気配も見せない。

レベンスは周囲を素早《すばや》く窺《うかが》う。いったいどんな罠《わな》が張ってあるのか、あるいは新手の剣魔《けんま》が出てくるのか。

「だいじょうぶよぉ、そんなに心配しなくてもぉ」

デュランダルはこちらの胸中を見透《みす》かしたように微笑む。

「罠もなければぁ、剣魔ちゃんもいないからぁ」

「お、俺《おれ》たちが、その言葉を信じると思うか」

レベンスは必死で言い返す。だが、その声はわずかに震《ふる》えており、以前戦ったときの敵の圧《あつ》倒的《とうてき》な強さが脳裏《のうり》をよぎる。あのときは地べたを這《は》いつくばって何もできなかった上、エリザの剣を折られた。

「前も言ったじゃなぁい？　そんなことしなくたってぇ、私は絶対負けないしぃ」

「そんなの、やってみないと、わからない」

今度はエリザが反論する。その剣の切っ先はまっすぐに敵に向けられている。

「どうしてぇ、私が総本家に戻ってきたかぁ、わかるぅ？」

そこでデュランダルは、たおやかな手つきで透明な容器を傾ける。葡萄色の液体が薄紅《うすべに》色の唇《くちびる》に吸い込まれていく。

「困るからよぉ？」

「……困る？」

ヴァリエガータが宿敵《しゅくてき》を睨《にら》む。

「そうよぉ。だってぇ、私が一番困っちゃうのわぁ、あなたたちが聖剣《せいけん》を持ってどっかに逃げちゃうことだからぁ。だから総本家に戻《もど》ってきたって情報も流したしぃ、ベルベリスにもそれっぽく剣魔《けんま》ちゃんを配置したしぃ、今だって全員出撃《しゅつげき》させたしぃ」

「わざわざ警戒《けいかい》を手薄《てうす》にして、わしらをおびき寄せた、と？」

「あったりぃ」

「舐《な》められたもんじゃな」

「うふふふ。逆よぉ、逆。舐めているのはあなたたちのほうよぉ？」

そこでデュランダルは足を優雅《ゆうが》に組みかえ、頬杖《ほおづえ》をつく。

「このデュランダルちゃんを、たったそれだけの戦力で倒せるなんてぇ、思いあがりも甚《はなは》だしくなぁい？」

そこで彼女は手にしていた容器を放り捨てた。それは床《ゆか》にぶつかると、粉々《こなごな》に砕《くだ》け散って派手な音を立てる。

ゆっくりと、水色の髪《かみ》の少女は立ち上がる。一段、また一段と段差を降《お》りて、こちらへと近づいてくる。レベンスが退《ひ》き、エリザも距離《きょり》を取る。デュランダルが歩みを止め、ちょうど三人がデュランダルを取り囲む形になる。

最凶《さいきょう》の剣聖《けんせい》は腕をだらりと下げたまま、棒《ぼう》立ちで告げる。

「さぁ、いつでもどうぞぉ？」

「余裕《よゆう》を見せるのも今のうちじゃ」

ヴァリエガータが静かに足を動かし、相手との間を詰《つ》め始める。それに呼応して弟子《でし》たちも動く。エリザはすり足でじりじりと近づき、レベンスは円を描《えが》くように敵の背後へと回る。

——大丈夫《だいじょうぶ》、やれるはずだ……。

レベンスは自分で自分を鼓舞《こぶ》する。

かつて敗北《はいぼく》したときと比べ、こちらの戦力は格段に違う。今はレベンスに聖剣『天空乃瞬《ウインザー》』があるし、頼《たよ》りになる師匠《ししょう》もいる。何より、剣魔すら凌駕《りょうが》するほど『進化』したエリザがいる。

——落ち着け……。

レベンスは聖剣の鞘《さや》を握る。ここまで来て出し惜《お》しみはない。決まれば一撃必殺《いちげきひっさつ》、たとえ相《あい》討《う》ちでも躊躇《ちゅうちょ》なく使う。これが最後の戦いだ。

ヴァリエガータが足を止める。敵は目前、完全に間合いだ。大鎌《おおがま》の切っ先が、デュランダルにまっすぐ向けられ、それは相手が手を伸ばせば届くような至近距離《しきんきょり》。

次の瞬間《しゅんかん》。

ヴァリエガータが戦端《せんたん》を開いた。すばやく踏《ふ》み込み、大鎌がデュランダルの胸にめがけて放たれる。

わずかにステップを踏《ふ》み、デュランダルはその一撃《いちげき》を難《なん》なく避《よ》ける。レベンスから見ると、相手が瞬間《しゅんかん》移動したようなスピードで、捕捉《ほそく》できるのは敵が動いたあとの残像だけだ。

ヴァリエガータはさらに攻勢《こうせい》に出る。敵の回避《かいひ》方向に合わせて大鎌《おおがま》の軌道《きどう》を変え、風車のごとく刃《は》を回転させて振《ふ》るう。その猛攻《もうこう》を前に、デュランダルはさらに後退を余儀《よぎ》なくされる。

いつもと違う、と思った。どこか力をセーブしながら戦うヴァリエガータが、今回は初撃《しょげき》から全開で挑《いど》んでいる。相手がデュランダルというのもあるが、それ以上にこれが最後の決戦と理解した上での猛攻だ。

デュランダルはまだ剣を抜かない。だが、いつもの軽口が減り、防御《ぼうぎょ》に意識を集中しているのが分かる。攻撃《こうげき》はかすりもしないが、敵に余裕《よゆう》があるようにも見えない。

――！

二人の剣聖が攻防を繰《く》り広げている最中だった。戦いに割って入るように、巨大な剣が突《つ》き出される。エリザだ。

「いやぁん！」

ふざけた声を出して、のけぞるようにデュランダルが回避《かいひ》する。魔剣《まけん》が鼻先をかすめ、体勢を崩《くず》したところで今度はヴァリエガータの大鎌が振り下ろされ、彼女はそれも超人的な反射神経で避ける。魔剣と大鎌が同時に襲《おそ》い掛かり、デュランダルの体勢がさらに崩れる。

──今だ！

レベンスは懐《ふところ》からナイフを取り出し、敵の着地を狙《ねら》って放つ。まるで背中に目があるように、デュランダルは振り向いて片手で叩《たた》き落とす。だが、その動作の間にエリザが魔剣で突《つ》っ込んでくる。目を見開いたデュランダルは後ろに飛んで距離を空《あ》けるが、それを読んでいたヴァリエガータが背後に現れる。

轟音《ごうおん》が響《ひび》く。

死神《しにがみ》の鎌が絨毯《じゅうたん》に刺さったとき、デュランダルは宙に浮かんでいた。人ではありえぬ跳躍《ちょうやく》力《りょく》で、わずかに滞空したあとにひらりと着地する。その様子《ようす》は傍目《はため》にも優雅《ゆうが》だったが、澄《す》ましていた白い頬《ほお》がわずかに紅潮《こうちょう》し、汗《あせ》を掻《か》いている。息を切らすほどではないが、一連の攻防に少なからぬ脅威《きょうい》を感じたのは見て取れる。

「久々にヒヤッとしたか？」

ヴァリエガータが鎌をブンと振り、不敵《ふてき》に微笑《ほほえ》んでみせる。その隣《となり》ではエリザが魔剣を構え、レベンスがナイフを握り締《し》める。

「…………」

デュランダルは黙《だま》っている。薄笑《うすえ》みを浮かべているが、どこか不機嫌《ふきげん》そうな感じがするのは目が笑っていないからだ。

「ヴァリエガータちゃん、この前は剣魔《けんま》ちゃん一人に苦戦していたのにぃ、あれはお芝居《しばい》だったのぉ？」

「さあ、どうだか」

「自分が『剣魔化《けんまか》』するのが怖《こわ》いから、あのときは力を抑《おさ》えていた……そういうことなのかしらぁ？」

「どうしたんじゃデュランダル。相手の戦力を気にするなんて、ガラにもないことをするじゃないか」

「だから剣聖《けんせい》って嫌《きら》いよぉ。ホントの力を隠《かく》したりぃ、人を欺《あざむ》いたりぃ」

「おぬしにだけは言われとうないな」

「こないだなんかぁ、こんなにされちゃったしぃ」

そこでデュランダルは、左手を掲《かか》げた。ドレスのような服の袖《そで》がめくれ、白く細い腕に大きな線が走っている。刀傷だ。

「ルピナスちゃん、本気で襲《おそ》ってくるんだもん。おかげでキズモノにされちゃったわぁ……くすん」

「ルピナスが……」

ヴァリエガータが驚《おどろ》きで目を見張る。

八人の剣魔に囲まれたあのとき、窮地《きゅうち》を救ってくれたのは剣聖ルピナス・カーネイションだった。デュランダルを背後から羽交《はが》い絞《じ》めにしていたところまでは見たが、そこから先の戦いは今に至るまで分からなかった。

「母の愛って偉大《いだい》よねぇ……」

「ルピナスはどうした」

「さぁて、どうしたでしょお？」

「答えよ」

「きっとナナちゃんの死体を見つけたんでしょうねぇ、ルピナスちゃん、めちゃめちゃ怒り狂っててぇー、あんまりしつこいからぁ、私もちょっとだけ本気出しちゃったのお。そうしたらぁ、いっぱい血を流して死んじゃったわぁ。最後に娘《むすめ》の名前を叫《さけ》んでたのがぁ、ちょっぴりかわいそうだったかなぁ」

「く……っ」

ヴァリエガータの顔が歪《ゆが》む。

――やはりそうだったか。

レベンスはようやく真相を知る。彼らが剣魔たちに囲まれたとき、なぜルピナスが乱入してきたのか。すべては娘を殺された怒りのためだったのだ。

そのときだ。

「――ゆるさない」

エリザがぽつりと言う。

「あなたを、ぜったい、ゆるさない」

「あらぁ、何をそんなに怒ってるのぉ？　ルピナスちゃんにわぁ、裏切られてぇ、ひどい目にあったんでしょお？」

「でも、わたしは——」

銀髪《ぎんぱつ》の少女は一歩、前に出る。その瞳《ひとみ》には揺《ゆる》ぎない意志が秘《ひ》められている。

「あなたを、けっして、ゆるさない」

エリザはさらに歩を進める。レベンスとヴァリエガータの前まで出て、ここは自分に任せろといわんばかりに剣を構える。その漆黒《しっこく》の大剣は少女の意志を示すようにぎらりと光る。

——エリザ……。

この少女はいつでも鋼《はがね》のごとき闘志《とうし》を備えている。

エリザは魔剣《まけん》を構え、じりじりと相手との距離《きょり》を詰《つ》める。

間合いまであと少し、というところで、
飛び出す。

——速い！

レベンスは目を見張る。エリザの突撃《とつげき》は今までよりもさらにキレを増していた。一瞬《いっしゅん》でデュランダルとの距離を詰め、漆黒の大剣で斬《き》り掛かる。

華麗《かれい》なステップで剣聖《けんせい》は避《よ》ける。だが、その足が地に着く前にエリザが風のごとく斬り込み、次なる一撃《いちげき》を放つ。

「……ッ！」

デュランダルの顔色が変わる。焦《あせ》った表情というよりも、嬉《うれ》しげに目を細める表情。戦いを楽しんでいるのか、相手の悪あがきを見下しているのか。

エリザの剣舞《けんぶ》は続く。その勢いは凄《すさ》まじく、デュランダルに向かって猛獣《もうじゅう》の群《む》れのような黒い斬撃《ざんげき》がひっきりなしに襲い掛かる。その猪突猛進《ちょとつもうしん》ぶりは相変わらずだったが、昔と違うのはその精度《せいど》だった。デュランダルが回避《かいひ》する方向を読み、時にフェイントを交え、効果的に相手を追い詰《つ》めていく。だんだんと敵の避ける動作にも余裕《よゆう》がなくなっていく。

やがて、ザクッと乾いた音がして、デュランダルの胸元が裂《さ》けた。それは剣先がわずかにかすめた程度の怪我《けが》だったが、パッと血しぶきが空に飛んだ。

ひらり、とデュランダルが距離を取る。胸を押さえ、「ふぅん……」と意味ありげな声を漏《も》らす。

「前にやったときわぁ、あんなに弱かったのにぃ、ちょっと見ない間にずいぶんと強くなったのねぇ」

「……いいから」

「は？」

「そういうの、いいから。はやく、本気、だして」

「……？　どういう意味かしらぁ？」

「今の、あ、な、た、じゃ、話に、な、ら、な、い。だ、か、ら、本、気、だ、し、て」

その言葉は実に挑発的《ちょうはつてき》だった。デュランダルはにこやかに微笑《ほほえ》んだままだが、少しだけ声のトーンが低くなった。

「あなたこそ、本気で言ってるぅ？」

「もちろん」

「こんな浅い傷を負わせたくらいで、勝ったつもりぃ？」

「わざと」

「……？」

「それ、わざと、だから。ほんとは、首、飛ばせた」

「じゃあ、手加減してくれたんだぁ？　このデュランダルちゃんに対してぇ、手加減してくれちゃったんだぁ？」

「そう」

エリザは淡々《たんたん》と告げる。気づけば、余裕《よゆう》の表情だったデュランダルから笑みが消えている。

「じゃあ、試してあげるぅ」

デュランダルが前に出る。たった一蹴《ひとけ》りで、魔法《まほう》のように間合いを詰《つ》め、その手刀がエリザの首元めがけて突《つ》き出される。

だが、エリザのほうが一枚上手《うわて》だった。相手に体をぶつけるように前進し、一挙《いっきょ》に間合いをつぶす。デュランダルが驚《おどろ》いたようにのけぞると、その瞬間《しゅんかん》に魔剣《まけん》を突き出して相手の腕を斬《き》り裂《さ》く。

「くっ……！」

それからも独壇場《どくだんじょう》だった。デュランダルが何かしようと動きを取ると、出鼻《でばな》をくじくように魔剣を振《ふ》るう。そのたびに剣聖の手や足が斬り裂かれ、行動を封《ふう》じられる。相手の動きを予測したような剣閃《けんせん》に、デュランダルはやがて身動きが取れなくなる。

「し、師匠《ししょう》、あれって……」

レベンスが驚愕《きょうがく》のあまり尋《たず》ねる。驚《おどろ》いたのは師匠も同じで、「信じられん……」と漏《も》らす。

「強すぎる。もはや人の領域《りょういき》ではない」

「どういうことだよ」

「わしが知りたいくらいじゃ」

見守る二人を置き去りにしたまま、銀髪《ぎんぱつ》の少女は人の領域を逸脱《いつだつ》した強さを見せつける。エリザは魔剣を軽《かろ》やかに振るい、ただデュランダルは斬り刻まれる。あの最凶最悪《さいきょうさいあく》の剣聖が弄《もてあそ》ばれている。それは信じがたいが、現に眼前《がんぜん》で展開されている光景だ。

――ほんとは、くび、とばせた。

あの言葉は嘘《うそ》でもハッタリでもなかった。そう、エリザはいつでもデュランダルの首を飛ばせるのだ。

やがて、その神がかった剣舞《けんぶ》は止まった。デュランダルは全身の服を斬り刻まれ、血だらけになっていた。しかしそのどれもが寸止《すんど》めの軽傷で、エリザが手加減していたことはレベンスにも分かる。それは今まで無敵を誇った剣聖《けんせい》にとって、味わったことのない屈辱《くつじょく》であることは言うまでもない。

圧倒的《あっとうてき》な強さを見せるエリザ。

だが、一方でレベンスは拭《ぬぐ》いがたい違和感《いわかん》を抱《いだ》いていた。

——なぜだ？

ここまで戦ってきて、それは当然の疑問。


なぜ、デュランダルは聖剣《せいけん》を出さない……？


デュランダルの聖剣。彼女の名と同じ『不滅乃灰《デュランダル》』を、レベンスはまだ一度も見たことがない。ヴァリエガータすら正体を知らないというその聖剣だが、彼女はここに至ってもなお使う気配を見せない。

余裕《よゆう》があるようにも見えない。三対一での戦闘《せんとう》は明らかにこちらが優勢《ゆうせい》だし、何より今はエリザ一人で相手を手玉に取っている。デュランダルが聖剣を使わぬ理由はない。

奇妙《きみよう》だった。

それが戦いの条件であるとでも言うかのように、デュランダルは素手《すで》で戦い続ける。

無論《むろん》、彼女が素手だから攻め手を欠くというわけではない。時おり繰《く》り出す手刀の斬《き》れ味は凄《すさ》まじく、エリザがかわした地面にはざっくりと亀裂《きれつ》が走る。当たればダメージは大きいだろう。

だが、それでも形勢の不利は否《いな》めない。先ほどからのエリザの攻勢《こうせい》によって敵の手数は明らかに減っている。もはや切り札《ふだ》を温存している事態ではないはずだ。

「……ッ！」

そうしているうちにも、エリザの魔剣《まけん》が命中し、デュランダルは短い悲鳴《ひめい》を上げる。血しぶきが真っ赤な虹《にじ》となって宙を走る。

「小僧《こぞう》」

隣《となり》にいたヴァリエガータがつぶやく。彼が「なんだ」と敵から視線を切らずに返すと、彼女はこう言った。

「小童《こわっぱ》が奮戦《ふんせん》している今が勝機じゃ。――覚悟《かくご》はよいな？」

「おう……ッ！」

レベンスは力強く応じる。

――師匠《ししょう》、ここで決める気だ……！

レベンスは彼女の意志を汲《く》み取る。いよいよ決着の時が来たのだと察し、体がぶるりと震《ふる》える。武者震《むしゃぶる》いだ。

ヴァリエガータが大鎌《おおがま》をゆっくりと後ろに引く。すると、その刃《は》が青白く光り出し、強さを増す。

デュランダルはエリザとの戦いに集中している。間違《まちが》いなく今がチャンスだ。

「はっ！」

そしてヴァリエガータは鎌を鋭《するど》く振《ふ》るった。刃を包んでいた青い光はそのまま三日月の形をした『光の刃』となり、それは敵にめがけて一直線に飛んでいく。同時にレベンスが駆《か》け出し、デュランダルをナイフで牽制《けんせい》する。このとき技を放ったヴァリエガータも突撃《とつげき》したため、エリザを含《ふく》め、三人の同時攻撃《こうげき》となる。

「……ッ」

デュランダルが険《けわ》しい表情で『光の刃』を避《よ》ける。避けた瞬間《しゅんかん》にエリザが魔剣《まけん》で斬《き》りかかり、レベンスも死角となる背中から『天空乃瞬《ウインザー》』を抜こうとする。

「ぐ……っ」

デュランダルは苦しい体勢で魔剣をかいくぐり、レベンスから逃げるように宙を跳《と》ぶ。それは彼の接近を嫌《いや》がるような回避《かいひ》動作で、『天空乃瞬《ウインザー》』を警戒《けいかい》したものであることは明らかだった。

だが、跳んだ先にはヴァリエガータが待ち構えており、なぎ払うような一撃《いちげき》が彼女を襲《おそ》う。

デュランダルは錐揉《きりも》みのように体をひねって必死に対応するが、命中を避けることはできたものの絨毯《じゅうたん》に無様《ぶざま》に転がる。そこにエリザが魔剣を突《つ》き立てると、慌《あわ》てて立ち上がって後ろに跳ぶ。

「……っ！」

デュランダルは部屋《へや》の隅《すみ》に追い詰《つ》められる。逃げ道を完全に塞《ふさ》がれた格好《かっこう》だ。

そこでレベンスが抜刀《ばっとう》の構えに入った。デュランダルは唯一《ゆいいつ》残された逃げ道である『頭上』へと跳ぼうとする。

だが、それはこちらの計算のうちだった。デュランダルが跳躍《ちょうやく》する寸前《すんぜん》に、絨毯がボコリと隆起《りゅうき》し、突如《とつじょ》として何かが出現した。

それは『手』。しかも一つや二つではなく、十本以上の腕を伸ばして獲物《えもの》の足首をがっちりと摑《つか》む『手』たち。ヴァリエガータの聖剣《せいけん》『死神乃爪《ジーノス》』の能力だ。

「う……ッ！」

デュランダルが短い声を上げる。まさか自分の敷地《しきち》内でこんなことになるとは思わなかったのだろう、その反応がわずかに遅れ、文字通りの足止めを食らう。

そしてレベンスは発動した。

ユキノシタ流抜刀術奥義《ばっとうじゅつおうぎ》——『雷光』

その瞬間《しゅんかん》。

刀身《とうしん》が鞘《さや》から見え、そこから白い光がほとばしる。その光はあっという間に膨《ふく》れ上がり、膨《ぼう》大《だい》なる奔流《ほんりゅう》となって彼を、敵を、世界を包む。デュランダルは動けない。初めて見る、目を見開いた驚愕《きょうがく》の顔が、彼女にとってこの事態が『不覚』だったことを教える。何とか対処しようと足を動かし、ヴァリエガータの操《あやつ》る「手」を振り解《ほど》こうとするのが見えるが、それはあまりにも鈍《にぶ》い動きだ。今のレベンスにとっては、最強の剣聖《けんせい》デュランダルすら遅すぎる。

そして抜き放たれる世界最速の一撃《いちげき》。

鞘から解放された刀身は、伸び上がるようにデュランダルに向かい、それは剣術の手本のごとくまっすぐに相手の急所に命中する。刃《は》が触《ふ》れた箇所《かしょ》から噴《ふ》き出す血しぶきは、それ自体がゆっくりとした赤い玉となって徐々《じょじょ》に宙に溢《あふ》れかえり、デュランダルは目を見開き、大きく口を開け、苦悶《くもん》の表情へと変わる。それは死に行く者の苦痛と絶望を表した顔で、刀身が敵を斬《き》る間、大地が隆起《りゅうき》し、床《ゆか》が瓦礫《がれき》となって舞い上がり、それらがすべて時を刻みながらゆっくりと上空へ移動していく。超加速した世界の中で、彼だけが知覚する風景は、かつて見たときよりも鮮明《せんめい》で、鋭敏《えいびん》で、研《と》ぎ澄《す》まされた、絶対的な感覚。そして刀身が振り抜かれる。絨毯《じゅうたん》が吹き飛び、床も崩壊《ほうかい》し、地盤《じばん》が丸ごと持ち上がるほどの土砂《どしゃ》が舞い上がり、光の奔流は爆発《ばくはつ》して拡散《かくさん》する。大地から放たれた雷光は天へと達し、次から次へと土砂も瓦礫も草木も空へと飛んでいく。斬られたデュランダルの体も跳《は》ね上がり、血しぶきとともに徐々《じょじょ》に大地から離《はな》れ、瓦礫とともに空へと昇《のぼ》る。

そこで絶対的な時間は終わりを告げる。世界は元の速度へと戻《もど》り始め、彼の真上に垂直な光の柱が立ち昇り、光は怒れる竜《りゅう》のごとく空へ空へととめどなく続き、極限まで舞い上げられた土砂と瓦礫が天地を思い出して落下し始め、そこに水色の髪《かみ》の女性が見え、

——！

彼の隣《となり》ではヴァリエガータが大鎌《おおがま》を構えている。その刃には青い光が集まり、大きく振りかぶられている。落ちてくる宿敵に向かい、彼女はぽつりとつぶやいた。

終わりじゃ、と。

そして老剣聖は解《と》き放った。青い光をまとった刃がデュランダルに命中し、それは一気に振り切られる。その一撃で相手の体は大きく反《そ》り返り、大地と水平になって吹き飛んで行く。自《みずか》らの屋敷《やしき》の壁《かべ》に激しく叩《たた》きつけられ、それすら貫通《かんつう》し、さらに中庭を転がって、ようやく止まる。

聖剣《せいけん》『天空乃瞬《ウインザー》』による世界最速の抜刀術《ばっとうじゅつ》をもろに浴び、そして聖剣『死神乃爪《ジーノス》』の渾身《こんしん》の一撃まで食らったデュランダルの体は、絨毯に落ちると、シュウシュウと音を立てて煙《けむり》を上げ、そして沈黙《ちんもく》した。絶命したのは誰《だれ》の目にも明らかだった。胴体《どうたい》は半ば以上が切り離《はな》され、水色の髪《かみ》は焦《こ》げてぼそぼそに崩《くず》れ落ちており、四肢《しし》のすべてがあらぬほうに曲がり、首は皮一枚し

かつながっていない。無事なところが何一つない惨殺《ざんさつ》死体だ。

勝った……。

レベンスが聖剣《せいけん》をだらりと下げる。隣《となり》を見ると、ヴァリエガータは鎌《かま》にもたれて肩で息をしている。

「師匠《ししょう》、大丈夫《だいじょうぶ》か」

「小僧《こぞう》……」

青い顔でヴァリエガータは答える。

「ようやったわ……」

膝《ひざ》をつく彼女を、レベンスは支える。

そこで彼はあたりの状況に気づく。足元では、彼を中心として巨大な亀裂《きれつ》が走り、周囲が大きく削《けず》り取られていた。屋敷《やしき》がその一角《いっかく》だけ消失し、地には大穴が開いている。人の何百倍もある巨人が、天空から怒りに任せて鉄槌《てっつい》を下せばこのような惨状《さんじょう》になるだろうか。

人間の力ではありえない破壊《はかい》の痕《あと》に彼は呆然《ぼうぜん》とする。かつて使ったとき以上の手ごたえ、そして威力《いりょく》だった。

「本当に……これを、俺《おれ》が……?」

周囲の光景に圧倒《あっとう》されながら、彼はつぶやく。腕は痺《しび》れ、だらりと下がっている。しばらくは使い物になりそうにない。

「レベンス……」

瓦礫《がれき》を乗り越《こ》え、銀髪《ぎんぱつ》の少女が歩いてくる。レベンスはとっさに聖剣を隠《かく》し、「あ、いや、これは……」と言葉を濁《にご》す。聖剣を使っていることはエリザに秘密《ひみつ》にしていたからだ。

「エリザ……？」

聖剣のことをどうごまかそうかと考えていたレベンスだったが、そこで少女の様子《ようす》がおかしいことに気づいた。レベンスの一撃で破壊された瓦礫の山を見つめ、焦《あせ》ったように視線を走らせている。

「……どうした？」

「デュランダル、いない……」

「え……？」

レベンスも、エリザの見ている方向に視線を向ける。

そこで彼は息を飲んだ。


デュランダルの死体がない。


な、なんだ⁉　どういうことだ……⁉

レベンスは混乱する。中庭には血の海が広がっているばかりで、さっきまでそこにあったはずの惨殺《ざんさつ》死体が見当たらない。

「し、師匠《ししょう》」

「待て、慌《あわ》てるな。周囲を確かめるんじゃ」

そう言う彼女の顔も青ざめている。

デュランダルは確かに死んでいた。首が千切《ちぎ》れ、四肢《しし》が折れ、臓物《ぞうもつ》すら撒《ま》き散らしていた。

あれで生きているわけがない。

「あれ……！」

エリザが叫《さけ》ぶ。その指差した先を見て、レベンスは目を見開く。

いつの間にそこに移動したのか。

前に椅子《いす》があった場所のあたりに、デュランダルの死体が転がっていた。先ほどと同じように、首と四肢のちぎれた無残な姿。


そして恐怖《きょうふ》が始まった。


もぞりと、手が動いた。

その手はペタペタと地面を探り、それから指先を動かし、肘《ひじ》が曲がり、上体を持ち上げる。

あらぬ方向に曲がった足も動き出し、それは膝《ひざ》を立て、関節を逆に曲げたままで立ち上がる。

糸の緩《ゆる》んだ操《あやつ》り人形のごとく、デュランダルの体が持ち上がる。首は皮一枚で背中のほうにぶら下がり、体から垂《た》れる血液は足元を赤く染《そ》める。

「う、あ……」

何が起きているのか分からない。誰《だれ》もが息を飲み、「それ」を凝視《ぎょうし》する。

なんだ？　これは？　なぜ動く？　え？　あ？　お？

レベンスの思考は混乱を極《きわ》める。たしかに、かつて剣魔《けんま》を斬《き》ったときも、奴らは何度となく立ち上がってきた。しかし今回は次元が違う。誰か透明《とうめい》な人間が死体を支えているのでもないかぎり説明がつかない光景だ。

驚愕《きょうがく》の視線を一身に集めたまま、「それ」はさらなる異変を見せた。

体の中心に、黒い点のようなものが現れると、それは硬《かた》いものを無理矢理にねじ切ったような音を立てて、徐々《じょじょ》に大きくなった。その黒い渦巻《うずま》きはついにデュランダルの体をすべて覆《おお》うほどに広がり、裂《さ》け目が走り、白い光が漏《も》れ出てくる。

やがて、内部から破裂《はれつ》したように黒い破片《はへん》が吹き飛び、『中身』が姿を現す。

「はぁい、ただいまぁ～!!」

そこにはあの剣聖《けんせい》が立っていた。

水色の髪《かみ》はまるで何事もなかったようにさらりと風に流れ、白い体には傷跡《きずあと》はおろか血痕《けっこん》すら残っていない。彼女だけ時間を巻き戻《もど》したように不可解《ふかかい》な——そして何より絶望的な光景。

「馬鹿《ばか》な……」

レベンスがつぶやく。さしものヴァリエガータも目を見開いて何も言えず、エリザは悔しそうに相手を睨《にら》んでいる。

「驚《おどろ》くことはないのよぉ？」

デュランダルはあっけらかんと言う。

「だってぇ、私は『不滅乃灰《デュランダル》』。永久不滅《えいきゅうふめつ》の代名詞。だからこんなの朝飯《あさめし》前よぉ？」

そして彼女はくねっと体を曲げ、にこやかに両手を胸の前で合わせる。

「さぁ、続きを始めましょぉ？」

7

そのころ、サンデリアーナたち『陽動部隊』も追い詰《つ》められていた。

「くっ……！」

サンデリアーナは旧友と背中合わせに立ち、険《けわ》しい顔つきで敵を見据《みす》える。

周囲には、闇《やみ》を塗《ぬ》り固めたような異形《いぎょう》の剣士が四人。身動きが取れない状況《じょうきょう》だ。

——数が多すぎる……！

あれからもう二体、『儀式《ぎしき》』によって闇《やみ》へと還《かえ》した。これで、船上で戦ったものも含《ふく》めれば四人の剣魔《けんせい》を葬《ほうむ》ったことになる。八人中四人、つまり半分。

だが、その残る半分が厄介《やっかい》だった。罠《わな》の危険性を察知したのか、急に警戒《けいかい》の度を強め、うかつに接近してこなくなった。これでは『儀式』によって葬るわけにもいかず、二人は消耗戦《しょうもう》を強《し》いられた。相手はいくら斬《き》っても死なない化《ば》け物。怯《ひる》んだ様子《ようす》も、弱った様子も、疲れた様子さえ見せず、いつまでもぎらついた両眼《りょうめ》で獲物《えもの》の命を狙《ねら》ってくる。対するサツキとサンデリアーナは驚異的《きょういてき》な粘《ねば》りで剣魔の攻撃《こうげき》を凌《しの》いでいるものの、それも限界に近づきつつあった。

あたりでは、雑木林《ぞうきばやし》が燃《も》え始めている。儀式に使った『陣《じん》』が円を描《えが》いて燃《も》え盛っており、それは木々を焦《こ》がし、火勢を増す。

——まずい……。

肌《はだ》に熱気を感じ、汗《あせ》が滴《したた》り落ちる。

剣魔たちはじっとこちらを窺《うかが》っている。虎視眈々《こしたんたん》と襲《おそ》いかかる隙《すき》を狙《ねら》い、牙《きば》を剝《む》いている。

「そろそろ潮時《しおどき》か……」

「そうね……」

戦いが始まってだいぶ経《た》ったような気もする。敵の剣魔をすべて引き付けるという当初の役割は果たしたが、問題はこれからだった。レベンスたち三人の戦況《せんきょう》が分からない現状で、剣魔《けんま》たちから逃げるわけにもいかないし、また逃げられる状況《じょうきょう》でもない。

「やるしかないわね」

ぴくり、とサツキが身じろぎし、「……特攻か？」と訊《き》き返す。

「このままじゃジリ貧《ひん》よ。こちらが消耗《しょうもう》してからでは遅いわ」

「確かに、おまえの言うとおりだ。だが相手は四人だぞ？」

「私が三人を引きつけるわ」

「ふざけるな。私のほうに三人よこせ」

クスリ、と笑みがこぼれる。絶体絶命《ぜったいぜつめい》にもかかわらず、この強気な親友がなんと心強いことか。

「わかったわ。じゃあ、半分ずつにしましょうか」

「よかろう」

「気をつけてね」

「おまえこそな」

フッ、とサツキは微笑《ほほえ》む。

そして最後の作戦が始まる。

サンデリアーナは懐《ふところ》から火打石を取り出し、足元に転がした。一瞬《いっしゅん》、剣魔の注意がそちらにそれると、剣を逆手《さかて》に持ち、カッ、と切っ先で弾《はじ》いた。

火花が出た瞬間《しゅんかん》、それは足元に垂《た》らしてあった油に燃《も》え移る。それはあっという間に剣魔の足元に走り、同心円状に燃え広がって彼らを炎で包む。

剣魔がひるむ。

それを合図に、二人は攻撃《こうげき》態勢に入る。

ユキノシタ流隠《かく》し奥義《おうぎ》——風神《ふうじん》十字!!

サツキが両手を交差し、腰《こし》に差した二本を同時に抜刀《ばっとう》する。それはかまいたちとなって剣魔に襲《おそ》いかかり、付近の樹木ごと吹き飛ばす。

同時に、サンデリアーナも構えを取っていた。聖剣《せいけん》『双龍乃牙《ズルフィカール》』を構え、すっと息を吐《は》く。

聖剣使用は副作用が怖《こわ》いが、今はそんなことを言っていられない。

黄金十字第四式——黄金不死鳥《ゴールド・フェニックス》!

四本の聖剣が同時に放たれ、サンデリアーナの前で剣閃《けんせん》が一つに融合《ゆうごう》する。凝縮《ぎょうしゅく》する黄金の剣気は一つの形をなして敵に向かって飛んでいく。それは黄金の不死鳥。

剣魔《けんま》たちは二人いっぺんに衝撃波《しょうげきは》に巻き込まれ、黄金の不死鳥とともに木々の向こうに運ばれていく。

「行くぞ!」

「ええっ!」

敵がひるんだ瞬間《しゅんかん》に、二人は同時に飛び出す。

突《つ》っ込んでいく間にも、剣魔たちはゆらりと立ち上がる。確かに命中したはずなのに、その不死身《ふじみ》ぶりは恐《おそ》ろしいばかりだ。

——今度こそ!

聖剣《せいけん》を振《ふ》るうと、高い金属音とともに刀身《とうしん》が防御《ぼうぎょ》される。

「くっ!」

速い……!

相手の反射神経に舌を巻くと、今度はもう一人の剣魔が立ち上がり、サンデリアーナへと迫《せま》ってきた。彼女の髪《かみ》の毛が即座《そくざ》に反応し、背後からの攻撃《こうげき》を聖剣で弾《はじ》く。

四剣を駆使《くし》しながら、サンデリアーナは二人の剣魔からの挟撃《きょうげき》を防ぐ。林の向こうではサツキも同じように応戦している。

——サツキ……!

親友の救援《きゅうえん》に駆《か》けつけたいのは山々だが、今は状況《じょうきょう》がそれを許さない。剣魔たちは狂ったような猛攻《もうこう》を仕掛けてくる。サンデリアーナは卓越《たくえつ》した剣技でそれを受け、時おり敵の隙《すき》をついて反撃《はんげき》に出る。

技術ではおそらくサンデリアーナのほうが上だった。相手が人間ならば、もう何度となく致《ち》命傷《めいしょう》を与えてきたはずだ。

だが、剣魔の膂力《りょりょく》は無尽蔵《むじんぞう》だった。疲れ知らずに攻撃を繰《く》り出し、何度斬《き》っても死ぬことも弱ることも知らない。戦いは膠着《こうちゃく》し、徐々にサンデリアーナは体に疲労を覚えてくる。

あ……！

戦いの最中で、サツキの姿が目に入る。討《う》ち合いの末、彼女が剣魔たちに組み伏《ふ》せられるのが見えた。

サツキ……！

思わずその名を呼ぶ。

助けに行かなきゃ……！

そこでサンデリアーナは奥の手を出した。

黄金十字第零式《ゼロ》――

「黄金瀑布《ゴールド・フォール》」

その瞬間《しゅんかん》だった。黄金の聖剣《せいけん》は四本ともがサンデリアーナの金髪《きんぱつ》に巻きつけられ、四剣が同時に地面を突《つ》き刺す。すると、衝撃波《しょうげきは》が大地に伝わり、それは黄金の亀裂《きれつ》となって剣魔《けんま》の足元へと走った。

「黄泉《よみ》に帰りなさい」

サンデリアーナがつぶやくと、大地からは黄金の光が漏《も》れ出た。剣魔たちの足元からは瀑布《ばくふ》のごとく巨大な光が噴《ふ》き出し、それは土砂《どしゃ》とともに彼らを天空へと舞い上げる。それは次から次へと黄金の光に包まれた土砂を空へと運ぶ。地中から光の滝《たき》が流れ出るような光景だ。

「サツキ……ッ!!」

駆《か》けつけようとしたところで、サツキが倒れた茂《しげ》みのあたりで、黒い影が交差した。片方はサツキで、片方は剣魔だ。

ユキノシタ流柔術奥義――『合気心月《あいきしんげつ》』

それはサンデリアーナも見たことのある技だった。敵の剣をぎりぎりでかわし、そのまま相手の懐《ふところ》に飛び込む。そのまま剣を持つ腕をぐいっと掴《つか》み、敵の突進力を利用しながら足をはらう。真剣に丸腰《まるごし》で応戦する護身術《ごしんじゅつ》は、剣術と柔術《じゅうじゅつ》の双方《そうほう》を極《きわ》めたユキノシタ流の真骨頂《しんこっちょう》だ。

サツキの投げにより宙返りをした剣魔が、背中から大地に叩《たた》きつけられる。その瞬間《しゅんかん》にもう一人の剣魔が少女の背後を取ろうとするが、それもサツキによって腕を取られ、豪快《ごうかい》な一本背負《ぜお》いを食らう。

——すごい……剣魔と素手《すで》で渡り合ってる。

親友の強さに改めて驚《おどろ》く。思えば、その昔道場で稽古《けいこ》していたときも、素手での戦いはサツキに一度もかなわなかった。あの剣聖《けんせい》ハヅキ・ユキノシタすら、病気の影響《えいきょう》もあったとはいえ、柔術では娘に一歩遅れを取っていたくらいだ。

これなら行けるかも……！

だが、それは甘《あま》い予測だった。

ガッ、と足首に違和感《いわかん》を感じた。

な、なに……⁉

驚いて足元を見る。するとそこには、地中から飛び出した黒い手があった。それはガッチリとサンデリアーナの足首を摑んでいる。

うそ、下から……⁉

非常識にも地面の下に隠《かく》れていた剣魔は、そこで姿を現す。サンデリアーナが油断していたわけではない。剣魔が地中を潜《もぐ》って、ここまで接近してきたのだ。前に大海を泳いで船に追いついたことといい、いったいどこまで人間離《ばな》れしているのか。

「しまっ……」

彼女がふりほどこうとしても、その力は圧倒的《あっとうてき》だ。力ずくで引っぱられ、サンデリアーナは地面に引き倒される。受け身を取って衝撃《しょうげき》を軽減するも、そこに剣魔《けんま》たちが猛獣《もうじゅう》のように殺《さっ》到《とう》してくる。まだ足首は剣魔に掴《つか》まれたままで、逃げることも避《よ》けることもできない。

やられる……！

8

誰《だれ》もが言葉を失っていた。

手ごたえはあった。抜刀術《ばっとうじゅつ》は完璧《かんぺき》だった。ヴァリエガータのダメ押しというおまけもついた。なのに相手は立っている。致命傷《ちめいしょう》どころか、傷ひとつ負わず、涼《すず》しい顔で。

何が起きたのか信じられない。

確かにデュランダルは死んでいたのだ。首と胴《どう》が離《はな》れて生きていられるはずがないし、手も足も胴体もぐちゃぐちゃだった。しかし、眼前《がんぜん》に立つ剣聖《けんせい》は遺体《いたい》や死骸《しがい》といった存在からはあまりにも遠い。破れていた服すら修復《しゅうふく》されており、今までの激戦がすべてなかったことのようなきれいな姿だ。

「おまえは……」思わず訊《き》いてしまう。「何者なんだ？」

「わたしぃ？」

デュランダルは自分自身を指差し、くねっと体を動かす。

「わたしはカレン・デュランダル。最強にして美貌《びぼう》の剣聖、なんちて」

「…………」

相手のふざけた受け答えにも、レベンスは悪態《あくたい》すら返せない。それほど事態は驚異的《きょういてき》で、絶望的だ。

「あはは、なにその顔？　もしかして『勝った！』とか思っちゃったぁ？」

「……く」

「そんな都合《つごう》よく行くわけないでしょぉ？　だいたい、ここで負けたらぁ、あなたたちの陽動作戦にわざと乗ってぇ、剣魔ちゃんたちを出撃《しゅつげき》させた私が馬鹿《ばか》みたいじゃなぁい？」

作戦は看破《かんぱ》されていたが、もはや驚《おどろ》きはない。目の前の事態は作戦の成功《せいこう》や失敗などという次元を超《こ》えているからだ。

「あー。ひょっとして戦意喪失《そうしつ》しちゃったぁ？　だらしないなぁ、これくらいでぇ」

「……ッ」

レベンスは聖剣《せいけん》の鞘《さや》を握る。疲労もダメージもあるが、まだ戦える。にもかかわらず、足がすくんで前に出ない。あんな非常識な復活の仕方を見せられて、戦意を喪失せぬほうがおかしい。

「デュランダルよ」

険《けわ》しい表情でヴァリエガータが再び問う。

「貴様はいったい……、何者じゃ？」

「うふふふふ、知りたい？」

デュランダルは楽しげに微笑《ほほえ》む。

「いいわぁ」

彼女は悠然《ゆうぜん》とこちらを見下ろして言う。

「ヴァリエガータちゃんわぁ、この世界では長いつきあいだからぁ、特別に教えてあげるぅ」

そして彼女は驚愕《きょうがく》の事実を告げる。


「私はねぇ、『神様』なのぉ」

一瞬《いっしゅん》、場の空気が凍《こお》りつく。

ヴァリエガータが「何を言い出すかと思えば……」と不愉快《ふゆかい》そうに返す。

「真面目《まじめ》に答えよ」

「失礼ねぇ、真面目に言ってるのよぉ。私の本当の名前わぁ、ローラン・ロンスヴァール。世界を創《つく》った神様なのでぇす」

――ロンスヴァール？

　レベンスはその名前に聞き覚えがある。たしかヴァリエガータが『誰《だれ》がそんなものをわしらの世界に送ってきたんじゃ』と質問したとき、あの魔剣《まけん》はこう答えた。『ロンスヴァールだ』『我《われ》の同胞《どうほう》にして仇敵《きゆうてき》なり』。そして言外《げんがい》にこうも伝えていた。デュランダルは剣聖《けんせい》ではなく、別の存在である、と。

「小僧《こぞう》の言っていたとおり、やはり貴様がロンスヴァールとやらなのか」

「あらぁ？　もしかしてぇ、アイゼルネちゃんから何か聞いていたぁ？」

　デュランダルはちらりとエリザを見る。少女は「う……」とうめくのみで、何も言えない。

「そっかぁ、だったら話が早いわねぇ」

　神を名乗る女性は、すっと手を上げて人差し指を立てる。

「でわでわ、神様の証《あかし》としてぇ、特別に見せてあげるぅ」

　そして剣聖は初めて、自《みずか》らの剣を呼び出した。


「――不滅乃灰《デユランダル》」


　その瞬間《しゆんかん》だった。

　剣聖の右手がカッと光り、その人差し指から青い光がまっすぐに伸びた。氷柱《つらら》を長く伸ばして内部から照らしたような、冷たく輝《かがや》く光の剣。

これが……奴《やつ》の聖剣《せいけん》？

レベンスは青き光の剣を見つめ、驚《おどろ》くとともにその美しさに目を奪われる。デュランダルの体全体からも冷たい青色の光がほとばしり、それは水色の髪《かみ》を波打たせて幻想的な雰囲気《ふんいき》を醸《かも》し出す。

そこでデュランダルは、何の戯《たわむ》れか、光の剣をくるりと回転させた。すると回転させたところにはシャボン玉のような水色の玉が出現し、それはフワフワと空中に浮かぶ。同じ動作をくるり、くるりと繰《く》り返すと、『水玉』は十個、二十個と増えていく。

「むかーし、むかしのぉ、おはなしでぇす」

ふざけた口調でデュランダルは話し始める。

「はじまったばかりのころってぇ、この世の中わぁ、なーんにもなくってぇ、『空《から》っぽ』だったのねぇ。だけどぉ、それってぇ、すごぉく、退屈《たいくつ》じゃなぁい？　だからぁ、神様わぁ、ちょっと暇《ひま》つぶしにぃ、『世界』を創《つく》ってみたのぉ。この水玉みたいにねぇ」

そこでくるりと剣先が円を描《えが》き、ポンッとまた別の水玉が生まれる。

「こんなふうにぃ、創られた世界の中でぇ、生命は生まれぇ、進化を遂《と》げぇ、人類《じんるい》は繁栄《はんえい》したのぉ。だけどねぇ、世界をたくさん増やしていった結果ぁ、中にはろくでもない世界も増えてきちゃったわけぇ」

レベンスは啞然《あぜん》としてその説明を聞く。デュランダルが何を言っているのか、彼にはまるで

理解できない。一方、エリザはやや哀《かな》しげな顔で聞いている。

「だからぁ、神様わ決めたのねぇ。世界を生んだ責任としてぇ、不必要な世界を淘汰《とうた》しよう、ってぇ。でもぉ、神様わぁ、とても慈悲《じひ》深かったのでぇ、愚《おろ》かな人間たちにもぉ、最後のチャンスをあげたのでぇす。それがぁ、『試練の秤《はかり》』というわけぇ」

「試練の、秤……」

レベンスはその言葉を繰《く》り返す。かつて魔剣《まけん》は質問にこう答えた。『聖剣《せいけん》とは、多元《たげん》世界を淘汰するための試練の秤』。

「あー、もしかしてぇ、それもアイゼルネちゃんに聞いていたぁ？」

デュランダルはレベンスを見て微笑《ほほえ》む。

「お察しのとおりぃ、聖剣わぁ、私たち神様がぁ、数多《あまた》ある世界を淘汰をするために送り込んだ『秤』なのでぇす。その『秤』がぁ、限度いっぱいまで振《ふ》り切れたらぁ、その世界は腐敗《ふはい》し切っているってことでぇ、滅《ほろ》ぼしちゃえ～ってことぉ。わかるぅ？」

そこでデュランダルは一同を見回す。だが、誰《だれ》も答える者はいない。常人の理解をはるかに超《こ》える話に、レベンスもヴァリエガータもついていけない。ただエリザだけが、唇《くちびる》を噛《か》み締《し》めて辛《つら》そうに聞いていた。

「聖剣ってぇ、人間にとってわぁ、すごぉく強い武器じゃなぁい？　その武器を使ってぇ、平和な世界を創《つく》ったら合格ぅ、その世界はこれからも存続させてあげまぁす。でもぉ、聖剣で人を殺しまくってぇ、争いごとの絶えない世の中にしちゃったらぁ、その世界は不合格でぇす。具体的にわぁ、聖剣が血を吸ってぇ、限度いっぱいになったらぁ、使い手が『剣魔《けんま》』になってぇ、世界を滅ぼして終了ぉ、ってわけなのぉ」

「おい……」

ここでやっと、ヴァリエガータが言い返す。聖剣『死神乃爪《ジーノス》』を握り締め、相手を非難《ひなん》するように問う。

「貴様は、自分の言ってることが分かっておるのか？　自分が神で、世界が不要になったから滅ぼしてしまおう……そう言っとるんじゃぞ？」

「だからぁ、さっきからそう言ってるのよぉ？」

「聖剣が……人類《じんるい》を滅ぼすための道具にすぎなかった、と？」

「あらぁ、人聞きが悪いわぁ。試験に合格した世界わぁ、ちゃあんと存続してるわよぉ。もっともぉ、百個にひとつくらいしかぁ、合格しないけどねぇ」

「貴様……」

ヴァリエガータは相手を睨《にら》みつけるが、その先の言葉が出てこない。彼女もまた混乱しているのだろう。傍《そば》で見ているレベンスもまるで理解が追いつかない。聖剣が世界を淘汰するための『秤』で、この世界は試されていた。そして、その試験に不合格になった結果、剣魔が発生した——デュランダルの話をまとめるとそういうことになるが、いったい何を根拠《こんきょ》にこんな馬《ば》鹿《か》馬鹿しい話を信じればよいのか。

こちらの理解度など意に介《かい》さず、デュランダルはなおも流暢《りゅうちょう》に続けた。

「……あぁ、そうだぁ、ついでに教えてあげるとぉ、聖剣《せいけん》は人間の『負の感情』を吸収するからぁ、精神力が強い者しか使えないのねぇ？　そうでないとすぐに毒に冒《おか》されて死んじゃうからぁ、だから聖剣には持ち主を選ぶ機能が備わっているのよぉ？　あとあとぉ、歴代剣聖《けんせい》に女の子が多いのわぁ、聖剣を造ったのが私たち女神だからぁ、無意識に造物主に従っているのかもねぇ。まぁ、例外もいるけどぉ」

そこで水色の髪《かみ》の少女は、ちらりとレベンスを見た。

「だけどぉ、やっぱり男の子は駄目《だめ》みたいねぇ……。女の子と違って『適性』が低いからぁ、終わりが近いかもしれないわぁ」

「何を……」

レベンスは背筋《せすじ》が寒くなる。終わりが近い。その言葉はかつて魔剣《まけん》に言われたものと重なる。

「小僧《こぞう》、信じるなよ。こやつの言う与太《よた》話など、なんの根拠もないハッタリじゃ」

「あらぁ、意外に頭が固いのねぇ。だから歳《とし》を取るってやーねぇ」

「やかましいわ、狂人め」

緑髪《りょくはつ》の剣聖は吐《は》き捨てるように言う。まるで相手の言い分に取り合っていないようでありながら、その顔は追い詰《つ》められた獣《けもの》のごとく厳《きび》しい。どこかで相手の言葉を否定《ひてい》しきれないのだ。それは、以前に魔剣から聞いた回答と符合《ふごう》するものが多いせいもある。

「ま、人間風情《ふぜい》には理解できないことかしらねぇ。でもいいのよぉ、生まれたときから水槽《すいそう》で泳ぐお魚さんわぁ、お外にはそれより大きな海があることを知らないで育つものだからぁ」

「ほざけ……」

「でもねぇ、ちょっとだけ、この世界は『予想外』のことが起きたのよねぇ」

デュランダルはくねくねと体を曲げながら、なおもふざけたように続ける。

「もう数百年前から、ぼちぼち剣魔《けんま》化する人間は出始めたのねぇ。本来ならぁ、その剣魔ちゃんたちが世界を滅《ほろ》ぼして終わりだったんだけどぉ、いきなり自害したりぃ、他の剣聖にやられたりしてぇ、なかなかうまく世界が滅亡《めつぼう》しなかったのぉ。変だなぁ、と思っていた矢先にアイゼルネちゃんが来ちゃったからぁ、仕方なく私が直接手を下すことにしたわけぇ」

そこで彼女がエリザを見る。

「………………」

エリザは黙《だま》ったまま話を聞いている。その顔はひどく沈んでおり、負傷とは別に、何かつらいことを思い出しているような表情だ。

「それでぇ、手っ取り早く世界を滅《ほろ》ぼすためにぃ、私は毒が回って死んだ剣聖たちを剣魔ちゃんとして再利用することにしたのぉ。でもぉ、剣魔ちゃんってぇ、殺傷《さつしょう》本能に特化した分、頭が悪いからぁ、私の忠実な番犬になるようにぃ、いろいろ『調教』が必要だったのぉ。手始めにぃ、あんまり目立たない村とか街を滅《ほろ》ぼさせることでぇ、使える剣魔《けんま》ちゃんとぉ、使えない剣魔ちゃんを選別したのねぇ」

「まさか……」そこでレベンスが鋭《するど》い声で尋《たず》ねた。「その滅ぼした村ってのは、ジーラニムじゃないだろうな?」

「……? じーらにむぅ?」

「剣魔に滅ぼされた俺《おれ》の故郷《こきょう》だよ!」

レベンスは語気を荒げる。

だが、デュランダルは「あー、そう、ふぅん……なるほどそういうことぉ」と軽い調子で返す。

「テキトーに村を滅ぼしたけどぉ。ああ、そういえばジーラニムなんて名前、あったわねぇ」

「てめぇ……」

レベンスは怒りで言葉が震《ふる》える。

「そんなことのために、俺の故郷を火の海にしたのか」

「あー、怒ってるぅ? ごめんねぇ、ちゃあんとあなたもいっしょに殺してあげればよかったのにねぇ?」

「……ッ」

そこでレベンスはギッと奥歯を鳴らした。殺してやる、と聖剣《せいけん》を握り締《し》める。

だが、次の瞬間《しゅんかん》。

――!?

彼の体が硬直《こうちょく》する。相手に斬《き》り込もうと考えているのに、足がすくみ、前に出られない。

「うふふふ……」

デュランダルが微笑《ほほえ》む。その両眼《りょうめ》は見開かれている。

「あらぁ、どうしたのぉ？　体がすくんじゃったぁ？」

「く……」

レベンスは動けない。手が震え、金縛《かなしば》りにあったように全身が重い。これでは蛇《へび》に睨《にら》まれた蛙《かえる》だ。

「神様に逆らうなんてぇ、身のほど知らずのあなたたちにぃ」

ざわりと、髪《かみ》が波打つ。

な、なんだ……？

レベンスは目を疑う。のたうち出した彼女の髪は、見る見る伸びて、あっという間に足元を超《こ》す。手にしていた光の剣は膨《ふく》れ上がったかと思うと先端《せんたん》から枝分《えだわ》かれし、それは四つの光に分裂《ぶんれつ》して髪の毛によって巻きつかれる。

まさか……。

彼はその姿に見覚えがある。ありえぬほど長い髪と、その髪によって握られた四本の剣。

「双龍乃牙《ズルフイカール》……」

「ご名答ぉ」

その唇《くちびる》が動くと、少女は髪《かみ》の毛を軽く動かす。四剣が『十字』の配列を取り、それはこちらを向いている。

そして技は放たれた。


「黄金十字ぃ」

その瞬間《しゅんかん》、巨大な衝撃波《しょうげきは》がデュランダルの四剣から放たれた。それは大地を削《けず》り取りながら向かってくる。

――なにぃ⁉

レベンスはとっさにその場を転がる。攻撃《こうげき》は彼の脇《わき》をかすめ、さらに大地を削り、壁《かべ》を十字の形にぶち抜いて、それでも勢いを保って遠ざかっていく。

「貴様、なぜドラセナやサンデリアーナの技を……」

倒れこんでいたヴァリエガータが、よろめきながら立ち上がり、忌々《いまいま》しそうに尋《たず》ねる。

「簡単《かんたん》よぉ、だって私は神様だものぉ。この世界に放たれた聖剣《せいけん》わぁ、私の力の一部を分け与えたものでぇ、一種の『模造品《もぞうひん》』ってところなのぉ。それをあんなにありがたがっちゃってぇ、人間って単純よねぇ」

「な……」

「だからぁ、さっき私が復活できたのわぁ、その名もずばり『絶対治癒《ちゆ》』でぇす。つまり『聖女乃証《ローデイア》』もぉ、私の力が源泉なのよぉ」

「馬鹿《ばか》な……」

レベンスは耳を疑う。聖剣が――世界最強の武器が、模造品だというのか。

先ほど自分が前に出られなかった理由を、やっと遅ればせながら理解する。

かぃ、ぃ、ぃ、かなうはずがない。

相手は聖剣を創造《そうぞう》した本人、文字通りの造物主《ぞうぶつしゅ》だ。とすれば、どうして生み出された側のこちらが勝てるというのか。

手にした聖剣『天空乃瞬《ウインザー》』を握《にぎ》り締《し》めてみるが、それが初めて小さく、頼《たよ》りなく感じる。

「さあさあ、本家本元の力、もっと見せてあげるわねぇ？」

そこで彼女の両手が輝《かがや》き、まっすぐに光が伸びた。それは細長い刃《は》を二枚、交差して組み合わせた形。まるで鋏《はさみ》だ。

「報復乃鋏《フラガラッハ》……」

レベンスがつぶやいたとき、デュランダルは鋏を開き、地面をざっくりと斬《き》った。すると斬った部分がボコリと隆起《りゅうき》し、そこから続々と大量の土砂《どしゃ》と瓦礫《がれき》が飛び出してくる。

それは巨大な龍《りゅう》だった。土砂《どしゃ》で作られた龍は、かつて剣聖《けんせい》ルピナスが操《あやつ》ったものとよく似ているが、今はその何倍も大きい。

「攻撃《こうげき》ぃ」

デュランダルが命じると、龍はその身を躍《おど》らせて勢いよく向かってきた。それはエリザを狙《ねら》って口を開く。もちろんエリザは避《よ》けようとするが、その場で動きが止まる。

どうした、なぜ避けない……⁉

見れば、エリザの足首に何かが絡《から》んでいた。それは地中から飛び出した『手』。

——なっ……⁉

レベンスは驚《おどろ》くが、彼の位置ではもう間に合わない。動きを封《ふう》じられたエリザ、そこに巨大な龍が迫《せま》る。

だが、寸前《すんぜん》のところで、龍の首には青い光線が走り、すっぱりと切断されて地に落ちた。それは三日月の形をした光の鎌《かま》。

「小童《こわっぱ》、無事か……！」

「ヴァーちゃん！」

「あらぁ、邪魔《じゃま》が入っちゃったぁ。惜《お》しかったのにぃ」

デュランダルは身をくねらせてふざけたように言う。

「貴様、死者を……」

「お株《かぶ》を奪ってごめんねぇ」

「………」

このときヴァリエガータは、一瞬《いっしゅん》小さく息を呑《の》んだ。

――師匠《ししょう》？

それがレベンスには何を意味するのかは分からない。

「おぬしが本家本元だとしても」ヴァリエガータはどっしりと腰《こし》を落とし、聖剣《せいけん》『死神乃爪《ジーノス》』を構える。「はいそうですかと諦《あきら》めるわしらだと思うたか？」

「ヴァリエガータちゃんわぁ、本当に往生際《おうじょうぎわ》が悪いのねぇ」

「それが取り柄《え》でなっ！」

叫《さけ》ぶと同時に、彼女はデュランダルへと斬《き》り込む。だが、敵は余裕《よゆう》なのか、棒《ぼう》立ちで待ち受ける。その頭上に大鎌が振《ふ》り下ろされるが、デュランダルは回避《かいひ》するそぶりも見せない。

決まるっ、と思ったときだ。彼女の顔面すれすれで、突如《とつじょ》として攻撃は弾《はじ》かれた。そこには十字架《じゅうじか》の形をした光が二つ並んで出現し、防御壁《ぼうぎょへき》となって立ち塞《ふさ》がる。

――聖女乃証《クローディア》……⁉

レベンスが驚いたときには、すでにヴァリエガータが光る十字架を食らって吹っ飛んでいた。

しかし戦いはそれで終わらない。

一瞬《いっしゅん》の隙《すき》を狙って、エリザが背後から襲《おそ》い掛かる。その魔剣《まけん》がデュランダルの背中に突《つ》き立てられ、真っ二つにせんと刀身《とうしん》が迫《せま》る。

だが、

「……ッ⁉」

デュランダルは振《ふ》り返らずに、左手を掲《かか》げ、そのまま反転して振り抜いた。すると、手から一瞬《いっしゅん》で光り輝《かがや》く物体が出現し、ギンッ、と魔剣《まけん》の攻撃《こうげき》を受ける。

「うふふふ……こんなこともできるのよぉ？」

デュランダルは、手から出た光の物体をさらに膨《ふく》らますように巨大化すると、大剣のような形へと変えた。そしてその『光』の塊《かたまり》から――おそらくは『鞘《さや》』から――刀身を抜き、身を低くして構えを取った。鞘が左右に広がって『盾《たて》』へと変形し、それを右手で突《つ》き出して構え、左手では大剣を引く。

――闘神乃腕《レーヴァテイン》……⁉

「う……」

とっさに退《ひ》こうとするエリザに、デュランダルは突撃《とつげき》した。大地を蹴《け》り、盾を突き出した格好《かっこう》での大剣の突き技。エリザは魔剣で応戦するが、それは盾を弾《はじ》いたのみで、後から突き出された大剣が少女へと殺到《さっとう》する。エリザはその一撃《いちげき》を正面から食らい、その小さな体は光の波に飲まれて吹き飛んでいく。

――くそっ！

そこでレベンスが斬《き》り込んだ。エリザに集中していた敵に接近し、懐《ふところ》まで入ったところで一気に聖剣《せいけん》を抜き放つ。もちろん彼の得物《えもの》は『天空乃瞬《ウインザー》』だ。側面から一瞬の隙《すき》をついての、世界最速の聖剣による抜刀術《ばっとうじゅつ》。さしものデュランダルも逃げ場がない。そう見えた。

そしてレベンスは抜き放った。

鞘から刀身を引き抜いた瞬間《しゅんかん》、すべての世界は変貌《へんぼう》を遂《と》げる。刀身から放たれる光が全身を包み、すべてを支配せんとばかりに溢《あふ》れ出し、あらゆるものが速度をなくし、完全に鈍化《どんか》し、聖剣は徐々《じょじょ》にデュランダルへと迫《せま》り、これで間違《まちが》いなく命中する——

そう思ったとき。


デュランダルがこちらに振り向き、にこりと笑った。


——え？

彼は驚愕《きょうがく》する。なぜ、どうして、こいつは、この世界で、動ける？

その疑問をあざ笑うように、ひらりと身を躍《おど》らせ、彼の剣を避《よ》ける。刹那《せつな》の時を刻む世界の中で、あたかもこれは自分の時間だというように、左手に光の剣を出現させ、右手でその柄《つか》を握る。あろうことか、それは抜刀術の構えだ。これらすべてが瞬《まばた》きをするよりさらに短い時間で行われ、聖剣《せいけん》を発動させたレベンス自身が、信じられぬ想いで一連の動作を愕然《がくぜん》と見つめる。

今まで疑問だったことの答えを、彼はようやく理解する。エリザの魔剣《まけん》がどうやって折られたのか、なぜデュランダルは常に余裕《よゆう》なのか、長い間ルピナスが逆らえなかったのはどうしてか、それらの答えは一目瞭然《いちもくりょうぜん》だった。世界最速の聖剣をさらに凌駕《りょうが》する速度、人間には到底《とうてい》たどりつけぬまさに『神』の領域《りょういき》。これが彼女の強さだったのだ。

デュランダルは彼を見つめながら、唇《くちびる》を歪《ゆが》ませる。美しくも冷酷《れいこく》な笑みを浮かべた彼女は、光の剣を抜き放ち、ああ──嘘《うそ》だろう──聖剣『天空乃瞬《ウインザー》』にぶつけた。その剣は聖剣を根元から豪快《ごうかい》に叩《たた》き折り、刀身《とうしん》が空に舞い上がり、それが光の尾《お》を引いてレベンスの眼前《がんぜん》を横切っていく。

レベンスは敵の抜刀術《ばっとうじゅつ》で巻き起こった風で吹っ飛び、地面に叩きつけられる。そこでやっと『天空乃瞬《ウインザー》』の絶対時間は強制終了し、世界は元の速さに戻《もど》り始める。

「うふふふふ。びっくりしたぁ?」

う……嘘《うそ》だろ……。

レベンスは口の中に血の味を感じながら、今しがた起きた現象《げんしょう》に呆然《ぼうぜん》とする。激痛が全身を走り、呼吸が止まりそうだが、そんなことは問題ではなかった。

非常識だ。

三人で一斉《いっせい》に攻撃《こうげき》したのに、わずか一瞬《いっしゅん》のうちに全滅寸前《ぜんめつすんぜん》に立たされている。勝機が見えたと思ったのは錯覚《さっかく》で、デュランダルは平然と同じ場所に立っている。あらゆる聖剣の力の大元であり、それを縦横無尽《じゅうおうむじん》に振《ふ》るう『神』。

どうすればいい。

何をどうやったら、あの怪物《かいぶつ》を倒せる？

レベンスはギッと奥歯を噛《か》んで敵を睨《にら》みつける。デュランダルは彼をわずかに見たが、眼中にないとばかりに視線をそらし、一番近くに倒れているヴァリエガータに視線を移す。それからゆっくりと彼女に歩み寄る。

「ぐ……っ」

ヴァリエガータはどうにか立ち上がるが、その足はふらついている。その衣服は十字架《じゅうじか》の形に裂《さ》け、大量に噴《ふ》き出した血でべっとりと濡《ぬ》れている。

「あらぁ、まだ立ち上がれるんだぁ。すごぉい」

「ほざ、け……」

瀕死《ひんし》の重傷でもなお、彼女は言い返す。

「ヴァリエガータちゃんとわぁ、今までなが～いお付き合いだったけどぉ、これでおしまいだと思うとさびしいわぁ」

「ふふ……気が合う、な……わしもじゃよ、デュランダル」

ヴァリエガータは大鎌《おおがま》を構える。その闘志《とうし》はいまだに衰《おとろ》えないが、体はボロボロで立っているのもつらそうだ。

「……恐《おそ》れ入ったわい、貴様には」

「でしょでしょぉ？　すごいでしょぉ？」

「だがな……」

ヴァリエガータはあくまで諦《あきら》めない。「死神乃爪《ジーノス》」とつぶやくと、地中からボコッと『手』が飛び出し、デュランダルの足首を摑《つか》んだ。

「あらぁ」

デュランダルはこともなげに足元を見る。

「こんなことしてぇ、今さら足止めになるとでもぉ？」

「もちろん思わんさ。だが……」

そこでヴァリエガータはニヤッと笑った。

「やっ、と探り当てたぞ、こ、のマ、ヌ、ケ、め」

先ほど出てきた『手』は、さらに数が増え、今度は地面を押しのけて『本体』まで出てきた。

なんだ……!?

全身を真っ黒に染《そ》め、異様なまでに殺気を放つ、飢《う》えた獣《けもの》のごとき存在。それが四体ばかり、凄《すさ》まじい勢いでデュランダルに殺到《さっとう》していく。もちろんデュランダルは応戦するが、相手は体を斬《き》られても決してひるまず、執拗《しつよう》なまでに攻撃《こうげき》を繰《く》り返す。その光る両眼《りょうめ》は忘れるはずもない、レベンスの怨敵《おんてき》だ。

——け、剣魔《けんま》……!?

「ずっと引っかかっておったんじゃよ、貴様が『剣魔』を操《あやつ》るのを見ていてな」

ヴァリエガータが大鎌に寄りかかりながら説明する。

「気づいてみれば単純明快《たんじゅんめいかい》じゃった。死者を操る能力——それはつまり聖剣《せいけん》『死神乃爪《ジーノス》』の能力、そのものじゃとな」

あ……！

レベンスも気づく。剣魔たちのあまりの強さに驚《おどろ》いていたが、肝心《かんじん》なことを見落としていた。彼らも亡《な》くなった剣聖《けんせい》であり、すなわち死者だということなら、それを操る能力は『死神乃爪《ジーノス》』と同じものだ。

——ま、まさか……デュランダルの操っていた剣魔たちを、師匠《ししょう》が操り返したのか？

「貴様が聖剣を次々に使ってみせて、わしもやっと気づいた。おまえが聖剣を恐れ、剣聖を、そしてこのわしとの戦いを恐れてきた理由。それは聖剣に宿った力が、貴様と同じ力——神の力ゆえに、この世で唯一《ゆいいつ》貴様を倒しうるから。違うか？」

「く……っ、このぉ……！」

デュランダルが力ずくで剣魔《けんま》たちをふりほどこうとする。その顔は今までになく必死だ。やがて、ヴァリエガータが片膝《かたひざ》をつく。『死神乃爪《ジーノス》』の輝《かがや》きが不安定になり、かなり消耗《しょうもう》が激しそうだ。

そしてデュランダルから、鮮烈《せんれつ》な光が放たれた。剣魔たちは一挙《いっきょ》に吹き飛び、バタバタと大地に転がる。現れたデュランダルは肩で息をしており、その姿は体中が噛《か》み付かれ、搔《か》き毟《むし》られ、骨まで露出《ろしゅつ》しようかというほどの大怪我《おおけが》だ。

「おのれぇ……」

その形相《ぎょうそう》はかつてと異なり、目が吊《つ》り上った恐ろしいものとなる。ヴァリエガータを睨《にら》みつけるが、その前には一人の少女が立ちはだかる。さっきまで倒れていたエリザだ。

「間に合った……ようじゃな……」

ヴァリエガータが前のめりに倒れる。

「ヴァーちゃん！」

エリザが叫《さけ》ぶと、彼女は突《つ》っ伏《ぷ》したまま「あとは……まかせた、ぞ……」とかろうじて答えた。

「……わかった」

エリザは向き直り、デュランダルと対峙《たいじ》する。

「許さないわぁ……」

デュランダルは掻き毟られて傷だらけになった顔を歪《ゆが》ませる。さしもの治癒《ちゆ》能力も今は追いついておらず、ひょっとしたら剣魔にやられた傷は治《なお》りにくいのかもしれない。

――消耗している。今が好機だ。

レベンスも体に鞭《むち》を打って立ち上がる。エリザの援護《えんご》に回らねば、と思うが、その手に武器はない。聖剣《せいけん》『天空乃瞬《ウインザー》』は先ほど折られたばかりだ。

くそ、どうする……⁉

彼が歯《は》噛みをしている間にも、戦闘《せんとう》は再開された。デュランダルの青く光る刃《は》と、エリザの漆黒《しっこく》の刃が激突《げきとつ》する。青と黒の光が炸裂《さくれつ》し、反動でいったん刃が弾《はじ》かれたあと、二度目の刃を合わせる。それも弾かれると、三度、四度、五度と連続して刃が打ち合わされる。デュランダルの剣は美しく、対するエリザの剣は闇《やみ》を振《ふ》りかざしたような軌道《きどう》を描《えが》く。知らぬ者が見れば、青き光を従える女神が暗黒の悪魔《あくま》を打ち滅《ほろ》ぼそうとしているように見えるだろう。だが真相は逆だ。

「ぐっ……！」

均衡《きんこう》が崩《くず》れ始める。激烈《げきれつ》に打ち合いながら、エリザは少しずつ後退を余儀《よぎ》なくされる。勝機と見たデュランダルがさらに剣の回転速度を上げ、圧《の》し掛かるように攻勢《こうせい》を強めていく。

エリザが劣勢《れっせい》になるのも、ある意味当然だった。デュランダルの攻撃は千変万化《せんぺんばんか》で、青い光の剣が時に『闘神乃腕《レーヴァテイン》』となって相手を押し戻《もど》し、時に『報復乃鋏《フラガラッハ》』となって鋏《はさみ》のように開き、時に『双龍乃牙《ズルフイカール》』となって四剣同時攻撃《こうげき》を繰《く》り出す。すべての聖剣《せいけん》を自在に操《あやつ》る戦い方は、まるで一人で七剣聖《けんせい》全員を相手にしているような光景だ。

エリザはじりじりと後退する。やがて、魔《ま》剣《けん》が大きく横に弾《はじ》かれると、デュランダルの剣――十字架《じゅうじか》の形をしたアレは『聖女乃証《クローディア》』――が命中した。

凶刃《きょうじん》を受けた少女が吹き飛ばされる。一直線に屋敷《やしき》の壁《かべ》にぶつかり、壁を砕《くだ》きながら後ろへと転がる。

「エリザ……！」

敵の接近を感じたエリザはすかさず立ち上がる。そして魔剣を振《ふ》りかざして応戦するも、刃《は》を合わせるとまたも押し込まれ、相手の縦横無尽《じゅうおうむじん》な聖剣攻撃の嵐《あらし》にさらされる。形勢は再び防戦一方となり、体勢を立て直す間もなくデュランダルは『死神乃爪《ジーノス》』の形状をした大鎌《おおがま》でエリザを刈《か》り取ろうとする。ぎりぎりで避《よ》けるも、次の瞬間《しゅんかん》には『天空乃瞬《ウインザー》』が少女を襲《おそ》い、一瞬《いっしゅん》で間合いを詰《つ》められ、最速の一撃《いちげき》がエリザを襲う。

「ぐぁ……っ！」

エリザがまた攻撃を食らう。

――くそ……っ！

形勢は明らかに不利だ。本気を出したデュランダルの強さは圧倒的《あっとうてき》で、すべての聖剣を操る波状《はじょう》攻撃にまったく歯が立たない。

だが、少女は諦《あきら》めない。

倒れた姿勢から、前触《まえぶ》れなくゆらりと立ち上がる。全身をドス黒い血に染《そ》めているが、それでも瞳《ひとみ》に宿る闘志《とうし》は衰《おとろ》えを知らない。

「負けない」

それは確信に満ちた響《ひび》きだ。

「わたし、ぜったい、あなたに、負けない」

「そういうことわぁ、やられているときに言っても説得力ないのよぉ？」

「でも、負けない。……だって」

少女は剣を構える。

「こことは、別の、世界で……レイリアも、カインも、アザラウルも、ミステルも、ジンドウも、みんな、みんな、剣魔《けんま》になって、苦しんで、死んでいった」

「それが何だって言うのぉ？　その人たちわぁ、腐敗《ふはい》した世界を淘汰《とうた》するのに貢献《こうけん》できてぇ、むしろ幸せでしょぉ？」

「そんなの、誰《だれ》も望んでない」

「私が望んでいるからぁ、それは神の御心《みこころ》なのよぉ」

「たとえあなたが神でも」

エリザは揺《ゆる》ぎない瞳で告げる。

「わたしは、あなたを――」

その目が強く光る。


「許さない」


その瞬間《しゅんかん》だ。

エリザの体には異変が起きた。

白銀の髪《かみ》が地面に達するほどに伸び、それは根元から一挙《いっきょ》に黒く染《そ》まる。同時に魔剣《まけん》の赤い紋様《もんよう》が蠢《うごめ》き、そこに『目』が開く。少女の青かった瞳《ひとみ》が充血《じゅうけつ》したように赤くなり、それはやがて真紅《しんく》に輝《かがや》く。銀髪碧眼《ぎんぱつへきがん》の少女が黒髪赤眼《こくはつせきがん》の姿に変貌《へんぼう》する。

――これは……！

レベンスにも見覚えがある。かつて、ドラセナ・ゴールドコーストが剣魔《けんま》になったとき、窮《きゅう》地《ち》に陥《おちい》ったエリザが見せた異形《いぎょう》の姿。それと同じだ。

改めて彼は疑問に思う。この少女はいったい何者なのか。悠久《ゆうきゅう》の時を超《こ》え、幾多《いくた》の世界を渡り歩き、ついには神と戦うこの小さな少女はいったい――

「ふぅん、やっと出てきたわねぇ、アイゼルネちゃん？」

「今こそ決着をつけよう、ロンスヴァール」

その声は魔剣から響《ひび》いたように聞こえた。その刀身《とうしん》に開いた『目』は、まっすぐにデュランダルを捉《とら》えている。相変わらず、心に直接響くような重々しい声だった。

「これで、最後」

エリザが静かにつぶやき、前に踏《ふ》み出す。

「どちらの最後になるのかしらぁ？」

デュランダルも前に出る。

そして二人は正面からぶつかり合った。青き聖剣《せいけん》を振《ふ》りかざしたデュランダルと、黒き魔剣を振りかぶったエリザ。青と黒の直線が重なるとき、鮮烈《せんれつ》な光が弾《はじ》ける。

戦い方はまるで変わっていた。相手の武器は先ほどと同様にあらゆる聖剣に変化しては襲《おそ》いかかってくるが、それはエリザの体に触《ふ》れる寸前《すんぜん》で硬《かた》い音とともに弾き返されてしまう。まるで『見えない壁《かべ》』にぶつかったような光景で、レベンスはかつてドラセナ戦で見た不思議《ふしぎ》な現象《げんしょう》を思い出す。あのときも同じようにエリザは敵の攻撃《こうげき》を跳《は》ね返していた。

鉄壁《てっぺき》の防御《ぼうぎょ》を誇る少女は、そこから反撃《はんげき》に出る。魔剣を振りかぶると、デュランダルの正面から強烈《きょうれつ》な一撃《いちげき》をお見舞《みま》いする。だが、十字架《じゅうじか》の形をした光が出現し、魔剣の攻撃は跳ね返される。エリザはさらに連続して魔剣を放つが、それらは次々に出現する光の十字架にことごとく弾かれる。防御が完璧《かんぺき》なのは相手も同じだった。

二人の戦闘《せんとう》はさらに苛烈《かれつ》さを増す。互いの防御が厚いと見るや、今度は二人とも武器と武器をぶつけ合うように剣を交え始める。黒い魔剣《まけん》の軌道《きどう》と青き聖剣《せいけん》の軌道、その光が二人の間で幾重《いくえ》にも交差し、ぶつかっては弾《はじ》け、押されては押し返す。無数の流星が飛び交うような光景に、遠目で見ているレベンスの目も残像でチカチカしてくる。

空中に閃光《せんこう》が走り、前の閃光が消え去る前に次なる閃光が引かれ、それは残像を上書きするように量産され続ける。永久に終わらぬ花火のごとく光の競演《きょうえん》が続き、魔剣と聖剣が無茶苦《むちゃく》茶《ちゃ》にぶつかり合う様子《ようす》は、すべてを引っ掻《か》き回すような乱雑《らんざつ》な炸裂音《さくれつおん》に満ちていながら、どこか調和の取れたリズムがあり、それは鮮《あざ》やかな流星で連続的に宙を彩《いろど》る。誰《だれ》も見たことのない芸術的な戦闘《せんとう》風景に、レベンスは立場を忘れて見入ってしまう。

戦いは互角《ごかく》に見えた。両者とも一歩も引かず、その場で足を止めての斬《き》り合いとなる。

どうする……？

レベンスは迷う。エリザの加勢に回りたいのはもちろんだが、二人の戦いが激しすぎてとても自分が参加する余地がない。下手《へた》をすればエリザの足を引っ張るだけだ。

戦いは膠着《こうちゃく》している。しかし相手は『絶対治癒《ちゆ》』の能力を持ち、四肢《しし》をバラバラにしても涼《すず》しい顔で復活してくる存在だ。このまま続けばジリ貧《ひん》なのは確かだ。

ここまで来て、俺《おれ》は何もできないのか……っ！

レベンスは痛いほど拳《こぶし》を握る。エリザが命がけで戦っているのに、自分はここで呆然《ぼうぜん》と見ているだけで何もできない。エリザを守るとあれほど誓《ちか》ったのに、なんて自分は無力なのか。

しかし彼には打つ手がない。

体の怪我《けが》はともかく、今は手元に武器が何もない。吹き飛ばされたときに落としたのか、投げナイフの一本すら懐《ふところ》にはない。これでは戦うもクソもない。

何か……。

レベンスはあたりを見回す。大きく穿《うが》たれた地面、粉砕《ふんさい》された屋敷《やしき》の残骸《ざんがい》、おびただしい瓦《が》礫《れき》の山。そうしたものの中で、キラリと何かが光った。

なんだ？

彼は足を引きずり、どうにか瓦礫を避《よ》けて前に進む。中庭ではエリザとデュランダルの激烈《げきれつ》な戦いが続いている。しかし、今のレベンスにできることはそれらを見物することではない。たとえ勝てなくても、どんなに微力《びりょく》でも、少女を守る武器を手にすることだ。

光の元にたどりつき、体をぶつけるように瓦礫をどかす。

ナイフの一本でも落ちていれば、と思っていたところだったが、見つかったのは意外なものだった。

「これは……」

それは『鞘《さや》』だった。いわゆるヤポニカ刀のそれに似ているが、持ち主である彼が分からぬはずがない。

「これ、天空乃瞬《ウインザー》の……」

レベンスに発見されるのを待っていたかのように、鞘《さや》がまとっていた光はフッと消える。見れば、そこには折れた聖剣《せいけん》の『刀身《とうしん》』があり、加えて、根元付近で叩《たた》き割られた『柄《つか》』の部分も転がっている。

レベンスは手を伸ばし、それらを持ち上げる。なぜかは理解できないが、聖剣はまだ生きている——そんな気がした。光っていたのは、レベンスに己《おのれ》の存在を知らせるためのような気がしたし、わずかに残った刀身を『鞘』に収めてみると、剣はもう一度光を放った。

もしかして……。

それはただの勘《かん》だった。

だが、理屈を超《こ》えた何かが彼を確信させる。

——こいつはまだ、生きている。

手のひらには、ずっしりとした重み。それは今までになかった重量感で、その鞘も柄もほのかな燐光《りんこう》を放っている。

処女神拷問《アイゼルネ》だけではない。

この聖剣も、長きに渡って戦い続け、多くの修羅場《しゅらば》を潜《くぐ》り抜けてきたのだ。たとえどのような目的で作られたにせよ、神の力を宿した聖剣は、それ自身が確固たる意志を持つのだろう。

それが知識ではなく、感覚で分かった気がした。

待てよ……？

そこで彼はあることに気づく。

——おまえが聖剣を恐《おそ》れ、剣聖《けんせい》を、そしてこのわしとの戦いを恐れてきた理由。それは聖剣に宿った力が、貴様と同じ力——神の力ゆえに、この世で唯一《ゆいいつ》貴様を倒しうるから。違うか？

先ほどの師匠《ししょう》の言葉が脳裏《のうり》によぎる。

デュランダルは聖剣を恐れていた。ならば、この聖剣にこそ奴《やつ》を倒す可能性《かのうせい》があるのではないか……？

「そうなのか、天空乃瞬《ウインザー》？」

彼の問いかけに答えるように、聖剣はほんのりと輝《かがや》く。

そうか……。

できるかどうかは分からない。やってみて効果があるかも分からない。

だが、やる価値《かち》はある——むしろ今の自分にできることはこれしかない。

——！

そして彼は気がついた。戦いの最中、エリザが一瞬《いっしゅん》だがこちらを見たことに。

二人の目が合う。うなずき合う間もなく、刹那《せつな》に視線が重なっただけだが、それだけでレベンスには感じられた。

あいつが俺《おれ》を待っている。

レベンスは聖剣を握り締《し》め、決意を新たにする。エリザの戦う姿を見つめながら、これからすべきことを内心で固める。

エリザは戦いながら、少しずつこちらへと近づいてくる。それは時に迂回《うかい》しつつも、確実にレベンスの今いる地点へと戦場を移している。

彼の助力を待っているのだ。

――頼《たの》むぜ、相棒《あいぼう》。

彼は腰《こし》を落とし、抜刀術《ばっとうじゅつ》の構えを取る。

黒い流星のごとくエリザが地を駆《か》け、それを恐《おそ》ろしい形相《ぎょうそう》のデュランダルが追ってくる。

エリザは一度瓦礫《がれき》を蹴《け》って飛び跳《は》ねたあと、大剣で地面を削《けず》りながらブレーキをかけ、相手を待ち受ける。それはちょうどレベンスの目の前だ。

――エリザ！

二人はもう一度視線を交わす。それは最後の戦いへの合図。

そして時は来たる。

瞬《まばた》きするほどの間にデュランダルが接近してくる。神々《こうごう》しいまでに光り輝《かがや》くその姿が見る見る大きくなる。

次の瞬間《しゅんかん》だ。

レベンスが瓦礫の陰《かげ》から飛び出し、デュランダルに向かって突撃《とつげき》した。デュランダルは一瞬《いっしゅん》、彼を視認して嘲《あざけ》るように唇《くちびる》を歪《ゆが》ませると、大きな動作で剣を振《ふ》りかぶった。それは邪魔《じゃま》な石ころを蹴飛《けと》ばすような無造作《むぞうさ》な動き。レベンスを心の底から侮《あなど》っているのだろう、剣を大上段に振り上げて脳天を狙《ねら》ってくる。それは力の均衡《きんこう》する相手には決して見せない、隙《すき》の多い動作だ。

レベンスは全神経を聖剣《せいけん》に集中する。

デュランダルの凶刃《きょうじん》が、振り下ろされるその間際《まぎわ》に、

抜刀《ばっとう》。


その瞬間《しゅんかん》、世界は変貌《へんぼう》する。鞘《さや》から引き抜かれた刹那《せつな》から爆発的《ばくはつてき》な光の奔流《ほんりゅう》が溢《あふ》れ出し、それは持ち主に圧倒的《あっとうてき》な加速を与える。しかしその刀身《とうしん》はわずかに根元に残るばかりで、八割方は存在しない。デュランダルが嘲笑《あざわら》うかのように唇を歪め、レベンスと同じ速度で迫《せま》ってくる。本来なら誰《だれ》も立ち入れない不可侵領域《ふかしんりょういき》に、この絶対者だけは悠々《ゆうゆう》と進入し、蹂躙《じゅうりん》し、支配しに来る。刀身のない聖剣など、もはや何の警戒《けいかい》もいらぬというように、レベンスに向かって剣を振り下ろす。彼の命脈《めいみゃく》はそこで尽《つ》きようとしていた。

だが。

──この時を待っていた！

「天空乃瞬《ウインザー》……!!」

鋭《するど》く叫《さけ》ぶ。その瞬間、大地から凄《すさ》まじい速さで『何か』が飛んできた。それはデュランダル

の背中に深々と突《つ》き刺さり、貫通《かんつう》して胸から飛び出す。

「ぐあぁ……っ⁉」

デュランダルが絶叫《ぜっきょう》する。彼女に刺さったのは、まさしく聖剣《せいけん》『天空乃瞬《ウインザー》』、その折れた刀身部分だった。聖剣は確かに、主《あるじ》の元に馳《は》せ参じたのだ。そして命中と同時に、天空乃瞬《ウインザー》による絶対的な時間は終わりを告げ、世界が速度を取り戻《もど》す。

「――ッア⁉」

神が悲鳴《ひめい》を上げる。

そこに。

レベンスの背後から一陣《いちじん》の風が吹き込み、漆黒《しっこく》の切っ先が現れる。赤い瞳《ひとみ》に宿敵《しゅくてき》を映し、黒き長髪《ちょうはつ》を翼《つばさ》のごとく振《ふ》り乱し、もう一人の女神が長きに渡る戦いの最後の幕《まく》を下ろしに来る。デュランダルはとっさに回避《かいひ》しようとするが、先に聖剣の一撃《いちげき》を食らっていたことで回避が遅れた。

魔剣《まけん》の切っ先がデュランダルの胸に届く。それは吸い込まれるように胸に突き刺さり、貫通し、向こう側へと飛び出る。

「――ッア――アッアア――オオオアッ――!!!」

デュランダルが悲鳴とも雄叫《おたけ》びともつかぬ声を張り上げる。それは喉《のど》から溢《あふ》れる血液とともに宙に拡散《かくさん》する。胸に刺さった魔剣を引き抜こうと、強引に剣を両手で摑《つか》むが、それは断固たる意志を持って引き抜かれることを拒《こば》む。その刀身《とうしん》には巨大な『目』が見開かれており、血走ったような紋様《もんよう》が浮き出て、ゴギュリ、ゴギュリと飲み干《ほ》すような音を立てて何かを吸い込んでいる。デュランダルの体からは白い光がほとばしり、それは胸の傷口から次々に魔剣へと吸収されていく。

「お――」

光の中に消えてゆく間際《まぎわ》、その『声』は聞こえた。

「おろかなる――人間どもめ――」

それは最後に遺《のこ》された『神』の言葉。

「統《す》べる者を失いし世界は――秩序《ちつじょ》を失い、混乱をもたらし――、大地にさらなる血を流すだろう――。そしていずれは――あのとき滅《ほろ》ぼしていれば良かった、と――人間ども自《みずか》らが、悔《く》いる、だろう――」

「たとえ、そうだとしても」

そこでエリザが答えた。いつものたどたどしい口調ではなく、はっきりとした声で返した。

「あなたには、それを決める権利はないから」

「後悔《こうかい》、するぞ――」

「それも」

エリザは静かに告げる。それは反論ではなく、相手への餞別《せんべつ》の言葉のように響《ひび》いた。

「人の宿命《さだめ》、だから」

そこでデュランダルの言葉が途切《とぎ》れた。それが沈黙《ちんもく》なのか、消滅《しょうめつ》したせいなのかは分からない。その体を包む白い光が魔剣《まけん》に吸い込まれていくたびに、彼女の体はドス黒く染《そ》まっていく。やがて四肢《しし》の末端《まったん》からボソボソと粉《こな》のように崩壊《ほうかい》し、絶対的な力を誇った神は、劣化《れっか》した遺跡《いせき》のごとく乾いた砂塵《さじん》と化し、それもまた魔剣へと吸い込まれていった。

静寂《せいじゃく》が訪れる。

最凶《さいきょう》の神は、ここに消滅した。

9

終わっ、た……?

あたりを包む静寂と、破壊《はかい》された荒涼《こうりょう》たる大地。その中でレベンスは呆然《ぼうぜん》としていた。

デュランダルは消滅した。だが、そこに至るまでの過程があまりにも激烈《げきれつ》すぎて、まだ勝利の余韻《よいん》はない。むしろ、あの最悪の剣聖が何食わぬ顔で復活してくるのでは、という不安のほうが大きかった。

「勝った、のか……?」

思わずエリザを見る。

「そう」

少女はうなずき、はっきりと告げた。

「デュランダル、しょうめつした。だから、おしまい」

そのときだった。魔剣に浮き出ていた『目』は、彼をジロリと見たあと、眠そうに瞼《まぶた》を閉じた。その目はすうっと刀身《とうしん》の中に消えていく。

「あ……」

見れば、地面に倒れていた剣魔《けんま》たちにも異変が起きていた。その体は急にボソボソと崩《くず》れ出し、風に運ばれて粉々《こなごな》になっていく。四体の剣魔は最初からそこに存在しなかったように、わずかな衣服を残して消滅してしまった。

ああ……。

レベンスはそこでやっと理解する。戦いは終わったのだ、と。

「そうだ、師匠《ししょう》は……？」

周囲を見回す。だが、それらしき影はない。

彼は一瞬《いっしゅん》、ぞくりと悪い予感がする。最後に見たのは力尽《つ》きて倒れた姿だ。もしかしたらどこかの瓦礫《がれき》に生き埋《う》めになっているのかもしれない。

「師匠……！　どこだ……っ！」

「ヴァーちゃーん……‼」

二人の弟子《でし》は師匠《ししょう》を探す。

すると、遠くで何かが崩《くず》れるような音がした。見れば、瓦礫《がれき》の中から小柄《こがら》な人物が這《は》い出てくる。見覚えのある緑髪《りょくはつ》と、小柄な体軀《たいく》。

「師匠……!」「ヴァーちゃん!」

すぐさま二人が駆《か》け寄る。

そこに倒れていたのは確かにヴァリエガータだった。血まみれで全身が真っ赤に染《そ》まり、顔面は死体のごとく蒼白《そうはく》になっている。

師匠、師匠、と呼びかけると、彼女は「う……」とうめき、瞼《まぶた》をわずかに開く。

「こ……こぞ、う……」

その胸には大きな傷口が開き、血液がとめどなく噴《ふ》き出している。

「あ……やつ、は……?」

彼女はかすれた声で尋《たず》ねる。「え……?」とレベンスは声を漏《も》らし、それから師匠の問いの意味に気づく。

「デュ、デュランダルのことか? それなら消滅《しょうめつ》したよ。魔剣《まけん》に吸い込まれてな」

「しょう、めつ……」

「そうだ。俺《おれ》たちの勝利だ。勝ったんだよ、師匠のおかげで」

「そうか……」

ヴァリエガータは血まみれの唇《くちびる》で、微笑《ほほえ》む。

「よう、やった……」

「ま、待ってろよ、いま手当てをするから、大丈夫《だいじょうぶ》だぞ。そうだ、助けを呼んでくるからな！」

レベンスが立ち上がると、

「よい……」

ヴァリエガータが彼の腕を掴《つか》んだ。

「て、手当ては、いらぬ、よ……」

「何言ってんだよ」

「よいから、ここに、いろ……」

「ヴァーちゃん……」

エリザが泣きそうな顔でひざまずく。

「小童《こわっぱ》、その、姿は……」

ヴァリエガータは少女の姿を見て、やや驚《おどろ》いたように目を見開く。エリザの姿はまだ黒髪赤《こくはつせき》眼《がん》のままだ。

「そうか……小童は……」

納得《なっとく》したようにつぶやく。

「やはり……特別、じゃった、な……」

「ヴァーちゃん……」

「なんて顔を、しとる……」

師匠は少女の頬《ほお》を優《やさ》しく撫《な》で、微笑《ほほえ》んでみせる。

「小僧《こぞう》……」

「も、もうしゃべるな。安静に――」

「わしは、これで終わりだ」

彼の言葉を遮《さえぎ》り、恐《おそ》れていた言葉がはっきりと告げられる。「師匠《ししょう》……」と彼は胸が締《し》め付けられる。

「よいか……」

その瞳《ひとみ》は穏《おだ》やかで、まっすぐに彼を映す。

「い、今から……、さ、最後の、教えを、さずけ、る……」

「おい、やめろ、何言ってんだよ」

「聞け」

「う……」

瀕死《ひんし》とは思えぬその強い瞳に、レベンスは何も言えなくなる。

「これからの、世界は……ま、ますます、混迷《こんめい》を、深める、じゃろう……。剣聖《けんせい》を、失い……王たちの、タガは、外れ……、王政は、腐敗《ふはい》し……、国は乱れて、民は、苦しむじゃろう……」

ヴァリエガータは必死に言葉を搾《しぼ》り出す。ひどく苦しげで、最後の力を振《ふ》り絞《しぼ》っているのが分かる。

「だが、忘れるな……。いかなる、絶望も……決して、すべてを、奪うことは、できぬ……。必ず、どこかに……希望が、残されておる……」

レベンスが手を取る。だが握り返してくる力はあまりにも弱々しい。

「だから……希望に向かって、進め……。いつ、いかなる、ときも……希望を、捨てるな……。その先に、必ず……道が、開けよう……」

その瞳が、エリザに向けられ、それからレベンスに向けられる。彼女の強い意志が、視線の矢となって自分の中に入ってくるような気がした。

「さて……」

そこでヴァリエガータは、体を反転させると、信じられないことに自力で立ち上がった。

「お、おい、師匠」と慌《あわ》てる弟子《でし》たちをよそに、血を滴《したた》らせて赤い斑点《はんてん》を残しながら、ゆっくりと足を引きずって歩き、傍《かたわ》らに刺さっている剣のところまで進む。それはエリザの魔剣《まけん》。

刀身《とうしん》に手のひらを置くと、魔剣が光り、あの『目』がカッと開いた。それはヴァリエガータをじろりと見て、それからニィッと細められる。

レベンスは悪い予感がする。彼女の手はすでに光に包まれ、張り付いたように刀身《とうしん》と一体化している。これから起ることの想像を前に、彼は思わず叫《さけ》ぶ。

「師匠《ししょう》！」

「来るな!!」

ビクッとして、走りかけたレベンスは足を止める。エリザも同様に立ち止まる。

「これは……始末を、つけねば……ならん……こと、なのじゃ……」

ヴァリエガータは震《ふる》える手で、腕をまくる。そこには黒い血管《けっかん》が浮き出ている。それはおそろしいまでに皮膚《ひふ》の下をのたくっており、すでに彼女に残された時間が短いことを物語る。

ヴァリエガータはフッと微笑《ほほえ》む。

「なーに……、そう、怖《こわ》い顔を、せんで……笑って、見送っとくれ……」

「ヴァーちゃん……」

エリザが泣きそうな顔でヴァリエガータを見る。

「なあ師匠、考え直そう。まだ手はあるさ。剣魔《けんま》にならない方法だって、みんなで協力すればきっと見つかる。ほ、ほら、手持ちの古文書《こもんじょ》とか、デュランダル家の倉庫とか、探せば何かしら出てくるだろうし……。だから、な？　考え直してくれよ……」

彼は説得を試みながら、だんだんとその言葉は小さくなっていく。それは、師匠があまりにも優《やさ》しい瞳《ひとみ》で、彼に向かって微笑みかけていたからだ。

「小僧《こぞう》……おぬしは、本当に……イイ男じゃな……」

「師匠……」

「わしは……良い弟子《でし》を持って……本当に、幸せじゃった……。——小童《こわっぱ》を、頼《たの》むぞ」

師匠は空を見上げ、遠くを見るように目を細める。

「アルバ、フォーリア、トランボルン……」

師匠は続ける。

「マスケナ、ムーディ、オフィシナリス……、ノアゼット、カポテアリ、そして、ベルシコロール……」

それは旧友《きゅうゆう》の名前だろうか。ベルシコロール以外は知らぬ名だった。

「今、逝《い》くぞ……」

刀身に触《ふ》れた手が光る。その光は徐々《じょじょ》に彼女の体を包み、手のひらから魔剣《まけん》へと吸い込まれていく。

見送る二人は泣いていた。ただ、死に行く当人だけは微笑んでいた。

「さらばじゃ」

その言葉が最後だった。彼女の体は光の粒《つぶ》となって弾《はじ》け、魔剣の中へ吸い込まれる。

最後の粒が見えなくなると、そこには誰《だれ》もいなくなった。ただ、ガラン、と故人《こじん》の愛した大鎌《おおがま》が大地に転がった。

それが、彼らの敬愛《けいあい》する剣聖《けんせい》、ロサ・ガリカ・ヴァリエガータの最期《さいご》だった。

10

やけに静かだった。

誰《だれ》も、何も言えずに、ただその場に立ち尽《つ》くしていた。不思議《ふしぎ》と涙《なみだ》は出ず、ただ途方《とほう》もない虚脱感《きょだつかん》があった。

確かに勝利した。最凶《さいきょう》最悪の剣聖を倒し、これで七剣聖のすべてがこの世を去った。剣聖殺しのエリザにとって、それは完全勝利と言ってさえ良い結果だったが、それを喜べる者は誰もいなかった。

無敵の剣聖に勝利したのに。

最凶の神を消し去ったのに。

世界を剣魔《けんま》から救ったのに。

仇《かたき》をついに討《う》ち取ったのに。

歓喜《かんき》はなく、ただ哀《かな》しみだけがあった。達成感はなく、喪失感《そうしつかん》だけが心を支配した。

胸に去来するのは、師匠《ししょう》の懐《なつ》かしい顔ばかりで、それがもう二度と見られないことを考えると哀《かな》しみはいっそう増すのだった。

──小僧《こぞう》ー、小童《こわっぱ》ー。晩飯《ばんめし》じゃぞー。

いつも明るくて、どこかとぼけていて。

──なーに、案ずることはない。わしに良い考えがある。

楽天的で、頼《たよ》りになって。

──小僧、本気で来い。さもなくば命を落とすことになるぞ。

厳《きび》しいのに、そこにはいつも優《やさ》しさがあって。

う……。

覚悟《かくご》はしていたつもりだった。いずれ別れが来るのも知っていた。それがおそらくは今回の戦いになることも予測できていた。だが、いざこうして失ってみると、それは途方《とほう》もない重みとなって圧《の》し掛かってくる。自分の真ん中にあるものをすべて抜かれたような、胸に冷たい空洞《くうどう》ができた感覚。

「レベンス……」

隣《となり》を見ると、エリザがぽろぽろと涙《なみだ》をこぼしていた。親とはぐれた子供のように頼りなげな表情。その様子《ようす》は、黒髪赤眼《こくはつせきがん》の容姿と妙《みょう》に不釣《ふつ》り合いだった。

レベンスはそっとエリザを抱き寄せ、頭を軽く撫《な》でてやる。亡《な》くなった妹はそうやると少しずつ泣き止《や》んだ。ただ今は、あまりにも失ったものが大きすぎて、この落涙《らくるい》を止めるすべはない。土砂《どしゃ》と瓦礫《がれき》に埋《う》め尽《つ》くされた中庭の光景が、つい先ほどまでの激戦を雄弁《ゆうべん》に物語っていたが、今はなんだかそのことが遠い昔のようで、ともすると夢だったような気さえした。

師《し》を失った哀しみに、二人がただどうすることもできずに立ち尽《つ》くしていたときだ。

『——終わったか』

声が聞こえた。

——え？

驚《おどろ》いて顔を上げる。その声は頭上から聞こえた。

「あ……！」

空中には魔剣《まけん》が浮いていた。今までともに戦ってきた漆黒《しっこく》の大剣。

「アイゼルネ……」

エリザがその名をつぶやく。

『わが使い手エリザベートよ』

宙に浮かぶ魔剣は、刀身《とうしん》に浮き出た『目』でエリザを見下ろす。その声は重々しく、腹の底に直接響《ひび》くような威厳《いげん》があった。

『これで、至高《しこう》にして傲慢《ごうまん》な神のくびきから世界は解放された。そなたとの契約《けいやく》も、これで終わりだ』

魔剣《まけん》は淡々《たんたん》と、事実を確かめるように告げる。

――契約《けいやく》……？

彼は不審《ふしん》と畏敬《いけい》の混ざった、複雑《ふくざつ》な感情で空を見上げる。この剣は命の恩人《おんじん》であるとともに、エリザを血みどろの戦いに巻き込んだ張本人でもある。だから真実を知りたかった。

「……聞かせてくれ、アイゼルネ」

『なんだ』

「あんたは何者なんだ？」

『我《わ》が名はアイゼルネ。またの名をシャルルマーニュ。ロンスヴァールと同じく、世界を創造《そうぞう》した神々の一人』

「世界を創造した、神……」

レベンスはその言葉をつぶやき、わずかに肩をすくめる。神だの、世界創造だの、人類滅亡《じんるいめつぼう》だの、普通なら到底《とうてい》信じられない話の連続で、なんだか感覚が麻痺《まひ》しそうだった。

エリザはレベンスの服を掴《つか》み、その身を寄せながら、どこか畏《おそ》れた感じで魔剣を見つめていた。急に空に浮かび、話を始めた魔剣に、使い手である少女自身も驚《おどろ》いているようだ。

「神だとか、世界を創《つく》ったとか、もう訊《き》かねぇよ。何を言われようとこっちにゃ確かめるすべがないからな。でも、ここまで来たんだから教えてくれよ。……あんたの狙《ねら》いは何だ？　なぜ、エリザをこんなふうに戦わせてきた？」

『我《われ》の目的は、ロンスヴァールの暴走を止めることにあり。それ以上でも以下でもない』

「ロンスヴァールってな、デュランダルのことだよな？　だったら、あんたとは同じ神様同士じゃねぇのか？」

『我は神の一人に過ぎぬが、ロンスヴァールは最高神。ゆえに、奴《やつ》が世界の淘汰《とうた》を始めても、誰《だれ》も止めることはできなんだ。だが我は世界の命運はその世界に住む者どもが決めるのが世の真理と思うておる。ゆえにロンスヴァールに歯向かった』

「エリザを巻き込んだのはどうしてだ？」

『この世界はロンスヴァールの創りし、奴の支配下にある世界。ゆえに我は本来の力を振《ふ》るえず、それどころか顕現《けんげん》することすらままならぬ。そのため、我の力を代行する使い手が必要だった。だからそこなるエリザベートを選び、契約を交わした。エリザベートこそ、神々の力を振るうに最も適性のある人間だったからだ』

「そうなのか、エリザ？」

レベンスが確認すると、エリザは唇《くちびる》をキュッと結び、それから哀《かな》しげにうなずいた。

「じゃあ、ロンスヴァールを打ち倒した今、この世界はどうなるんだ」

『ロンスヴァールが消滅《しょうめつ》し、ゆえに、この世界も奴の支配下から外れた。だから我もこうして顕現できるようになったのだ』

「じゃあ、創《つく》った神様が消えたから、この世界が滅《ほろ》んだりとかはしねぇんだな？」

『無論だ。この世界を栄えさせるのも、はたまた滅ぼすのも、ここに住む者が決めるであろう』

「……最後にもう一つ、聞かせてくれ。エリザの記《き》憶《おく》のことで」

ぴくり、と少女が顔を上げる。そしてレベンスの服を掴《つか》んでいた手に、さらに力が込められる。

「すべてを返そう――あんたは前にそう言った。あのとき、エリザに記憶を返した。そういうことだな？」

『そのとおりだ。やはりそなたは察しがよいな』

魔剣《まけん》は少し感心したような口ぶりで言う。

『どこでそれに気づいた？』

「俺《おれ》はずっとこいつのそばにいたから分かるさ。急に哀《かな》しい顔になったり、涙《なみだ》を流したり、俺に甘《あま》えてきたり……つらい記憶や怖《こわ》い出来事を思い出したとき、俺の妹も昔そうしてきたから」

『ふむ、そうか……』

魔剣《まけん》は静かに返す。

レベンスはさらに踏《ふ》み込んで尋《たず》ねる。

「なぜあんたは、エリザの記憶を奪ったんだ？」

『そうするしかなかった』魔剣は淡々《たんたん》と答えた。『聖剣《せいけん》を追う戦いは、とても長きに渡り、そのたびに我《われ》とエリザベートは、無数の世界の間で転生を繰《く》り返した。しかしあまりにも多くの悲劇《ひげき》と惨劇《さんげき》を味わってきた少女の精神は、とうとう限界を迎《むか》えた。ゆえに、意志と使命のみを残して、他の記憶は一時的に我が預かった。それを最後の戦いの前に返した。……それだけだ』

「それだけって、てめえ……人の記憶を玩具《おもちゃ》にして、何か他に言うことは――」

　そこでエリザがレベンスの腕を引いた。

「え？」

「いいの」

　少女は短くそう告げると、小さく首を振る。

「で、でもよ」

「いいの。わたしが、望んだ、こと、だから」

「おまえが……？」

　こくり、と少女はうなずく。それからすがるように彼を見つめる。潤《うる》んだ瞳《ひとみ》で見つめられると、レベンスは何も言えなくなった。

　質問が途切《とぎ》れると、魔剣は『……さて』と切り出した。

『すべての元凶《げんきょう》が消滅《しょうめつ》した。残すはあと一人』

　そこで魔剣はレベンスを見据《みす》えた。

『ロンスヴァール――デュランダルも言っていたとおり、聖剣とは、創世《そうせい》の女神が力を封《ふう》じた武具。ゆえに、聖剣《せいけん》は母なる女神に近い性質の者しか使い手に選ばない。よくぞ男の身で選ばれたものよ。ひょっとすれば聖剣自《みずか》らが世界を滅《ほろ》ぼすことを恐《おそ》れ、それを防ぐ光明《こうみょう》をそなたに見出《みいだ》し、その身を預けたのかもしれぬ』

「…………」

「サンデリアーナなる者は、適性十分にして使用は僅少《きんしょう》。これ以後、聖剣使用を控《ひか》えるならば剣魔《けんま》になることはないであろう。ヴァリエガータなる者は、適性十分なれども使用は過多。すでに剣魔となる宿命は不可避《ふかひ》であった。しかるにレベンスとやら」

「……なんだ」

彼は悪い予感がする。

『適性なくして、聖剣を使用した代償《だいしょう》。……分かっておろうな？』

「……ああ」

レベンスは低い声で返す。覚悟《かくご》はしていたが、やはりはっきり告げられると恐怖《きょうふ》を感じた。

『ならば』

魔剣《まけん》の目がギラリと光る。すると、

――ぐ……っ！

腕に激痛が走った。それは今まで感じたことのない痛みで、あまりの強烈《きょうれつ》さに息が止まり、声すら出ない。

どうにか震《ふる》える手で袖《そで》をめくり上げると、

——!!

そこには、大きな『血管《けっかん》』が浮き出ていた。黒い百足《むかで》が皮下をのたくっているような不気味《ぶきみ》な現象で、忘れるはずもない、ヴァリエガータやドラセナにも浮き出ていた『前兆《ぜんちょう》』だ。

「う……ぐぅ……っ!?」

「レ、レベンス……!」

エリザが血相《けっそう》を変えて叫《さけ》ぶ。そして彼の腕を見て「あ、あぁ……」とうめく。

『残念ながら、我《われ》の力でもこれ以上抑《おさ》えられぬ』

魔剣は静かに宣告《せんこく》する。

『終わりが近い……確かにそう警告《けいこく》したはずだな?』

——やはり、そうか……。

激痛の中で、レベンスはあのときの言葉の意味を改めて理解する。終わりが近いのはエリザの命でも二人の関係でもない。他ならぬ自分自身だったのだ。

黒い血管は皮膚《ひふ》の下で広がっていく。彼の腕を侵食《しんしょく》していくその勢いは止まることを知らず、網目状《あみめじょう》となり、蜘蛛《くも》の巣《す》のごとく右腕を覆《おお》っていく。

視界がゆがむ。銀髪《ぎんぱつ》の少女の姿がぐにゃりと曲がり、熱した飴細工《あめざいく》のように輪郭《りんかく》が溶け出し、搔《か》き混ぜた料理のように色彩《しきさい》はおかしくなり、息が詰《つ》まって声すら出せない。

自分の中で何かが膨《ふく》れ上がっていく。無数の記憶《きおく》の断片のようなものが猛烈《もうれつ》な勢いでレベンス・トリフォリウムの心の中に投げ込まれ、濁流《だくりゅう》となって渦《うず》をなし、理性ごと彼を飲み込んでいく。

これ、は……。

侵食《しんしょく》される意識の中、必死に理性をつなぎとめる。いったい誰《だれ》のものなのか、無念と怨念《おんねん》と哀《かな》しみが洪水《こうずい》のごとく浴びせられ、それは徐々《じょじょ》に敵意と殺意となって膨張《ぼうちょう》し、拡散《かくさん》し、先鋭化《せんえいか》していく。

このままでは剣魔《けんま》になる。そのことが感覚で分かる。あの恐《おそ》ろしい、冷酷無比《れいこくむひ》な、残酷極《ざんこくきわ》まりない怪物《かいぶつ》に、家族と故郷《こきょう》を滅《ほろ》ぼした殺人鬼《き》に。それだけはならぬ、絶対にそれだけは防がねばならぬ、だからその前に『決着』をつけねばならぬ。自分自身に、この命に。

震《ふる》える手で、聖剣《せいけん》に手を伸ばす。『天空乃瞬《ウインザー》』を引き抜くと、折れた刀身《とうしん》は小刀程度の長さしかないが、まだいくらかの切れ味がある。これで首筋《くびすじ》を掻《か》き切れば死ねるはずだ。

大量の汚泥《おでい》に全身を飲み込まれるような混濁《こんだく》した意識の中で、それでも悔《く》いはなかった。デュランダルを倒し、すべての聖剣を集め、目的を達した。最後までエリザを守り通すことができた。それは『少女を守る剣になる』と決めた彼にとって、人生最大の望みを達したことでもある。

だから、いい。

もういいんだ。

ほとんどの輪郭《りんかく》を失った視界の中で、少女の姿はもう見えない。だから彼は心の中で少女のことを思い浮かべ、最後の別れを告げる。


さよならエリザ。


そして彼は、震える腕を無理矢理に意志の力で制圧《せいあつ》し、首筋に向けて聖剣を近づけた。両手で柄《つか》を握り、手前に引くように一気に首筋を掻き切った——

はずだった。


「だめ……っ!!!」


叫《さけ》び声が響《ひび》くと、レベンスの腕を誰かが摑《つか》んだ。見れば、そこには銀髪《ぎんぱつ》の少女が立っていて、必死な表情で彼の腕を押さえている。

「はな、せ……」

レベンスは苦しげに言う。

「だ、め……」

エリザは首を振《ふ》り、その手を離《はな》さない。やがて、少女は引き剥《は》がすようにレベンスの腕を押さえ込む。彼の手から聖剣《せいけん》がこぼれ落ち、地面に転がる。

――駄目《だめ》だ、死なないと、死な、ない、と……。

レベンスは膝《ひざ》をつき、地面に落ちた剣を拾おうとする。だが、さっと白い手が伸び、剣を先に奪ってしまう。

「かえ、せ……」

彼は震《ふる》える手を伸ばすが、少女はいやいやと首を振る。その胸に剣を押し付け、唇《くちびる》を震わせて「しんじゃ、だめ……」と言葉を漏《も》らす。

そのときだ。雷鳴《らいめい》のような音が響《ひび》き、宙に閃光《せんこう》が走った。

「あ……っ」

エリザは目を見開く。少女の前に、『それ』は突《つ》き立っていた。地面に垂直に刺さり、己《おのれ》の存在を誇示《こじ》している。

「アイゼルネ……」

『エリザベート、我《われ》を取れ』

刀身《とうしん》に見開いた『目』がエリザに命じる。

「い、いや……」

エリザが後ずさる。

『そなたがやらぬのならば、我がやる。――最後の仕事だ』

その魔剣《まけん》の目が、さらに一際《ひときわ》大きく見開かれた。目と目が合ったその瞬間《しゅんかん》、エリザの体は独《ひと》りでに動き出し、意志とは正反対に腕を持ち上げ、剣へと手を伸ばす。

「いや、いや、レベンス、殺すの、いや……！」

少女は必死に抵抗《ていこう》する。だが、神の意志はそれを許さず、少女を戦いへと駆《か》り立てる。

「あ、あ、やめて、アイゼルネ……！」

少女の手は魔剣を両手で握り、レベンスへと切っ先を向ける。それは意志と裏腹《うらはら》の行為《こうい》。

「おねがい、やめて、アイゼルネ、おねがい……」

少女は懇願《こんがん》する。だが、魔剣はその願いを聞き入れず、無理やりに少女の体を動かす。

「う、う、う……」

少女は目をギュッと瞑《つぶ》り、なおも抵抗の意志を示す。

だが、魔剣の意志がそれを制圧した。

そして少女の手に握られた剣は、高々と振り上げられた。

レベンスはそれを見上げる。

一瞬《いっしゅん》、魔剣と『目』が合う。

――覚悟《かくご》は良いか。

声が聞こえた。それは魔剣の声。

ああ、いいぜ……やってくれ。

心の中で返事をすると、魔剣《まけん》はわずかに目を細めた。それはいくらか哀《かな》しげな表情にも見えたが、気のせいだったかもしれない。

彼は最後にエリザを見る。少女は泣きながら懸命《けんめい》に抵抗《ていこう》している。

「エリザ……」

その名を呼ぶと、少女はハッとした顔でこちらを見る。

目が合う。涙《なみだ》で潤《うる》んだ、美しい瞳《ひとみ》に彼の姿が映る。

「ごめんな」

そして魔剣が振《ふ》り下ろされ、血飛沫《ちしぶき》が飛んだ。

少女が生まれたとき――それは転生ではなく、本当の意味で最初に、母親から生まれたとき――そこは平凡《へいぼん》な片田舎《かたいなか》の村で、暖《あたた》かな春の日の出来事だった。少女はすくすくと育ち、家は貧《まず》しかったが、農家だったので食べ物だけは困ることもなく、畑仕事の手伝いをしたり、近所の友達と泥《どろ》んこになって遊んだり、夜は隙間風《すきまかぜ》のあるボロ家で眠ったりして、そこには少女を慈《いつく》しんでくれる両親と、かわいい弟と、ぼろぼろだけど暖かな布団《ふとん》があって――そんな、豊かではないけれど、無邪気《むじゃき》で、幸せだった日々があった。

だが、その日常は一瞬《いっしゅん》で破壊《はかい》される。

村に現れた『化《ば》け物』は――それが剣魔《けんま》という存在であることを知るのは後々のことだ――村の人々を無差別に殺しまくり、殺しまくり、殺しまくった。少女の父親は化け物に立ち向かって半身だけとなり、母親は少女を逃がそうとして背中から心臓《しんぞう》をえぐられ、まだ年端《としは》も行かぬ弟はひねり潰《つぶ》されて真っ赤な肉塊《にくかい》になった。そして化け物は少女に手を伸ばし、その首筋《くびすじ》を摑《つか》んだ。本当はあのときに死ぬはずだった。だけどなぜか、どこからか『声』が聞こえて、絶望の渦中《かちゅう》の少女にこう問いかけた。

未来がほしいか、と。

心優《やさ》しき少女はとっさに願った。ほしい、と。

その瞬間《しゅんかん》、『契約《けいやく》』が成立し、天空から稲妻《いなづま》のごとく何かが舞い降《お》り、家の屋根をぶち破って、床《ゆか》に垂直に突《つ》き刺さった。

それは漆黒《しっこく》の大剣。

本能的に、少女はそれを手に取った。あとはがむしゃらにそれを振《ふ》るった。気づいたら、化《ば》け物は真っ二つになっていた。

それから不思議《ふしぎ》なことに、化け物にやられたはずの少女の家族は、傷が見る見る塞《ふさ》がって蘇《よみがえ》った。

それが契約の対価《たいか》だった。家族を救ったことと引き換《か》えに、少女の『戦い』はその日から始まった。『契約』を履行《りこう》するために、少女はずっと戦ってきた。異世界から異世界に渡り歩き、何度も何度も転生して、人と知り合い、友情を育み、死線を越《こ》え、その果てに友を斬《き》った。聖剣《せいけん》を破壊《はかい》することで救えた世界もあったが、滅《ほろ》んだ世界のほうが多かった。ひとつの世界が終わるたびに、少女はまた別の世界へと転生した。無限に続く追いかけっこのごとく、少女は長い時を、一縷《いちる》の希望にすがり、多大な絶望を背負《せお》いながら、それでも前に進み続けた。純粋《じゅんすい》な少女はそれが必要なことだと信じ、事実、世界を救う方法はそれしかなかった。

いつしか少女は忘れるようになった。つらい過去も、別れた家族も、記憶《きおく》の彼方《かなた》に薄《うす》れ、ただ目の前にある使命を果たすためだけに日々を過ごすようになった。長く海に漂う船乗りが、そのうち陸地にいたころを思い出せなくなるように、少女は前にいた世界を忘れ、ついには己《おのれ》の記憶そのものを魔剣《まけん》に預けるようになり、そうやって自分が何者であるかも置き去りにして、厳《きび》しい宿命と、つらい別れを、ただただ繰《く》り返した。

そして少女は、この世界にやってきた。そこはアストラガルスという名で、少女は一人の青年と出会った。彼と一緒《いっしょ》に旅をして、だんだんと親しくなって、何度も死線をくぐって、いつしか彼は少女にとってかけがえのない存在となって、だが、またいつかと同じように——

彼を斬った。

それから——

終章 Epilogue

夢を見ていた。

それは霧《きり》の中に、記憶《きおく》の断片が浮かんでは消えるような映像で、つらく、苦しく、長い長い戦いの記録《きろく》だった。

その夢には一人の少女が出てきた。白銀の髪《かみ》を持ち、巨大な漆黒《しっこく》の剣を振《ふ》るい、凄《すさ》まじい強さの敵と戦う、小さな少女。永遠とも思えるような時を経《へ》て、世界を渡り歩き、己《おのれ》の使命のためにまい進して来た、強靭《きょうじん》な精神力と、純粋無垢《じゅんすいむく》な魂《たましい》と、狂おしいほどの絶望と、一縷《いちる》の希望。そんな少女の夢。

まるで少女の人生を表すかのような、真っ黒な、暗闇《くらやみ》の世界。そこに一条《いちじょう》の光が射《さ》し、暖《あたた》かな何かが近づいてきて、そして彼は——

目を覚《さ》ます。

「う……」

光を感じて、うっすらと瞼《まぶた》を開く。

ぼんやりとした意識の中で、視界に入るものが少しずつ輪郭《りんかく》を取り戻《もど》していく。灰色の天《てん》井《じょう》と、雨漏《あまも》りの跡《あと》のようなシミと、窓から射《さ》し込む光。

生きて、る……？

なぜ……？

喜びよりも、どうしてだろう、という疑問の感情が先立つ。

記憶《きおく》の糸をたどると、最後に見た光景が脳裏《のうり》に浮かぶ。振《ふ》り上げられた魔剣《まけん》、覚悟《かくご》を決めた自分。そして確かに、

──斬《き》られた。

真っ赤な血飛沫《ちしぶき》を自分でも見たような気がする。だが、こうして意識がある以上、あのとき死に損《そこ》なったのか、あるいはここが黄泉《よみ》とかあの世という場所なのか。

ふと、違和感《いわかん》を覚えて、右腕のほうを見る。だが、そこにはあるべきはずの手はなく、肘《ひじ》の下あたりからすっぱりとなくなっている。

ああ、右腕を斬られたのか。

不思議《ふしぎ》とショックはなく、むしろ答えが出たことで少し落ち着いた気さえする。事情は分からないが、あのとき魔剣によって右腕を斬り落とされ、そのあと手当てを受けた。だから生き

ている、らしい。そこまでは理解がつながる。切断された部分は、『黒い血管《けっかん》』が浮かび上がった部位で、斬られた理由もなんとなく察しがつくが、それで本当に良かったのか、あのとき魔剣がどういうつもりだったのかは皆目《かいもく》分からない。あるいはエリザが抵抗《ていこう》して、斬りそこなっただけなのか。

そうだ、あいつは……。

視線だけを動かし、室内を探る。すぐ近くには小さなテーブルがあり、その上には血で汚《よご》れた大量の包帯《ほうたい》と薬品らしき瓶《びん》の数本、あとは部屋《へや》の隅《すみ》に小さな水桶《みずおけ》が置いてある。家具がほとんどない部屋だが、窓から射す陽光のためか不思議《ふしぎ》と殺風景《さっぷうけい》な感じはしない。

立ち上がろうと思ったが、少し体を持ち上げた途端《とたん》に、ずきりと痛みが走った。

「いつっ……」

戦場ならばこれしきの痛み、と踏《ふ》ん張るところだが、今はとてもそんな気力が湧《わ》かない。おとなしく横になり、誰《だれ》かが来るのを待つ。

ぼんやりしていると、まただんだんと疲労《ひろう》が襲《おそ》ってくる。かなり瞼が重くなってきたところで、ギイッと扉《とびら》を開く音がした。

エリザ……。

白銀の髪《かみ》を持つ少女が、そっと部屋に入ってくる。彼はうっすら目を開け、何か言葉を発しようとするが、眠りに入る間際《まぎわ》だったのでうまく口が回らない。

少女はベッド脇《わき》の椅子《いす》に座り、おもむろに手を伸ばした。レベンスの左手を、両手で包むようにギュッと握り、額《ひたい》に押し当てる。外から来たせいか、その手は冷たくて、少女の今の気持ちを表しているかのようだった。

震《ふる》える少女の手と、その柔《やわ》らかさを感じながら、少女が無事で良かった、と思った。さっきまでは生き残った実感が湧《わ》かなかったが、今は胸の奥から喜びが湧き上がってくる。エリザが無事で、それを確かめられた。それだけで満足だ。

少女の横顔は白く、その青い瞳《ひとみ》は潤《うる》んだような光を帯びている。頬《ほお》に残る筋《すじ》は涙《なみだ》がこぼれた跡《あと》で、レベンスが意識を失っていた間に何があったのかを示している。

そっと、手に力を込めてみる。

すると、ビクッと少女が震え、顔をこちらに向けた。そしてレベンスと目が合った。

「あっ」

エリザは目を丸くする。彼が目を覚《さ》ましているのに、今やっと気づいたらしい。

「よう……」

レベンスは小さな声で挨拶《あいさつ》する。

そっちの具合はどうだ、と体調を訊《き》こうとしたが、その前に少女が「れっ」と声を上げた。

「れっ、れっ、れべんす……！」

エリザの顔は急にくしゃくしゃになり、瞳には涙がドッと溢《あふ》れる。「お、おい……」と彼は戸惑《とまど》ったが、それは止まらなかった。

「れべんす、れべ、んずぅ……っ！」

顔面を涙の洪水《こうずい》で決壊《けっかい》させ、鼻水をすすりあげながら、エリザは椅子から転げ落ちるように枕元《まくらもと》にすがりつく。そして「れっ、れべんずう」と鼻水ごと擦《こす》り付けてくる。

「ちょ、おい、落ち着けって！」

「うああぁれべんぶぅらいじょうぶう⁉」

「おまえこそ大丈夫《だいじょうぶ》か」

思わず苦笑する。それと同時に、自分のために泣いてくれるこの少女を、改めて愛《いと》おしいと思った。

「ほら、泣くな、もう大丈夫だからさ……」

その涙が止まるまで、彼は優《やさ》しく少女の頭を撫《な》でてやるのだった。

○

エリザが少し落ち着いたころに、サツキとサンデリアーナが入ってきた。お互《たが》いに無事だったことを喜び合ったあとに、彼女たちの口からこれまでの経緯《けいい》を説明してもらった。

サツキとサンデリアーナの『陽動部隊』は、剣魔《けんま》たちとの戦いで一時的には窮《きゅう》地《ち》に陥《おちい》ったが、最後はどうにか切り抜けた。なんでも、もう駄目《だめ》かというところで急に剣魔《けんま》たちが動きを止め、向きを変えてその場を走り去ったという。情報を総合すると、ちょうどそれはヴァリエガータが剣魔たちを操《あやつ》ったタイミングと重なった。

剣魔たちを追って、サンデリアーナたちはデュランダル邸《てい》へと馬で駆《か》けつけた。そこで見たものは、右腕を切断された状態のレベンスと、その彼を必死に手当てしているエリザの姿だった。協力してレベンスに応急処置を施した後、一行《いっこう》はアークレイギアから脱出し、今いるササブネ亭《てい》の支店までたどりついた、とのことだ。

「なぜ、魔剣《まけん》は俺の右腕だけを斬《き》ったんだ？」

その質問には、エリザがたどたどしい口調で答えた。なんでも、エリザの体を乗っ取った『アイゼルネ』が、急に剣の軌道《きどう》を変えて、彼の右腕だけを斬り落としたらしい。そして、少女の心の中に『これで憂《うれ》いは断たれた』という声が聞こえたという。それ以上のことはエリザ自身も分からず、また、魔剣に尋《たず》ねても返答がないため、結局真相は分からずじまいだった。

ただ、レベンスはどこか、魔剣の言葉を信じようという気になっていた。嘘《うそ》を吐《つ》く理由がないし、あの超然《ちょうぜん》とした存在が下手《へた》な慰《なぐさ》めを言うようにも思えなかった。サンデリアーナについても、『適性十分にして使用は僅少《きんしょう》。これ以後、聖剣《せいけん》使用を控《ひか》えるならば剣魔になることはないであろう』と述べていたが、きっとその言葉にも偽《いつわ》りはないように思えた。

ヴァリエガータの最期《さいご》については、すでにエリザから二人に説明がなされたらしく、それ以上話題にはならなかった。その夜、一人で布団《ふとん》をかぶったあとに、レベンスは静かに涙《なみだ》を流し、敬愛《けいあい》する師匠《ししょう》の死を改めて悼《いた》んだ。

その後、四人はダリアの港を発《た》ち、ベルベリスへと向かった。港にいた人々が、「デュランダル様が行方《ゆくえ》不明らしい」「剣聖《けんせい》殺しがやったというのは本当か」「ついに剣聖さま全員が……」「世界はどうなってしまうんだ……」と口々に噂《うわさ》していたのが印象に残っている。

そして。

○

——いよいよか。

無事にアークレイギアから脱出し、ユキノシタ道場まで戻《もど》ってきた四人。三日ほどの休養を経《へ》たあと、今は道場の裏手の林に集まっていた。

林の中の開けた一角《いっかく》で、中心にエリザが立ち、その周囲に六本の聖剣が突《つ》き立てられている。『天空乃瞬《ウインザール》』『闘神乃腕《レーヴァテイン》』『死神乃爪《ジーノス》』『双龍乃牙《ズルフイカール》』『聖女乃証《クローディア》』『報復乃鋏《フラガラッハ》』。ちなみに『不滅乃灰《デュランダル》』については、持ち主の消滅《しょうめつ》と同時に消えてしまった。

「じゃあ、はじめる、ね」

エリザが『儀式《ぎしき》』の開始を告げる。それは少女の最終目的である『聖剣破壊《はかい》』だ。

世界の『秤《はかり》』として送り込まれた、残る六本の聖剣《せいけん》。これらをすべて破壊《はかい》し、デュランダルの力の宿る物をこの世界から完全に消去すること。それがエリザの使命であり、彼女と契約《けいやく》した『アイゼルネ』の目的だ。

手元にある魔剣《まけん》に、エリザはそっと手を添《そ》える。すると、漆黒《しっこく》の刀身《とうしん》には亀裂《きれつ》が走り、例の『目』が見開かれる。同時に、明るかった空はにわかに曇《くも》りだし、雷雲《らいうん》のようなものが立ち込め、ついには天空から大地に向かって稲妻《いなづま》のごとき閃光《せんこう》がほとばしった。

な、何が起きるんだ……？

レベンスたちは固唾《かたず》を飲んで事態を見守る。

儀式《ぎしき》は続いた。エリザは魔剣の柄《つか》を握り締《し》めながら、祈《いの》るように頭《こうべ》を垂《た》れる。聞いたこともない言語らしきものをぶつぶつと唱《とな》え始め、その長髪《ちょうはつ》が風もないのに持ち上がり、魔剣の鞘《さや》にからみつく。

やがて、少女の『変身』が始まった。だがそれは今までのものとまるで違った。

銀色の髪《かみ》は根元から一度黒く染《そ》まり、それはさらに色を変えて真っ白な光を帯びる。背中からは巨大な白い翼《つばさ》が生《は》えて、それはまばゆいばかりの光で世界を包む。

——なんだあれは……⁉

少女の体は白い光に染まり、全身から『波』のようなものが発せられる。

それは不思議《ふしぎ》な儀式だった。六本の聖剣から発せられる光が循環《じゅんかん》するように相互《そうご》に光の線を送り、その中心にある魔剣が光を集約する。聖剣自身からは消し炭《ずみ》のごとき瘴気《しょうき》が次々に吸い出されていく。『浄化《じょうか》』という言葉が頭に浮かび、その推測《すいそく》はおそらく間違《まちが》っていないように思われた。かつて『聖女乃証《クローディア》』を用いてエリザの魔剣を浄化して修復《しゅうふく》したように、これもまた『身の代《しろ》』に近い原理なのかもしれない。おそらくは、魔剣自体を媒介《ばいかい》にした儀式。エリザが聖剣の破壊にこだわりながらも、すべてを集めるまでは破壊に踏《ふ》み切らなかった理由はこの儀式のためだ。

やがて、徐々《じょじょ》に黒い瘴気が量を減らし、聖剣から出てくるのをやめる。エリザは一度だけ、苦しげに剣に寄りかかった。

そして終わりが来る。

何かが破裂《はれつ》するような音がした。

見れば、聖剣が次々に砕《くだ》け散っていく。『天空乃瞬《ウインザー》』『闘神乃腕《レーヴァテイン》』『死神乃爪《ジーノス》』『双龍乃牙《ズルフイカール》』『聖女乃証《クローディア》』『報復乃鋏《フラガラッハ》』。はるか昔からこの世界を支えてきた聖剣は、あっけないほど簡単《かんたん》に、光の粒《つぶ》となって魔剣の中へと吸い込まれた。

今しがた起きたことが現実だったのか、幻《まぼろし》だったのかすら分からなくなるほど、それは圧倒《あっとう》的《てき》で、壮大《そうだい》な光景だった。世界の命運を変える歴史的瞬間《しゅんかん》だったことは疑いなく、万感《ばんかん》の思いが胸を打った。

エリザが膝《ひざ》をつく。レベンスが駆《か》け寄り、抱き起こすと、少女は目を合わせてうなずく。

聖剣破壊《せいけんはかい》の旅が、ここに終わりを告げた。

そして声が聞こえた。

『これで、この世界からロンスヴァールの残滓《ざんし》が、すべて消滅《しょうめつ》した』

刀身《とうしん》に開いた『目』が、エリザとレベンスを凝視《ぎょうし》する。その声は相変わらず重々しい。

『この世界を去るときが来た』

「…………」

エリザは黙《だま》って魔剣《まけん》を見つめる。

『エリザベート。契約《けいやく》はすでに終わり、これからそなたは自由の身だ。この世界を去り、我《われ》とともに来るか。それともここに残るか。選ぶがよい』

「わたし……」

エリザがレベンスの手を取り、強く握る。

「ここに、のこる」

『そうなれば、そなたは二度と元いた世界に戻《もど》れぬぞ?』

「いい」

少女は迷いなく告げる。

「ここで、いきたい、から」

魔剣は答えを聞くと、『……そうか』と静かに目を瞑《つぶ》った。少女の意志を尊重《そんちょう》したのか、それ以上は訊《き》き返さなかった。

『我は行かねばならぬ。ロンスヴァールは倒したが、奴《やつ》が残した『秤《はかり》』は、まだ無数の世界に散らばっている。それを始末《しまつ》するのが残されたわが使命』

「私は、いっしょに、行けない」

『分かっている。ロンスヴァールの支配がなくなりし今、我はもうそなたという依《よ》り代《しろ》がなくとも戦えるようになった。ゆえに、そなたを束縛《そくばく》することもない』

そこで魔剣はエリザを見て、『ではな』と言った。

すると、その刀身はほのかに輝《かがや》き出した。この世界から去ろうということか。

レベンスは何か訊こうと思ったが、言葉が出てこない。エリザがこの世界に残ってくれるのなら、彼はそれ以上のことを望まなかった。

「ま、待って！」

持ち主《ぬし》たる少女が呼び止める。

「アイゼルネ、その……」

「…………」

魔剣は黙って答えを待つと、エリザは月並みだが、心のこもった口調で告げた。

「い、今まで……ありが、とう……」

すると魔剣《まけん》は、これまでの不遜《ふそん》な物言いから少し変わり、ほんのわずかだが感情のこもった声になった。

『なに、礼をいうのはこちらのほうだ。もう会うこともあるまい。——さらばだ』

それが笑みであるのかは分からないが、ニッと目を細めると、その目は刀身《とうしん》に吸い込まれた。

一瞬《いっしゅん》光ったあと、剣は跡形《あとかた》もなく消え去った。

魔剣を見たのは、それが最後だった。

○

どこまでも晴れ渡る青空。

燦々《さんさん》と降《ふ》り注《そそ》ぐ陽光を浴びて、白馬が街道をゆったりと歩いていく。レベンスが手綱《たづな》を握り、彼の胸に寄りかかるようにエリザが座る。

魔剣が去ったあと、レベンスは旅に出ることに決めた。それはかつてエリザと交わした『契《ちぎ》り』を果たすためだ。

「どのくらい、かかる、の?」

頭を上げ、懐《ふところ》から少女が上目遣《うわめづか》いで訊《き》く。

「そうだな。足止めを食わなければ一ヶ月半くらいかな」

「どんな、ところ？」

「何もないところさ。山と川と、あとはいくらか花畑があるくらいで」

「はやく、みたい」

「そうか。あんまり期待するなよ。ただの廃村《はいそん》だからな」

レベンスはゆっくりと馬を進める。木漏《こも》れ日の射《さ》す街道は、肌《はだ》を柔《やわ》らかく包むような暖《あたた》かさがあり、小鳥のさえずり、葉の触《ふ》れ合う音、そして馬の蹄《ひづめ》のリズム。空はとても青くて、流れる雲がゆっくりと形を変えては、どこかへと消えていく。

聖剣《せいけん》を破壊《はかい》してから、はや一ヶ月。

彼は空を見上げながら、これまでのことを思い出してみる。

ハヅキ・ユキノシタ。

ルドベキア・マキシマム。

ロサ・ガリカ・ヴァリエガータ。

ドラセナ・ゴールドコースト。

エリオット・コンスタンス。

ルピナス・カーネイション。

カレン・デュランダル。

すべての剣聖《けんせい》が倒れ、世界は再び混沌《こんとん》の時代へと突入した。まだ剣聖が消えて時を経《へ》ていないため、権力者たちはそろりそろりとした動きに徹《てっ》しているが、いずれはその本質をあらわにし、おのが権力と武力で欲しいままに世界を牛耳《ぎゅうじ》るかもしれない。


——これからの世界は、ますます混迷《こんめい》を深めるじゃろう。剣聖を失い、王たちのタガは外れ、王政は腐敗《ふはい》し、国は乱れて、民は苦しむじゃろう。


最後に聞いた師匠《ししょう》の声がよぎる。

世界を創《つく》りし神——デュランダルは、自己本位なやり方ではあるが、これまで曲がりなりにも世界を管理してきた。腐敗した世界を淘汰《とうた》するために、聖剣《せいけん》という『秤《はかり》』を用いて対処《たいしょ》し、世界の安定した統治を行ってきた。その神が死に、聖剣が失われたことで、世界は未曾有《みぞう》の領《りょう》域《いき》に突入していた。世界はどこまで腐敗し、人間はどこまで暴走するのか。神ですら望まなかった未知の世界、誰《だれ》もが予測できない霧《む》中《ちゅう》の未来が始まろうとしていた。

しかし、彼の胸にはまた師匠の言葉が蘇《よみがえ》る。

――だが、忘れるな。いかなる絶望も、決してすべてを奪うことはできぬ。必ずどこかに希望が残されておる。だから希望に向かって進め。いついかなるときも希望を捨てるな。その先に必ず道が開けよう。

それはとても力強く、残された若い彼らを励《はげ》ましていた。

「師匠……」

久々にその呼び名を口にしてみる。そうすると、「なんじゃー」というあの声が脳裏《のうり》に蘇《よみがえ》る。
それは彼の胸に言いようのない哀《かな》しみと切《せつ》なさをもたらすのだった。
戦いの代償《だいしょう》は、彼自身の体にも刻まれていた。
ギシリ、と音を立て、彼は『右腕』を持ち上げる。服の下に隠《かく》れているが、彼の肘《ひじ》から下には金属製の『義手《ぎしゅ》』が装着《そうちゃく》されている。これはサンデリアーナが作製してくれたもので、少々重いが今では手綱《たづな》を操《あやつ》るぐらいのことはできるようになった。訓練次第《しだい》で、もっと多くのことができるようになるだろう。

「それにしても――」

彼は馬上から後続を振《ふ》り返る。

「みんなまで来ることはなかったんだぜ？」

そこには、レベンスたちの馬とわずかに距離《きょり》を開け、二頭の馬が続いていた。それぞれには金髪《きんぱつ》の女性と黒髪《くろかみ》の女性が乗っている。

「私もレベンスさんの故郷《こきょう》を見たいですし」

サンデリアーナが爽《さわ》やかに微笑《ほほえ》む。今回の旅のことを話したとき、「あの……、わ、私もご一緒《いっしょ》してよろしいでしょうか？」と彼女が遠慮《えんりょ》がちに申し出たので、こうして同行することになったのだ。

そしてもう一人。

「私は別に貴様の故郷など興味《きょうみ》はない。武者修行《むしゃしゅぎょう》のためにたまたま同じ方向を進んでいるだけだ」

サツキがつっけんどんに言う。彼女がついてきた理由は今の今までよく分からなかったが、どうやら武者修行らしい。

「道場はいいのか」

「貴様には関係ない」

「おまえは相変わらず可愛《かわい》くないな」

「たたっ斬《き》るぞ」

「まあまあ二人とも」

サンデリアーナが間をとりなす。

「んー、んんー」

気づけば、エリザが下手《へた》な鼻歌を歌いながら、レベンスの胸板《むないた》に背中をくっつけたり、離《はな》したり、ぐりぐりと後頭部を擦《こす》りつけたりする。子猫《こねこ》が甘《あま》えるような動きに、彼はくすぐったくなる。

「……レベンス」

「なんだ」

「レベンス」

「だからなんだ」

彼は下を見る。少女はこちらを見上げ、上目遣《うわめづか》いでじっと見つめてくる。その顔はとても嬉《うれ》しそうだ。

「んふふふ。なんでも、ない」

「変なヤツだな」

「よく、いわれる」

「だろうな」

「えへへ」

それから二人は、これからのことを話し始めた。旅の途中はどこに寄りたい、あの街では山《やま》林檎《りんご》パイを食べたい、ザッハルでは温泉に入りたい、ミーナのいる家にも行きたい、夜はいっしょのお布団《ふとん》で寝たい、もちろん約束《やくそく》の花嫁衣装《はなよめいしょう》も着たい——戦いに明け暮れた日々とは違う希望が次々に出てきて、それはなんだか夢物語のような会話だった。

涼《すず》やかな風と、少女の柔《やわ》らかなぬくもりを感じながら、レベンスは大きく息を吸い、ゆっくりと吐《は》いて、晴れ渡った空を見上げる。流れる雲は一度途切《とぎ》れても、また次に流れる雲へとつながっていく。

これからの前途《ぜんと》を祝福《しゅくふく》するように、鳥の声が響《ひび》き渡り、それは高い木々を越《こ》えていった。

一つの時代が終わり、また新たな時代が始まろうとしていた。

（了）

あとがき

白銀のソードブレイカー、これにて完結となります。

個人的には初シリーズということで、試行錯誤《しこうさくご》をしながらの執筆《しっぴつ》となりました。足掛け二年という短期間ではありましたが、無事に完結できまして今はほっとしております。

アイリス・フリージア・アマリリスと、今までの単巻ものにも言えることですが、ひとつの作品が終わると、当然ながら作中のキャラクターとのつきあいもそこで終わります。つきあう期間が長い分だけ思い入れが深くなるのは、人間関係に似ていますね。もう二度と「小僧《こぞう》、小童《わっぱ》ー。ご飯《はん》じゃぞー」みたいなセリフを書くこともないんだなあと想うと、ちょっとさびしかったり。

一巻からパラパラとめくってみますと、やたらにヒロインを脱がせることの多い作品でした。水浴び・お風呂《ふろ》・水浴び・お風呂・お風呂・水浴び・お風呂……と、シリーズ四巻のうちに七回も湯水に入れているわけでして、脱がせた女性陣《じん》の人数はのべ十二人に上《のぼ》り、戦った剣聖《けんせい》の人数よりも多くなりました。主人公パーティでサツキだけ脱がせられなかったのが心残りです。

あと、最終巻ということもあり、おまけ（?）で『公式設定』を開陳《かいちん》します。

ヴァリエガータ＝エリオット＜ルドベキア＝デュランダル＝サツキ＜ドラセナ＝サンデリアーナ＜エリザ＜ルピナス　……何の設定かはご想像にお任せします。

今回も、担当編集の土屋《つちや》様と荒木様《あらき》にはたいへんお世話になりました。本シリーズが無事に完結できたのもお二人のおかげです。最後まで粘《ねば》り強く改稿《かいこう》にお付き合いいただきまして感謝《かんしゃ》の念に耐《た》えません。本当にいつもありがとうございます。

イラストのファルまろ先生にもシリーズを通じてすばらしいイラストをいただきました。毎巻ごとの新キャラも、剣劇《けんげき》も、入浴シーンも、ソードブレイカーの世界を語るのに欠かせません。私の拙《つたな》い原稿《げんこう》を彩《いろど》り豊かに盛り上げていただき、誠に誠にありがとうございました。

シリーズを続けている間は、これまでにも増して忙《いそが》しい日々となりましたが、その間に私を支えてくれた家族、ことあるごとに励《はげ》ましてくれた友人たち、また日ごろよりお世話になっている親戚《しんせき》の皆様《みなさま》に、この場を借りて感謝申し上げます。

この本の制作・流通・販売に携《たずさ》わるすべての方に、厚く御礼《おんれい》申し上げます。

そして今、この本を手に取って下さっている読者の皆様。シリーズ完結までお付き合いいただきまして感謝感激《かんげき》です。「次の巻も楽しみにしてます！」というご感想がどれほど執筆の励みになったか計り知れません。エリザたちが最後まで旅を続けられたのもひとえに皆様のおかげです。エリザとレベンスが馬に乗って仲良く進んでいくシーンが、わずかでも皆様の瞼《まぶた》の裏に残っておりましたら、著者《ちょしゃ》として望外《ぼうがい》の喜びです。

深い感謝を込めて　松山《まつやま》　剛《たけし》

◉松山　剛著作リスト

「雨の日のアイリス」（電撃文庫）
「雪の翼のフリージア」（同）
「氷の国のアマリリス」（同）
「白銀のソードブレイカー　―聖剣破壊の少女―」（同）
「白銀のソードブレイカーⅡ　―不死身の剣聖―」（同）
「白銀のソードブレイカーⅢ　―剣の遺志―」（同）
「白銀のソードブレイカーⅣ　―剣の絆、血の絆―」（同）

本書に対するご意見、ご感想をお寄せください。

電撃文庫公式ホームページ 読者アンケートフォーム
http://dengekibunko.dengeki.com/
※メニューの「読者アンケート」よりお進みください。

ファンレターあて先
〒102-8584 東京都千代田区富士見1-8-19
アスキー・メディアワークス電撃文庫編集部
「松山 剛先生」係
「ファルまろ先生」係

本書は書き下ろしです。

電撃文庫

白銀《はくぎん》のソードブレイカーⅣ
—剣《つるぎ》の絆《きずな》、血《ち》の絆《きずな》—

松山《まつやま》 剛《たけし》

発 行　2015年5月9日　初版発行

発行者　塚田正晃
発行所　株式会社KADOKAWA
〒102-8177　東京都千代田区富士見2-13-3
プロデュース　アスキー・メディアワークス
〒102-8584　東京都千代田区富士見1-8-19
03-5216-8399（編集）
03-3238-1854（営業）
装丁者　荻窪裕司 (META＋MANIERA)
印刷・製本　加藤製版印刷株式会社

ISBN978-4-04-865137-0　C0193　Printed in Japan

電撃文庫　http://dengekibunko.dengeki.com/
株式会社KADOKAWA　http://www.kadokawa.co.jp/

電撃文庫創刊に際して

文庫は、我が国にとどまらず、世界の書籍の流れのなかで〝小さな巨人〟としての地位を築いてきた。古今東西の名著を、廉価で手に入りやすい形で提供してきたからこそ、人は文庫を自分の師として、また青春の想い出として、語りついできたのである。

その源を、文化的にはドイツのレクラム文庫に求めるにせよ、規模の上でイギリスのペンギンブックスに求めるにせよ、いま文庫は知識人の層の多様化に従って、ますますその意義を大きくしていると言ってよい。

文庫出版の意味するものは、激動の現代のみならず将来にわたって、大きくなることはあっても、小さくなることはないだろう。

「電撃文庫」は、そのように多様化した対象に応え、歴史に耐えうる作品を収録するのはもちろん、新しい世紀を迎えるにあたって、既成の枠をこえる新鮮で強烈なアイ・オープナーたりたい。

その特異さ故に、この存在は、かつて文庫がはじめて出版世界に登場したときと、同じ戸惑いを読書人に与えるかもしれない。

しかし、〈Changing Times,Changing Publishing〉時代は変わって、出版も変わる。時を重ねるなかで、精神の糧として、心の一隅を占めるものとして、次なる文化の担い手の若者たちに確かな評価を得られると信じて、ここに「電撃文庫」を出版する。

1993年6月10日
角川歴彦

電撃文庫

雪の翼のフリージア

松山 剛
イラスト／ヒラサト

そこは翼をもった人々が住む国だった。事故で己の翼と家族を失った少女、フリージアは〝義翼〟職人ガレットのもとを訪れる。再び、誰よりも速く大空を駆けるために。

ま-13-2　2412

氷の国のアマリリス

松山 剛
イラスト／パセリ

全てが氷に閉ざされた世界。そこには遠い春を待ち地下の冷凍睡眠施設で眠る人間たちと、それを守るロボットたちがいた。しかしある日大規模な崩落が施設を襲い……？

ま-13-3　2521

ラストダンジョンへようこそ

周防ツカサ
イラスト／町村こもり

ダンジョンの最奥に召喚された少年・サトル。彼は気弱な魔王の娘・ロレッタを守るため、迷宮の王《ダンジョンマスター》として魔物と罠を駆使し、強欲な冒険者どもを駆逐する……！

す-8-20　2787

ラストダンジョンへようこそ2

周防ツカサ
イラスト／町村こもり

《覇王》を打倒し、迷宮も当分安泰——と思いきや！　スライムさんが資金を横領して一気に経営難に!?　しかも人間の世界の組織『教会』が怪しい動きを見せ始め——？

す-8-21　2877

ラストダンジョンへようこそ3

周防ツカサ
イラスト／町村こもり

ロレッタたちの『最終迷宮《ラストダンジョン》』の隣に突如現れたもう一つのダンジョン。それはロレッタを敵視する魔族の少女・ユニスと、それに加担するある人物の仕業で——!?

す-8-22　2927

電撃文庫

魔法科高校の劣等生⑪ 来訪者編〈下〉

佐島 勤
イラスト／石田可奈

ロボットに寄生した『パラサイト』――ピクシーは、達也に付き従うことを決める。別次元からの『来訪者』を巡った激突は、魔法科高校を舞台に最終決戦を迎える！

さ-14-11 2582

魔法科高校の劣等生⑫ ダブルセブン編

佐島 勤
イラスト／石田可奈

二学年の部、開幕！ 生徒会メンバーとなった達也と深雪の前に、ユニークな『新入生』が現れる。彼らは、「七」の数字を持つ『ナンバーズ』で……。

さ-14-12 2619

魔法科高校の劣等生⑬ スティープルチェース編

佐島 勤
イラスト／石田可奈

今年の『九校戦』はひと味違っていた。新種目『スティープルチェース・クロスカントリー』への対応が急がれる中、九校戦を舞台に新たな陰謀が企てられる。

さ-14-13 2717

魔法科高校の劣等生⑭ 古都内乱編〈上〉

佐島 勤
イラスト／石田可奈

パラサイドール事件の黒幕・周公瑾の捕縛を四葉家から依頼された達也と深雪は、潜伏先である京都へ向かう。そこで、二人は『作られた天才魔法師』と運命の出会いを果たす。

さ-14-15 2801

魔法科高校の劣等生⑮ 古都内乱編〈下〉

佐島 勤
イラスト／石田可奈

パラサイドール事件の黒幕・周公瑾を追う司波達也。九島家の天才魔法師・光宣と共に、ついに潜伏先を突き止めるが、そこは意外な場所で……。 一条将輝登場の下巻発売！

さ-14-17 2866

『とある魔術の禁書目録』イラストレーター・
灰村キヨタカが描く、巧緻なる世界。
（はいむらきよたか）
オールカラー192ページで
表現される、
色彩のパレードに刮目せよ。
rainbow spectrum: notes
灰村キヨタカ画集2
＜収録内容＞
†電撃文庫『とある魔術の禁書目録』（著／鎌池和馬）⑭～㉒挿絵、SS①②、アニメブルーレイジャケット、文庫未収録ビジュアル、各種ラフスケッチ、描きおろしカット
†富士見ファンタジア文庫『スプライトシュピーゲル』（著／冲方 丁）②～④挿絵、各種ラフスケッチ
†GA文庫『メイド刑事』（著／早見裕司）⑤～⑨挿絵、各種ラフスケッチ
†鎌池和馬書きおろし『禁書目録』短編小説
ほか
灰村キヨタカ／はいむらきよたか
電撃の単行本